"峰岚·精品库"

静听落花

"峰岚·精品库"编委会 编

海峡出版发行集团 海峡文艺出版社

目录

树犹如此　◎ 余岱宗 / 1

雀　斑　◎ 张心怡 / 10

战火纷飞红旗飘　◎ 杨国栋 / 26

海　魂
　　——遥祭江继芸　◎ 杨际岚 / 45

一座海岛，两粒种子　◎ 钟兆云 / 55

闽海红潮
　　——战斗在伪"和平救国军"中的中共党员
　　　　　　　　◎ 郑国贤 / 80

远远望去　◎ 杨际岚 / 93

"不沉之舟"万安桥　◎ 施晓宇 / 98

春天的气味　◎ 朵　拉 / 105

小小说二题　◎ 鸿　琳 / 110

大佛寺之光　◎ 曾纪鑫 / 118

光阴颂（诗十首）　◎ 马建荣 / 135

济南短章（五首）　◎ 高　云 / 144

诗五首 ◎ 年微漾 / 148

短诗一束（四首） ◎ 李岱霖 / 153

名里清风 ◎ 潇　琴 / 157

梅　韵（组章） ◎ 郭永仙 / 163

江南水乡最撩人 ◎ 赵　畅 / 166

天池与伊犁河 ◎ 杨西北 / 190

忘不了的丹东 ◎ 小　山 / 195

三叔公焙制龙眼干 ◎ 朱谷忠 / 201

烟火气的葱兰 ◎ 欣　桐 / 207

逆水船 ◎ 练建安 / 211

山海为怀 ◎ 陈章汉 / 232

克　拉 ◎ 唐　希 / 235

说　刀 ◎ 练建安 / 239

家乡的路 ◎ 黄安榕 / 246

寨在水边 ◎ 陈美者 / 249

温和的线面 ◎ 曾建梅 / 256

台湾纪闻 ◎ 陈常飞 / 262

择　婿 ◎ 吴安钦 / 271

树犹如此

◎ 余岱宗

每次游泳后更衣，一排排置物柜静默地站立着。某个柜子里会发出某种品牌的手机铃声，或是呜呜呜的振动声，因为没有人接听，这样的响声显得格外急切，甚至叫得有些凄惨。在不同情境下，手机呼唤主人的声响既可以是快乐的、挑逗的或调皮的，也可能是焦躁的、委屈的、狐疑万分的乃至懊悔不已的。那锁在柜子里的手机的主人可能还在游泳池里劈波斩浪来回畅游，或是在浴室里让莲花头喷出的热水滑过身体的肌肤，滋润着每一个毛孔。

此刻，手机混在一堆衣物中，由另一个人导引着，发出祈求接听的叫唤，或像心脏一样跳动着。

是的，无线时代的遥控技术，让一颗心被锁在一个黑乎乎的柜子里，发出怪里怪气的各种叫声，欢呼、召唤或恳求。然而，无济于事，柜子的主人不在场。

往事如锁在柜子里的一件通信设备，等待着被拨打。

这个设备是活着的，它可以沉默，接收信号的能力或强或弱。然而，只要这个机器是"活着"，那么，往事很可能会拨通号码，要求响应。

是的，人本身就是机器，人本身就是一种接受设备。

应该有所准备，向往事轻轻地敲开一道门缝。

不见得人人都欢迎自己的往事。许多时候，往事准备夺门而入之时，闭门谢客者有之，逃之夭夭者有之。

自我的往事，往往比他人的往事更难相处。很多时候，我们下意识地过滤、改造往事。

美化，丑化，强化，淡化，虚化，哈哈镜化，多面镜化。对往事负责或不想对往事负责，后者胜于前者。

书写同样不见得可靠。书写是一种自我采访，某种细节或情境被书写固定下来之后，有利于演示感觉生成的路径，如同攀登者建立初步的支点之后攀登的轨迹才可能逐步明晰。当然，也可能所有的支点只为顺应惯用的行文轨迹，固有的表情达意系统又再次避免你误入歧途，尽管误入歧途本是你的初衷。

那一天下午，某先生忙里偷闲，沿着仓山梅坞路走，打算探望久违的烟台山公园。

二十六年过去了，某先生以为那烟台山公园肯定修葺一新，游人如织，没有料到迎面而来的烟台山如此萧瑟。

公园的树木疏密有致，登山的长廊依然逶迤向上，那观梅亭也还停留在半山之间，少女雕像还在，但整个公园少有人迹，几近废园。某先生记得，当年，他与G是经常在这公园里相会的。某先生奇怪，为什么这二十多年过去，从未在记忆中回想起这座公园还有如此可爱的少女雕像？进入公园不远处，就有一片开阔地，二十多年前的白色少女雕像如今已经发黑，但少女还捧着书在读，没有什么破损，如果重新刷上石灰，少女的身段依然健康得像排球运动员。是呀，那个时期，大家都通过电视直播欣赏中国排球女将们的腰肢、长腿和马尾巴发束，这位读书少女的身段像女排运动员也就不足为怪。少女穿着短袖而非无袖的连衣裙，焕发着没有吃过多的油脂才可能拥有的身段。某先生最不解的是，当时肯定已经注意到读书少女雕像了，但在对当年的记忆中，这座雕像始终是缺失的。

是的，当时所有的念头都围绕着G，G的臀部有节奏地左右摆动的步态，和G接吻一直吻到舌头第二天略有些酸疼的滋味，还有G会突然跺脚抱怨蚊子咬了她一口时候的表情，偶尔会在某先生的脑海里一掠而过。那是，对于某先生来说，G成为吸纳少年时代的某先生的所有生活细节和思绪的精神与欲望的奴隶主，让少年时代的某先生毫无逃脱的能力，只渴望奴隶主能对自己多多施以恩惠。这种精神状态下，少年时代的某先生又如何会注意公园中的少女雕像呢？或者说，少女雕像只是作为公园里再普通不过的摆设罢了。这摆设在当年一心只有恋人身影的少年郎的视野里，被忽略是很自然的。

然而，当往日的恋人的迷人身姿已经转交给记忆的时候，作为情感证物的少女雕像，她的身体线条没有丝毫改变。雕像不老。雕像少女的神情还是那么专注，这样的体态，宛如一个可以加以破译的密码，传达着20世纪80年代特有的希望、充实与天真。宛如考古，墓的主人身体早已被分解，但陪葬品却

树犹如此

成为标示岁月特征的物证。

只要活着，记忆不会成为废园。

往事的符码会定时发出信息。记忆的顽固性就在于心灵有能力在特定的时候召唤往事。

情爱是最容易被不断唤醒并一再询问的故事。有种情爱，是绝对崇拜式的情爱，没有任何肉欲的印记，依然会不断被召唤到现场做一番探问。

与G恋爱的时候，少年郎的性爱意识已经完全觉醒。而这之前，少年时代的某先生对那个不知名的学姐的爱慕是一场敬畏式的恋爱，一种毫无肉欲的柏拉图之恋，一种只能在内心深处低回婉转的远距离爱慕。这非常类似乔伊斯的《阿拉比》中那个男孩对曼根姐姐的无望爱恋。这位情窦初开的男孩只能紧紧抓住曼根姐姐漫不经心跟他说的一句话，将根本不把他放在眼里的大姐姐的一句日常谈话当成圣旨。夜里，少年郎坐着空荡荡的电车，穿行在爱尔兰的都柏林，一座以棕色为底色的城。这只是因为曼根姐姐告诉他她很想去一个集市，却无法成行。于是，这个十来岁的男孩来劲了，他揣着只够买车票的钱币，夜里到集市逛了一圈，快打烊的集市让少年失望之极。可是没有办法，少年只能用一趟愚蠢的短途旅行释放抑制不住的情爱能量。

然而，某先生却连这位爱尔兰小男孩都不如，或者说，某先生更具有东方式的含蓄，知道分寸，靠近单恋着的学姐的距离从来在五米之外。二十多年后，某先生才拐弯抹角打听到这位学姐的姓名，但不知道她的下落。她比他高两个年级，日语专业。

实际上，那时候不兴叫学姐，不像现在的大学生那样嗲声嗲气"学姐""学长""学弟""学妹"叫唤得那么黏糊。那个时候，单恋的少年郎只是知道她是"外语系日语专业1983级"的那个女生。

现在想来，日语专业的学姐（姑且顺着如今的叫法吧）是偏瘦的。学姐留着童花式的短发，短发盖耳，顺着瓜子脸轻盈而蓬松地翘起。每一次到图书馆自习，你总是会忍不住看她一眼，而且隐约地感觉到她已经感觉到你的存在。但你不敢惊动她，甚至有时你还"忍痛"不去图书馆的阅览室自习，而是另外找地方读书，免得自习时老是分心。你在一个学期里细数着与她相遇的次数。有一次，你竟然在汽车站遇见了她，这是一个多么好的机会，因为你和她可是同一所大学里的大学生啊，你们完全可以含蓄地相互点一点头。可是，没有。因为学姐见到你就扭过了头。

每一次上完晚自习后，学姐站起来，蓝色的束腰裙子都会飘动出一个完美的弧线，然后微微昂着头走出阅览室。学姐甚至在你下意识走近她的时候很果断地转过身背对着你。多年后，你观看了电影《剪刀手爱德华》，你为爱德华用剪刀手雕出他的意中人的冰雕像而感叹唏嘘。剪刀手爱德华是不能与正常人结婚的。所以，所有的单恋者，或者说，至少有相当一部分绝望的单恋者，都有一种异类感。剪刀手爱德华，是为所有的无望的单恋者创造的一种美丽而畸形的形象。

"外语系日语专业83级"的那个女生的打扮做派已经是"成熟"的"大人模样"的"大学生",而你还是一个尚在熟悉大学的学习规则与生活方式的"小男生"。你爱慕学姐,是一种神往,注定无法接近她。你会在从她身边走过的时候嗅到她抹了太多风油精的气息,你后来揣测学姐年纪轻轻的却容易失眠,神情也是偏忧郁的。学姐虽然不像黛玉那样弱不禁风,却也是杨柳细腰,没有丝毫的丰腴感。学姐轻盈,挑挞,过早显示了女学者的风度。学姐读书的模样好像在做女红,专注,细致,独立,心无旁鹜,高雅端庄。你后来也打算将与G的恋情在图书馆中展开,与G恋爱后安排在图书馆中约会,却挡不住身体气息的互相吸引,早早地退场,找个暗处拥抱接吻。这样说来,你那毫无肉欲的单恋在学姐那儿就画上了休止符。学姐的笑靥,学姐的体态,学姐轻盈的傲慢,日语学姐略有些匆忙又有些落寂的孤独感……这些是你以后再也难遇见的女性形象。

多少年过去了,初夏的早晨,校园里王洁实的歌声早已定格在历史某段时空中。"沿着校园熟悉的小路,清晨来到树下读书,初升的阳光照在脸上……"风尚毕竟完全变了,学姐那种白衬衫蓝裙子的素净打扮早已成为老岁月的"范儿"了。然而,毕竟还有一些东西经历了二十多年的风雨磨损,没有任何改变的意思。

初夏,沿着校园的石板路散步健身,外语学院附近的几处老石板铺就石阶依然安静地躺在原处,正是在这石阶的拐角处,一个夏日的清晨，学姐微笑着，旁若无人地微笑着，在你小心翼翼的侧目中，走过你的身边，这是你们两个人直线距离最短的一次邂逅，也是你们共同停留过的场景至今仍然保留完好的一个记忆截图。是的，那几棵相思树依然从容地伸出枝叶，交错遮蔽着校园之上的天空。树和石阶，有足够的耐心和耐力，用三十年的时光守候一个人的几分钟的"回顾"。场景的局部令人惊奇地"保留"原状，尽管这种"保留"并不能让当事人回到"从前"——"从前"是常态物理状态下永远无法踏入的时空。况且，当年"傻傻的你"已经失去了那种羞涩、惊慌、不确定与不懂事。少年郎最可贵的"茫然无措"是无论如何不会在同一现场复制了。石阶见证了已经"石化"了的当年邂逅。石阶是沉默的情感与情景的存储器，存储了无数的惊鸿一瞥、清波流盼和朗朗笑声，也存储了二十多年前一个大学新生的渴望和羞涩。"树犹如此，人何以堪"，这是东晋大司马恒温以柳自比而发出的感叹。《世说新语》中言及，桓温北征，经金城，见年轻时所种之柳皆已十围，慨然曰："树犹如此，人何以堪！"攀枝执条，泫然流泪。人上了一点年纪，特别是过了五十岁后，念旧的情感日益浓重，见到年轻时代自己目睹的情景，老街道，老建筑，哪怕是一段青石板铺就的台阶，都会不由感慨光阴似箭，岁月无情，如今，只能从记忆中去召唤青春，只能从记忆中去再次领略当年青涩而美好的校园气息。

校园里每一棵老树的每一个树洞里都"回收"了无数的内心叫唤。深夜，耳朵贴着石头或树，你可能会从石头或树的内部无数纷杂的叫唤声中辨别出你当年内心的叫唤。不，除了叫唤，还有细语，甚至更可能的是无声的低语，低到连自己都听不见的声音，一种虔诚的祷告式的细语。是啊，少年一开始的情爱，通常是连自己都不敢承认的情爱，是自我禁止式的情爱，是不能声张的单恋。

可是，没有情欲的恋爱为什么二十多年后依然可能在耳边喋喋不休地聒噪呢？大概，有过思恋的漩涡便算是爱吧。有些爱，是海市蜃楼，如幻影一般的爱通常很干净很卫生。学姐太美丽了，端庄不失妩媚，轻盈不乏凝重，腰身纤细，步态沉着，皮肤白皙得令人惊讶，眼睛明亮得像外星生物。后来，你再也没有见到这样的女子了。这种20世纪80年代才可能生成出的美丽女性，一种漂流在二十多年前的亚热带时空中的绝美女子，很难想象她会来到这个时代与你相遇。或者说，你不会愿意在当下遇见她。此时若重逢，只会带来对这种幻影的破坏。好在这种重逢的可能性极低，低到几近于无。事实上，这二十多年里你根本就没有遇见过日语学姐，再接下来的三十年，遇见她并认出她的概率似乎也不会更高。别了，学姐，最美的时候便是将美埋葬的时候，最无法接近学姐的时分便是与学姐最亲密的时刻。

人类就是如此奇怪一种群居动物。他们相互排斥，但不乏依恋。男女性爱形成的依恋感是让人类群居生活一直延续下去的一种"暗物质"。情感依恋这种大大小小"暗物质丛"才使得整个社会联系成为整体。可以假设，如果没有男女之间的依恋，或者，更决绝一些，彻底瓦解人与人之间的任何依恋性，固然可以让某些人在某些时间因为毫无牵挂而瞬间变得"果断"，但那是机器人式的"超级勇敢"，是没有了价值根基的"假勇敢"。况且，没有了依恋性，说不定更少"勇敢"，因为勇气与爱密切相关。

除了个别人，大多数的男女花在性事上的时间是可以统计的。事实上，性器官的摩擦所产生的快感并非性爱的终极快感，为成就DNA遗传的种种情爱表演才会让人类花费大量的时间。除了自身直接参与谈情说爱的活动外，人类还要用不少精力从事艺术表演，或舞文弄墨，或拂弦弄箫，或雅集俊扮。我想这类活动都可视为情事活动的衍生活动，是人类表达情感，理解自我和他人的情感世界的"文明活动"。

也许，每一个个体，在自我的内心深处，都或多或少存储下情爱往事。独处的时分，不经意地摸索到内心的某个按钮，按下，看看既往的欲望音量到如今还能有多大，还能在记忆中发出怎样的声音，这是一个人检讨自我历史的一种方法，也是检验你的情感记忆力的一种练习。

余岱宗，福建师范大学文学院教授、博士生导师，福建省福州市作家协会主席。

雀 斑

◎ 张心怡

一

山庄里真是一个奇特的所在。她第一次来这里的时候就知道，他们永远没办法找到这里。沿着一条漫长的斜坡开上去，坑坑洼洼的鹅卵石路面改变着路灯照射的角度。她想着若是早晨，应该是阳光。转弯，一片茂密的刺桐林。栅栏像打磨粗糙的竹砧板，浅黄色，尾部扣着铁环。

漫长的刺桐林，靠近后山的地方营养丰富，枝叶疯长。层层枝蔓在路灯下成为黑色的影子，与橙黄色光斑形成规律交错，车前灯打得有些突兀，像是一种刻意的壮胆。司机从后视镜里，狐疑地看一眼金夫。

又转弯。进入一个半圆弧形旋转的栈道，又是石板路。有几盏灯失修，黑色的影子围成了隧道。栅栏密密麻麻，生锈的铁环相互勾嵌，在风中发出指甲摩擦的声音。

司机的脸像一块褪了色的布料。他一定是个外地司机，晚餐刚吃过一碗热腾腾的面条，在初冬的寒风凄苦中上路。鲜少人来过这个地方。金夫付了二十五块钱车费，这样近水楼台的捉弄让她觉得愉快。

毕竟来这里已经住了两个月，总要表示一下自己麻烦别人的诚意。金夫每天早晨都把地板拖得锃亮，灶台上没有一颗水珠。

可是她仍然无法适应山上的水压。套房在顶楼，水时常抽不上来。在那看不见的地方，也许像吸吸管，气体像弹簧一样被压住，然后慢慢释放。楼底的人听见水是哗哗哗的，六楼的水管里一半是气体，一半是水。

冬天的时候福船往往不洗澡。可是这样水仍旧不够用，最后林总说，派我的勤务兵来送水吧，这是由冬入夏的第五个月，林总已经升为副旅长。

准确地说，他并不算是勤务兵。小刘笑起来的时候，上眼角刚刚抵到眉尾的一颗淡棕色的痣，浅浅的双眼皮向内收，眼睛就眯成了两条细长的塘渠。灰尘黏在刘海前端，落的像花洒。他挑来了两桶水，又搬来梯子洗空调。

他几乎还是个男孩，白衬衫没有一块完全干净的地方。爬上爬下忙活，冲锋车就停在六月间开辟的阴凉处。十八岁了，小刘说，他刚满十八岁，被分来做林总的司机。干完活，他就垂着手站在那里微笑。

这接近于一种傻笑。"林总入伍的时候，刚好也是十八岁。"金夫像谈起一个朝夕相处的人。就像她的脚尖每晚都能触碰到他角质层厚重的指甲盖。小刘在脑海里估摸着两人的身高。这句话里有一种没有必要的造作。但是小刘还是点点头。

他下楼，金夫拎了一袋垃圾出来。

嫂子，给我吧。

手腕上有性感的静脉。

闽南习俗，过了端午就可以铺凉席。金夫也理解为，过了端午就可以开空调。把主卧让出，小留的次卧却没有空调。福船装作什么也不知道。还没有到端午，他已经穿上了白色汗背心，每年的这个时候，乳头都要露出来。

金夫去菜市场，要步行穿过栈道，走下斜坡，她有点气喘。六楼，门廊狭小，台阶极高，走到三楼她的腰部就开始疼。有时正逢交接班，打不到回山庄的的士，她只能拎着蔬菜和肉缓缓爬上来，六楼，腰上的神经像节假日时的锣鼓。

有一次，打不到车，她拨通了小刘的电话。他几乎在十分钟之内就赶到了菜市场门口。她想起第一次来山庄那天，他就没有使用导航。

下雨天，她斜斜地瘫在副座上，像一块被拍打松软的三层肉。湿气轻轻地撬动她的指甲盖，从脚部开始，身体像一块穿针走线的毛线团。小刘的球鞋被雨打湿了，好臭。

她在后视镜里，看到了从前的菜市场。如果不是姐姐金平，她也不用躲债。现在姐姐是完了，她还在这里，走不了，只是搬了个家。

天气越来越热,她要问问福船,是否应该提出给小留装台空调。

最后还是林总提出来了。林总是看着小留的神色说话的,他说,明天我让司机来帮忙。

小刘第一次在周末上门。金夫开的门,小刘喊,嫂子。

她在原地晃了一下。

林总说,这才是我老婆。

背对大门。屋子里面有第二个女人,第二个女人就是一声不吭的小留。

相识一月有余,小刘又开始爬上爬下。

空调已经安装完毕,福船主动提出要分担电费。林总看看小留,再摆摆手,小留说,何必呢?都是自家姐妹,又是一个毫无必要的语气词。

小留的母亲是金夫最富有的姑姑。

小留其实挺胖的。她在洗碗的时候,再次从厨房窗户的反光里看小留。

然而水雾升起来了。

她听到儿子的笑声。一到夏天,福船的胸部就变成摊开的两张蛋皮,儿子把手按在父亲的肚皮上,对着电视里的动画笑得龇牙咧嘴。

一艘能吞纳万物的大船,整个客厅摇晃起来。

雀斑

二

这是事实,她比小留漂亮。

不仅如此,她从很早的时候就意识到,自己的臀部有多漂亮。

从髋骨开始逐渐过渡的线条,不是硬邦邦的如充气包装袋似的纹理肿胀。耻骨下端往上托起,界限细密得如同武夷山谷里的一线天。

像在氤氲蒸汽中变得松软的馒头,小骨盆一侧,有两点将馅料收得挺翘。

莫代尔面料总是顺势滑入她的股沟,她只能穿棉麻。

是福船,将馒头拨开,发现了股沟中的那一颗淡粉色雀斑。

福船惊讶地说,啊,竟然长在这里。

洗澡的时候,手掌滑入股沟,指甲能感受到那颗绿豆大小的凸起。

实际上,她对它爱不释手。

肩宽腰圆,对于金夫而言,小留的衣服都有些太大了。

她一一试穿小留的每一件外套,规定自己说,每天试一件。等到一轮试完,她找到规律,根据不同的天气来搭配不同的款式颜色。小留不断地添置新的外套,她就翻开皇历,四季温差恒定,然而有不同的节气。

浅豆绿最配她的弯眉,而酸橙则得益于相得益彰的眼影色。

还有一件湖水蓝,把腰带抽开,剪裁的褶皱张开角度,膝盖以下一寸的下垂摆,四面皆有小嘴般的三角豁口。衣不贴身,空灵才显身段,要瘦,但不能太瘦。二十年前学梨园的时候,老师总嫌她太瘦。

气运不上来,步伐总有些轻飘飘的。

伊这个单身姿娘,"啐苦啊",后面的调子总要跑偏。但那种愁苦的姿态是实在的,她喜欢这些长吁短叹的曲词。

找来找去她只能演肖氏娘子。这是一个要投水的人,还在水边穿一袭白衣,自有一种鬼怪的气质。

其实这又是个错误,她原本是唱小梨园的,怎么被拉到上路戏去了呢?

她迅速而麻利地将衣服整理好放回原处。每天只试穿一件衣服,抽出来的地方会贴上一条相同颜色的便笺纸。撕开之后,用面巾纸轻轻擦拭,当衣架重新归入,吻合的角度也一般无二。

只有一次,福船看到主卧衣柜里林总未取走的军服。福船说,怎么样,我来试一下。

口袋里有一个徽章。福船拿出来把玩。她有点紧张。后来她问他,是左口袋还是右口袋呢。

福船说,我没留意啊,我给忘了。

一个星期之后,她买菜回来,腰疼得厉害。当她想在做饭前试一件浅灰紫新风衣时,小留次卧里的衣柜已经锁上了。她

雀斑

没有理由锁主卧的衣柜，然而她却没有理由刻意发现她锁住了次卧的衣柜。她拖地的时候，用尖指甲在衣柜上轻轻一划。

小留继续散尽钱财买入更多的衣服。她从此留心观看着。金夫发现，无论腰带束得有多高，小留突出的腰腹还是会将大衣前摆些微拱起。她摸着自己平坦的小腹。小留无论如何富有，终归是一个有点儿胖的姑娘。

因为太瘦，在梨园实验学校里，金夫几乎算得上丑。鼻头扁平，与嘴唇同宽，上排牙齿微微翘起，当嘴唇合拢之时，会有一条轻微的裂缝。嘴唇包不拢牙齿，像下锅之后开了天窗的饺子。

老师说，金夫，再胖一点就好了。脸颊胖起来，嘴巴就不凸得那么明显了。也许能演一些其他的角色。

小梨园只有大旦，小旦戏由贴扮。然而她那一副生动活泼的样子几乎要惹人发笑。她笑起来太缥缈，没有抓地的定力。

人说，男人无妇身无归，女人无夫身无主。

她总共也没唱过几年梨园。那时候读戏曲中专，不过也是为了寻一条出路。后来有人提醒了她，早知道应该学唱高甲，现在有钱人办丧事都请唱高甲，谁唱梨园？

学戏，零零星星总共只有几年的学生时代，她住二楼。

老旧红砖瓦房改建的学生宿舍，她的床塞在拐角的三角空位上，一侧步就是阳台的拉门，她几乎是一起身，就来到了阳台。

从公共浴室里回来的姑娘来来往往地往阳台挤,头发的水珠泼溅到白床帘上成为墨绿的污渍。四尺见方的阳台上,衣服叠挂得像清晨刚出市的肉摊。

没有人愿意掏钱买挡拉门的帘子,左右她们不住这拐角,用不着。而金夫也没买,她不愿意厚重的帘子将屋子里挤得更水泄不通。再者,她不愿让人觉得,是她非买不可。

吃完午饭,她就倚在床杆子上剔牙,看她们来来往往地往阳台搬东西。

有人对她喊,金夫,我开门了啊。

她笑了,你开吧。

笑的时候就看不见嘴型的缺陷了。

门打开来就是金夫白花花的腿。宿舍十二个姑娘,没有一个像她这样,不爱穿裤子。

可是她们有谁像她这样,有这么漂亮的屁股。更瘦的,竹竿腿上是两片塌方的面包;更胖的,像形状不规则的深土层番薯,泥层哗哗哗地抖动。还有一种练满肌肉的,跟被人打肿了似的,像熟透的果实,没有刚采摘下来的新鲜感。

她看着她们的屁股,在心里冷笑。她不脱裤子,又有谁会知道?她炫耀似的走来走去,俯下,拾起什么东西,抬胸,起身,每一个动作都是一帧。无论如何,她总算扳回一局。

小留一定意识到了什么。她虽然不动声色,可是已经开始抱怨逛街的劳累。她知道金夫在躲债没办法出门逛街,已经许久没有买新衣服。她将手环成半圈绕过脖颈。

"姐,你应当知道,逛街和逛菜市场还是不同的。要买一件合适的衣服,有多么难。"

"当然啦。"

"不过,姐。"她试图将眉毛挑高做出一个娇俏的表情。"你整天待在家里,又用不着那么多衣服。自然是省力又省钱啦。"

"当然啦。你说得对。"

在金夫看来,小留几乎是在挤眉弄眼。从小到大,在她的印象中,小留都是这么胖。依附在下巴骸上的肉将她的脖颈挤出三条皱纹。

身体晃动的时候,总是带着轻微的嗲声。小留其实是一个狠辣的角色,无论如何,她并不傻呀。人若犯我,我必犯人。

幼儿园春游之后,照例要举行每年一届的运动会。当天金夫去接儿子,老师客气地请金夫留步。她说,听说孩子的爸爸是个军官,运动会的时候能否请他来当个裁判?

金夫爽快地答应了。

在楼下,三楼新搬来的一个老太婆,是军官的母亲,趁着春困晒太阳。金夫每天买菜回来,都要和各家留下来操持家务的街坊邻里打招呼,老婆婆说,我昨天看到你妹妹了,工作那么辛苦,那么晚下班啊?

金夫笑笑。

还没有结婚吗？姑娘家不能太拼。

金夫还是笑。

笑的时候，就看不到嘴型的缺陷了。

春天是包小馄饨的季节，放在冰箱里，可以随时煮来吃。金夫想，你以为呢，其实我也不傻呀。

三

医生有点莫名其妙地看着她。他再解释了一遍，这不是雀斑。

怎么可能呢？这怎么可能不是雀斑。她有点傻地叫起来。那种神情，让门口等候看病的人都捂嘴笑起来。

雀斑怎么会长在这个地方呢？医生竖起一根手指，指了指自己的屁股。雀斑一般长在脸上，其次就是暴露的地方。再说了，这些斑点虽然都是深棕色，但都有瘤头，是老年斑。

哦，我知道，老年斑，那……那颗粉色的呢？

哪一颗粉色的？

医生想让她详细描述一下。原来医生检查的时候并没有在意，也许压根就没有看到。他转过身在池子边涂洗手液。

她没有说话。

没有例外。你这就是老年斑，不会有错了，我给你开点药膏。

医生停顿了一下，又说，你说粉色的吗？也许只是一颗青春痘？抓住了青春的小尾巴？

他似乎觉得自己挺幽默。

套房因为是部队里公发的，空间都安排得极其经济紧凑。客厅是门面，要被照顾，于是浴室就被必要地缩减了。三角形的淋浴门一拉上，她只能在坐盆上艰难地略微转身。

光着的屁股擦着了冰凉的瓷砖。细小污垢的刮擦都像是一场并不友好的照面，她想起来自己已经很久没有清洁过浴室里的瓷砖。

圆润的两片花瓣出现在镜子里，她现在将它们慢慢打开。那一颗斑点，已经扩大。原来像鸟粪，现在像鸟的一颗眼睛。黏在屁股上，像是轻轻耸立的股尖，也像乳头一样如同黏满花粉的花蕊。

尽管仍旧骨瘦如柴，可她的头转动得极其费力。

一只手紧紧抓住马桶边缘缝合之间的空隙，另一只手，在三月天湿滑滑的瓷砖墙上探来探去。中指和食指伸的最长，微微弯曲，像膝盖，能听到骨节松弛的咔嚓一声。

是开灯的声音。她把所有的灯都点亮了，包括浴霸。反正不用交电费，她为什么不看清楚一点呢？

屁股已经长成了一颗未脱皮的鹌鹑蛋，只是暂时还是浅浅的一片滩涂，很快它就会变深起来，每一天的食物都会给它生长所需要的营养。可是并没有船舶在这里搁浅。

浪潮依靠着抽水马桶里的机械开关，咸湿的体液也鲜少分泌了。这个屁股，似乎与记忆中的已经不同了。天啊，过了这么多年，她都忘了查看一下，等到现在查看，它已经成为一个完全陌生的部分。她试图回忆起新婚之夜，福船伸出舌头之前，脸上那种惊喜莫测的表情。可是有什么东西挡在前面，她重新望向镜子，三月天，水汽升得那么高，眼前是雾蒙蒙一片。

她坚信，那是雀斑。

为什么不可以是雀斑呢？反正医生也不知道那是个什么。

也许医生是知道的，只是他不肯费心去查看罢了。

可是就算不是雀斑，真是青春痘或者是别的什么，又有什么关系呢？

总之一切都是无可改变的了。

林总终于下了逐客令。但是，林总也不是突然之间下逐客令的，事情总有一个发展变化的过程。金夫先是试了试，她每天拖一次地板，与一星期拖一次地板，与索性不拖地板，福船都没有任何反应。

她腰疼不疼，与福船也没有什么关系。

福船开始迷上中医养生，结交了一个叫黄仙的朋友。神神道道，手上串一颗佛珠。他说，十点前必须睡觉，否则没办法排掉肝脏里的毒素。

可这套房子是小留的，她看出了区别。你整天待在家里，有那么多时间，没有时间拖地？

我难道不用买菜做饭洗碗，不用洗衣服，不用带孩子？

当然，话是人说出来的，她们没有这么说。

金夫有时候冲着孩子嚷，起码孩子是她的。

其实，要真说出来，也无话可说。说什么呢？

小留说，我婆婆要来住了。姐姐，姐夫，抱歉。

福船爽快地答应了，他在卧室里和金夫算了一笔账。借住一年半，孩子已经快要上小学了，上小学就要把孩子送回老家了。对他来说，这是一个令人满意的结局。

搬家那天，没有事先和小留商量，金夫叫了小刘。

小刘在电话那端犹豫了一下，即使时间间隔那么短，金夫还是听出来了。最后小刘说好啊。

她不再是上司的妻子。那么现在她在他眼里是什么呢？

行李太多，小刘把外套脱掉，汗液还是浸透了衬衫。后备厢不够放，车内也塞满了行李，金夫就坐在行李之上，她感觉自己处在群山的巅峰。

她看着他的侧面，从额角到鼻梁、下巴，连成一条扁平的直线，像美工笔刻在一张浅杏色粗糙宣纸上，有晕染开的部分，是他不饰修整的眉毛，眉心往下，像线头穿过银针，由尖头开始钻入心脏，细线在内脏里滑动。

车开进栈道，是一百八十度的旋转，驶入石板路，那感觉就像防空洞，冰凉，披拂的树叶像爪子，朝车窗里伸过来。山庄的刺桐给她安全感，她买菜爬坡的时候，扶着沾有锈迹的竹栅栏喘气，傍晚厨房的灯光会陆续被点亮，都是留下来做饭的军嫂。她们相互认识。

屁股被行李震得生疼。是铁皮鼓吗？鼓面被击破，木棒从另一头钻出来，正打在骨节转弯的地方，还是功亏一篑的面团？

汗液是润滑剂，它源源不断地渗出来。

无论如何，这总算是春天的季节了。

二月二，龙抬头。

整辆车已经被蒸得雾气缭绕。

她突然想起来，垃圾还没倒。它就搁在门口，像他们第一次见面那样。小刘说，金姐，垃圾还是要倒的。他这是在提醒她，作为军人的家属，这一切都是为了林总的体面。

二月二，龙抬头。每年的这个时候，元宵已经过了，她才发现，盛大的元宵梨园节，她照旧没有戏演。

小刘没有穿外套，裤子的褶皱叠成了一根包线的腊肠，他满不在乎地倚在车门上抽烟。浮上来的静脉，像青色的河流。

垃圾桶就在楼梯口靠近车库拐角的地方。蓝色的油漆铁皮桶子，深不见底，每天清洁工都用固定的工具，钓上来。

她撅起屁股，头伸长出去，裙摆的裹边，随着动作的幅度被不断拉高，大腿，接着是和屁股紧密相连的皮肉，随着岁月流逝，它们松弛而疲惫，随时准备着一劳永逸，那种轻微抖动的向下重力让她难堪。

摄影机抓拍的画面再也找不到什么清晰的棱角，只有模糊而无法聚拢的焦点，打散成一片泡沫似的漂浮物。

是她眼睛里的火花。又是贫血，她弯着腰喘气。腰疼，那

雀斑

是坐月子时落下的毛病，从很久以前开始，她就已经不再是她自己。

年纪越大，症状越明显。距离第一次登台演出的时间，已经过去了整整二十年。

二十年前，梨园实验剧团元宵公演，在全市都是轰动的。照例要演名剧目《陈三五娘》，五娘的角色需要三个旦，三个，但个个要求活泼灵巧。

她待了这么多年，师傅有意安排她去试戏，可是一切都是白搭，最重要的问题是，她还是不会笑。

学的是小梨园，却被分到上路戏去，《刘文龙》是给《陈三五娘》热场的。罢了，临时凑她演个肖氏娘子。这是师傅给的情分。

刘文龙有三个。她对着第二个刘文龙唱了老半天戏，才发现自己的搭档本是第三个。天气越来越热，汗液浸在戏服上，像瓷砖上的一口痰，化开了乳白色的绸缎。

肖氏娘子是原配夫人，等了十八年，终于等到了当年的新婚丈夫刘文龙。刘文龙出使西番十八年，睡了异域风情的外邦公主十八年，一拍屁股，身侧犹温，也许并不稀罕这个冷冰冰的守身女人。

功成名就归国，他并不急于与她相认，需要确认的事情，还有很多。

比如，我走之后，你有没有好好侍奉我的父母，他们是否仍然健在？

比如，我走之后，你还保持着只被我一人玩过的贞洁吗？

比如，你的衣衫如此破旧穷酸，我还是择日再与你相认吧。今日，先将你打发回去。

所有的唱词，都有一个发端，像是起调。

"连哩唠，哩啊哩连唠哩，唠唠连，哩唠唠连。"

都是些什么鬼。

张心怡，1993年生，福建泉州人，本科毕业于福建师范大学文学院，现为复旦大学中文系硕士生。在《西湖》《台港文学选刊》《延河》《文艺报》等报刊发表过小说、散文、评论。获首届"嘉润·复旦全球华语大学生文学奖"散文组首奖。

战火纷飞红旗飘

◎ 杨国栋

一

8月炎热炙烤的日子,骄阳艳日被滚滚乌云要挟、席卷、包裹,继而就是6级台风将海浪掀成数米高的水柱,强烈地撞击在尖峭的岩礁上,发出震耳的轰鸣呼啸……

这个突发而来的平潭岛恶劣气候,出乎参战部队广大官兵的意料,故而一线作战的团长们电话报告师长乃至时任中国人民解放军第28军军长朱绍清:海上风浪太大,指战员乘坐的木帆船在摇晃颠簸的海面上几近翻船,是否继续前进……朱绍清军长拿过参谋长手中的话机,有些不高兴地问,你们废什么话?一个6级风浪就把你们吓到了?你们还是不是横扫千军的王牌主力部队?对方说:报告军长,这里是豁口,狂风汹烈,相当于海面上的七八级大台风啊,前面的小舢板都被凶猛的风浪掀翻了……朱军长生气了。他说:执行命令,按照原计划强攻敌人阵地,拿下各个据点岛礁。对方坚定地回答说:是,我们保证完成任务!

这是1949年中华人民共和国成立前夕，发生在福建平潭28军解放平潭战役中的一个画面。开国少将朱绍清后来在他亲自撰写的《平潭战役回忆》中写道：福州战役胜利结束后，第10兵团主力部队迅即挥师南下，准备发起漳（州）厦（门）战役。但是溃守在平潭岛之国民党军队堵塞着海上通道，成为我军战备船只集结南下的巨大障碍。迅速歼灭这股敌人，保障我军海上运输顺畅自由，成为当务之急。按说，解放福州战役，朱绍清所领导的28军是打响福州第一枪和解放福州城的主力参战部队，战后需要休整。可是军情紧急，第10兵团司令员叶飞亲自点将朱绍清，完成这一光荣的附加任务。朱绍清军长二话不说，迅即开拔，从福州经福清、小山东，分别飞舟跨海，进入有着军事作战条件的卫星岛屿，直击敌人占领的腹地。

平潭岛又称海坛岛，因为岛屿外形神似古代的坛，矗立在海中，便被叫作海坛岛。岛上时常雾气弥漫，斑驳混沌，古人将此称之为"岚气"。故而"岚"就成了平潭县的别称。笔者在1976年至1982年的6年多时间里，曾经在岚岛从战士干到副连级宣传干事，对于连队所在地三十六脚湖和团机关驻地东壁印象极为深刻。三十六脚湖是福建省最大的海岛天然淡水湖，湖面娴静安谧，宛若处子；水下游鱼摆尾，淡虾高跳，龟鳖爬行；水质清新透亮，没有任何人工或工业污染，而且千年不绝，岛上的居民生活用水都来自此湖，也算是上苍对平潭人的厚爱眷顾。这里湖光山色，青绿掩映，树木葳蕤，花草连绵，风景秀丽。无论不远处的大海如何发飙咆哮，狂风吹打，暴雨瓢泼，三十六脚湖依然清净清新，安然无恙，被世人称誉为"东海仙境"。清代著名诗人俞廷萱曾经写诗赞扬：

波光如画碧如油，日落风清好泛舟。
三十六湖烟波阔，不知领得几多秋。

平潭岛为全国第五大岛、福建省第一大岛。该岛由近千个岛、礁组成，其中岛屿126个，总面积约370平方公里，主岛面积323.25平方公里，有着丰富的自然资源和海域港湾，适宜近海养殖。但是，强台风甚至超强台风时不时粗暴肆虐这里的岛礁，主岛平潭豁口较多，风力强劲，一公里内没有树木芳草能够成活。其时，国民党73军军部和15师，以及73军238师、74军残部等盘踞在主要的岛礁上，其中不乏在福州战役中被朱绍清军长、陈美藻政委领导的28军击溃的残渣部队。然而这些守军毕竟有着先进装备，如大小舰艇10多艘，大炮和轻重机枪等数百门（挺），总兵力近万人，他们企图垂死挣扎。

此前，朱绍清军长就分别派出侦察员潜入敌军驻地进行勘探侦察，获取第一手资料后得知，敌人的部署是：第73军两个师防守于平潭岛北半部。其中714团守防大练岛；712团一个连守防小练岛；军属工兵营一个排守防草屿；第74军残部布防在该岛南半部；舰艇游弋于闽江口和平潭岛周围。看到侦察员报来这样古板的敌军守防阵势，朱军长笑了。他认为国民党军队屡战屡败后，布局毫无新意，特别容易被解放军分割包围，各个击破。

二

今天，当我们从高空中俯瞰平潭岛，可以看见辽阔宽广的海面上处处景色绚烂，湛蓝的天空与湛蓝的海水交相辉映，相得益彰；悠悠白云与起伏波浪绘就人间清新。尤其是石牌洋（亦称双帆石）海标，凸显出岚岛的别样风情品位；长江澳、海坛湾、坛南湾海滨浴场，沙质细嫩盐白，海水清澈湛蓝，每年堆积的人潮人流可以绕地球数圈；亦梦亦幻般的蓝色眼泪，乍看色块浓烈深沉，细细观赏耐人寻味；再看形似神兽麒麟的平潭主岛在台湾海峡矗立，完全能够给人一种人间天堂的神奇美妙的感觉。岛上湖、海、沙、石相映成趣，奇、幽、险、陡引人入胜，构成独具特色的海岛风景线，成为世界各地游人竞相登陆的宝地。更何况，进入21世纪以来，平潭岛的交通获得了很大的进步。过去进出岛只有班车和部队的登陆艇，遇到台风被迫停开。如今旧貌换新颜，先是建起了超长的跨海双向行驶桥梁公路，接着在2013年11月动工建设了平潭海峡公（路）铁（路）大桥。这座公铁大桥于2019年9月25日完成全部桥梁合龙工程，大桥全线贯通；又于2020年10月1日公路段通车试运营；于2020年12月26日铁路段通车运营。进出平潭综合实验区，变得十分地便利快捷。

然而，旧时代的岚岛一片灰蒙迷离，凄风苦雨的岁月印记着岛民们的穷苦心酸、悲凉哀怨。侵华日军和国民党反动军队给渔民老百姓带去的惨痛记忆，除了凶残的暴力欺压，就是无休止的剥削压榨。

为了打一场有把握之战，扫清海面上的残敌，实现兵团首长的战略意图，朱绍清军长于1949年8月下旬，专门在距离岚岛西岸的福清县主持召开了全军作战会议，制定了详尽完善的作战方案。那些年，朱军长率领部队一路长驱直入，从北方打到南方，所向披靡，高奏凯歌。他和广大指战员们一样欢欣鼓舞，喜笑颜开，却时时刻刻保持着清醒冷静的头脑。平潭战役虽小，战略上可以藐视敌人，但他谨记毛主席的教导，哪怕很小的战斗，很弱的敌军，也要在战术上重视敌人。当下的平潭战役，虽然胜算在握，但朱军长还是清醒而睿智地看见了敌人正在边整编边抢修阵地工事，在相关路面设障阻击，甚至还在城南修建了一个小型的野战飞机场，妄图负隅顽抗。

与此同时，朱军长也看到了自己部队的弱点、短板，那就是攻打平潭岛是28军单独组织进行的一次战役，尤其没有过攻打海岛的渡海作战的经验，甚至可以说，在人民解放军的建军史上，攻打平潭岛这样的海上作战尚属首次，诸多困难明显地摆在了他们的面前：没有现代化的钢铁军舰和登陆艇，甚至机帆船都很少；所属部队绝大部分来自北方，虽有横渡黄河、长江的经历，却与渡海作战还有较大区别。根据朱军长等军首长的擘画谋划，28军采取的战法是先攻歼平潭外围若干卫星岛屿之敌，继而集中火力攻打平潭岛敌军。在具体的战法上，以

4个团为第一梯队，3个团为第二梯队，军里的炮兵团全力支援。

　　战斗方案制定并被上级批准后，朱军长所在的28军指战员全面闻风而动，全军上下迅速展开各项战斗准备工作：筹集民船，雇佣船工尤其是船老大，勘察地形，临战训练，深海游泳，海上救护，战斗动员，研究潮汐规律和气象等，部队的士气一下子得到提升。经过半个月紧张而有序的准备，朱绍清军长于9月11日下达命令：战斗部队分别进入待机地域。12日夜晚，平潭海空一片漆黑，不但看不见皎洁的月亮与灿然的星光，而且3米之外看不见人影。在滚滚乌云的翻卷中，疯狂的海风一阵紧似一阵，咆哮的巨浪一波压过一波，像是在考验久经沙场节节胜利的28军官兵，如何过五关斩六将夺取平潭战役的胜利？

　　激烈的海战如期打响。

　　247团、250团、245团、252团，作为第一梯队，分别以部分兵力向着平潭敌占卫星岛之大小练岛、结屿、草屿、塘屿发起猛烈的攻击。

　　247团首先攻打小练岛。看似军力部署强大于敌人，可是海面上6级台风的骤然出现，多处豁口强力台风的持续吹打，让猝不及防的一线指战员被狂风当头劲吹而心智迷惘，超高的海浪如同妖魔一般，直接朝着没有心理准备的指战员浇淋泼洒，几个来回就让指战员脑袋转晕，呕吐不止，明显地减弱了渡海作战官兵们的战斗力……

　　好在，渡海作战的指战员事先受到政治动员和教育，经历过血与火、生与死的战场考验。他们准备了清醒脑袋的万金油，往太阳穴抹上并揉搓擦动几个来回，顿时提起了精气神，勇猛地向着敌人的据点趋进。敌人也不是吃素的。他们掌握了解放军善于在夜间发动猛烈进攻的规律，如渡江战役、上海战役、淞沪战役、福州战役等，往往第一枪都是在夜间打响。于是敌73军官兵白天大部分人躲在碉堡或据点里呼呼大睡，只留部分小兵马弁值守望风。三颗信号弹向着风高浪急的海空发射后，247团等第一梯队主力奋力搏击，强行渡海。敌人认为守株待兔成功，坐等消灭"共军"的机会来了，便在事先建筑的前沿军事工事中，集中火力向着我人民解放军连续扫射。一时间，247团4连打头阵的指战员进攻受阻，不得不驾船转舵，规避敌人正面的猛烈火力打击，加快了进程。其时，247团4连6班班长、共产党员叶栋良带病参战，因受强台风袭击，身体更加虚弱。当帆船航行触礁受阻时，叶栋良首先跳下水，带领全班战士朝着敌人阵地英勇冲击，因水深浪大，不幸以身殉职。其他班里战士继续冲锋，终于在一阵比一阵激烈轰鸣的枪炮声中，坚毅顽强地攻克了小练岛，将迎风飘扬的红旗插在了小练岛上。此战，247团以少量指战员牺牲负伤的代价，全歼敌人73军238师712团3营7连，其中俘虏敌人80多人。

继而，不畏艰险的247团指战员再次攻击大练岛。这次是8连担任主攻。13日21时，全连在华东二级人民英雄、连长刘玉瑞和副指导员苏守良率领下，乘着古老的木帆船，冒着起伏波动的6级大风浪，朝着登陆地点破浪前进。还是因为风大浪高，该团航行队伍出现散乱，在离岛约200米时进攻受到影响。岛上敌人以密集火力封锁海面，尽管我军顽强反击，还是受到来自敌人猛烈火力的疯狂阻击，前进数米都显得困难。

朦胧的月光在这时变得红蓝交辉，被穿越暗道地堡的火光一次次反复涂抹；翻卷的海浪雄浑激越，发出的尖啸和着水珠浪沫的咆哮，穿透了漆黑的夜色，凸显出激烈战火的强大。我军毫不气馁，以更加猛烈的进攻强压敌人火力，助推部队边射击边前进。此情此景，引发了一班长刘树美的思考。他机智灵活地迅即转舵驶向侧翼，组织轻重机枪猛烈的火力压制敌人，掩护连长带领突击队冲锋前进。战斗进行得异常艰苦惨烈，敌人强烈的阻击，导致双方陷入胶着状态，每前进一步都要付出惨重的代价。朱绍清军长在他的回忆文章中说：当时8连船上的36人已有24人伤亡，却没有一个人畏惧。刘连长一面用腿掌舵，一面手握机枪扫射敌人，顽强坚韧地带着6名战士冲上岸边。与此同时，刘连长的战友们紧跟其后，用尽力气抢占了敌人的滩头阵地，掩护其后的梯队五个连相继登上大练岛。

朱绍清军长在回忆文章中说：此时兵力虽是敌众我寡，但由于大台风过境，倾盆大雨瓢泼而下，凌晨的天空显得天昏地暗，尤其持续的暴风雨袭击，导致了龟缩在据点里的敌人陡升恐惧之感，错过了最佳的逃跑退却时机，眼睁睁地看着解放军官兵踏上岸滩，朝着岛礁据点奔去。247团主力抓住这一良机，大胆地发起猛烈攻击，于14日拂晓前攻占了岛西部高地，歼敌一个营，继而奋起进攻后，强压敌人于岛东南角之卫营山。

敌人在我大军压境下不得不乖乖举枪投降。当天下午3时，247团首长派出8连副指导员苏守良，带着通信员华宝贵，到敌人714团部受降。紧接着，敌人714团团长陈磊带着800多名官兵放下武器举手投降，大练岛宣告解放，用鲜血染成的红旗也在大练岛上迎风飘扬。

在同样的时间段，82师245团攻克了草屿岛，歼敌73军工兵营一个排，俘虏敌人20多名。252团攻占庸屿岛，250团攻占结屿岛，铲除平潭主岛西面和南面进攻航道上的障碍，为28军总攻主岛平潭创造了有利条件。

三

狂劲的大台风过去之后，平潭岛四周的海面上风平浪静。咆哮的风波巨浪，渐渐趋于舒缓温和。都说彩虹总在风雨后。海天一色的洋面上，飞跃海空的彩虹光耀夺目，灿烂辉煌，给胜利在握的28军指战员无比舒心的享受，前两日暴虐的台风、狂雨、巨浪强烈冲击留下的恐怖印象，瞬间就被色彩斑斓的彩虹冲淡。然而，大多来自北方和内地的指战员万万没有想到，东南沿海的阳历9月（阴历八月），往往在大台风、大暴雨过后，气温陡然上升到三十七八度，让驻扎在野地帐篷里的指战员燥热难耐。海面纹丝不动，激浪远离了岛礁，海风停止了呼吸，碧波断裂了摇摆，秋风藏匿了身形，诗情画意的海面顿时让人们失语。

28军的军事战斗还在进行。

9月15日20时30分,被白日燥热围困了很久的指战员,此时终于可以感受到一阵阵凉爽的海风吹拂。然而瞬间,他们的心思就必须回到战斗上。244团、245团、247团和250团,加上251团一个营,被朱军长任命为第一梯队;246团和251团一个营、252团为第二梯队,对主岛平潭发起了声势浩大的总攻。

那是多么激烈的海上战斗啊!

高远旷达的海空中,弯弯的上弦月凸显在深远的天幕上,几分皎洁,几分明净,月亮的一半被照亮,为半圆形。弦在左,弓背在右,周边闪耀着可以数得清的十几颗星光。浩瀚辽阔的海面上,在28军炮兵团强大威猛的炮火掩护下,一艘艘离岸的木质大船如飞箭似的由西、南、北多个方向驶出,可谓千帆竞发,百舸奋争,乘风破浪,一往无前。244团和245团于平潭岛南边之钱便澳东西两侧同时强硬登陆,首先消灭了固守在海边上滩头阵地的敌人,在短时间里,乘胜直取平潭城。一路上虽说也有敌军顽抗阻击,却被英勇无畏的解放军指战员从不同方向包抄打击,纷纷溃逃。16日2时,244团直接抢占城堡。紧接着245团也从侧翼攻入城内。战斗进行得异常激烈。顽抗的敌73军、74军因为事先准备了许多粮食和弹药,以为防守十天半个月没有问题。然而战端一开,城内敌人的心理防线首先被解放军强大的气势所摧毁,尤其是听说几个滩头阵地被解放军很快抢占,畏惧恐慌的心理如战火中燃烧的烟云那般弥漫全身心，顽抗了一阵子，就全面溃败。其中一大部分敌兵是被溃逃的敌74军、73军残部进驻平潭岛后强抓壮丁而被迫当兵的，基本上都是乡村里受苦受难的渔家子弟或农家子弟。这些兵丁一旦听说解放军是穷人的队伍，国民党因为腐败透顶而失去民心，也就觉得没有必要再为国民党卖命打仗。他们见机不妙，丢下枪支弹药向平潭城北部潜逃。我28军军部派出的侦察员，第一时间发现溃逃的敌人一部逃往观音澳，大部朝着流水渔村港口方向逃跑。带队逃跑的敌人军官可能受到台湾李延年司令官的所谓"支援"的哄骗，便有了从海上乘坐军舰逃往台湾的企图。朱绍清军长得知这个情报后，当即向各个进攻的战斗团发出迅速追击敌人的军令，要求244团一部乘胜攻打娘宫半岛，将守敌全歼，一部向流水方向进攻。要求245团一部乘胜攻打观音澳，全歼守敌后，迅即朝流水方向追击逃敌，务必在短时间内拦击海上逃跑的敌军。

为了打好这场战斗，朱绍清军长指挥从平潭岛西面进攻的250团和247团（含251团一个营）分别由结屿和苏澳、罗澳登陆，250团登陆后直取韩厝，与攻城的244团会师后，朝着流水和君山高地方向进攻；247团（含251团一个营）由苏澳、罗澳登陆后，首先荡平在桃花寨、青峰岭一线的敌人，之后沿着北海岸直取排塘兜，再朝着流水方向发动猛烈的进攻，消灭驻守在君山的守敌。在朱军长的谋划部署中，上面四个团追击敌人于平潭岛东北部的流水、王爷山、白犬山，将敌人包围在流水、君山地区。战斗打得还算顺利。可是敌人依托预设阵地工事负隅顽抗,等待海上军舰接应,好像是病入膏肓者被注入了强心剂似的,非要做出一番垂死挣扎的样子,给人民解放军加大了进攻的难度。双方攻防战斗变得异常激烈。同日上午9时许,海峡东岸驶来一艘敌人军舰。守敌看见后一时如获救命稻草,迅即疯狂起来。敌人哪里知道,这个敌情其实早在朱绍清军长和其他军首长的意料之中。朱军长从望远镜中发现敌舰企图靠岸,当即下令我军炮兵部队向着敌舰开炮轰击。隆隆炮声伴随着浓烈的硝烟烽火,让敌舰顿时吓得赶紧掉转方向,加速朝着原海路方向逃窜。虽然这只是一个不大的动作,却给了流水、君山地区的敌人守军一个沉重的打击。他们像泄了气的皮球一样,顿时感到待援无望,逃生无门,也就完全失去了意志力和战斗力,特别是那些被抓壮丁的兵丁,个个像暴晒之后腌卷了的菜叶,显得心灰意冷。尽管敌人长官采用奖励光洋银圆的手段,企图挽回军心,却也是瞎子点灯白费蜡。我军进攻的四个团指战员们抓住这一有利的战机,形成强大的炮火和轻重机枪火力,很快取得了战斗的胜利。朱绍清军长在他的回忆文章中说:至9月17日,除敌军73军和74军个别头目在敌占东庠岛之敌掩护下乘小木船逃走外,其余敌人全部被歼灭或者被俘虏。尤其是那些被抓去给国民党军队当壮丁的渔家和农家子弟,个个放下武器举手投降,其中不乏投诚起义的部分官兵。部分家庭困难的渔家、农家子弟,在接受教育后被放回家中农耕或者渔耕。还是在17日,在朱绍清、陈美藻等坚强有力的领导指挥下,250团以强大的火力攻势攻克了东庠岛,俘敌73军238师270多人，平潭战役遂告结束。是役，28军参战部队伤亡161人，失踪13人；共毙伤俘敌8132人，其中俘敌7734人，迫敌投诚273人，缴获敌人全部武器装备及战备物资，为10兵团南下夺取漳（州）厦（门）战役的胜利，创造了有利条件。

四

烽火硝烟渐渐散去的平潭岛四周，又恢复了它昔日金乌西坠、玉兔东升的常态。当滚圆滚圆又十分通透的鲜艳朝阳，从平潭岛遥远的海面跳跃奔腾至海空喷射出万丈霞光的那一刻，生活在这里的人们无疑会感受到美好的一天从这里开始。现在，平潭岛解放了，军民们欢欣鼓舞，奔走相告，喜气洋洋。在平潭战役中，平潭地下党组织、游击队和人民群众，紧密配合28军作战，为部队当向导，拥军支前，尤其是征集到的大量民船和船老大、船工，可说是辛勤工作，劳苦功高。朱军长通过与当年新四军、华野老首长，时任中共福建省委书记张鼎丞的联系，很快也同中共平潭县委李书记接上了头。于是军地领导们组织召开了隆重庆祝平潭县解放的军民联欢会。平潭县民间戏曲表演和歌舞节目闪亮登场；28军说唱和曲艺节目更具鼓动力，尤其是军民们进行的绕城大游行，让老百姓看着看着就热泪盈眶，高呼口号……

朱绍清军长、陈美藻政委等28军首长，按照惯例，在每一场大的战役结束之后，进行认真的总结，缅怀在战场上光荣牺牲的英烈；召开庆功大会，表彰先进模范和立功受奖人员。在平潭战役中，247团4连6班班长、共产党员叶栋良同志，平时对革命事业赤胆忠心，作战一贯英勇顽强，敢于亮剑，冲锋在前，深受首长赞扬和同志们爱戴，在解放平潭的战役中，他带头跳下水，因为风浪太大而不幸以身殉职。军党委做出决定，特别追认叶栋良为人民英雄，并且授予他生前所在的班"叶栋良班"的荣誉称号。

247团3营8连在攻打大练岛的时候，虽然困难很多很大，却想尽办法登陆成功，对迅速歼灭岛上的敌人起到极其重要的作用。28军以军党委的名义上报第10兵团党委，再报华东野战军获得批准，于1950年4月20日由10兵团发布命令，授予247团8连"大练岛连"的荣誉称号。

五

朱绍清原名朱继勋，因参加红军后与红六军军长邝继勋同名，改为朱绍清，字霖焕。1913年1月10日出生于湖南省华容县东山乡栗树屋场的一个贫苦农民家庭。朱绍清在两岁的时候过继给伯父朱国祥为子。朱国祥拥护共产党，在他的家中经常召开地下党秘密会议，这对其后朱绍清的人生影响很大。童年的朱绍清是一个放牛娃，性格刚强，肯动脑子，聪慧过人。1918年正月，5岁的朱绍清上私塾接受传统文化教育；1924

年春天入包家祠堂公立小学二年级读书。1926年，席卷全省的湖南农民运动势如暴风骤雨，迅猛异常，冲击着一切封建的、官僚的、帝国主义的污泥浊水。华容县东山乡村成立了农民协会。朱绍清在学校进步老师的影响下，积极投身革命活动，担任了童子军团长，带领童子军，佩戴红底黑字袖标，手提五尺长的紫红色木棍，活跃在乡村打倒土豪劣绅的风暴中；配合农民赤卫队四处巡逻，得到了极大的锻炼。

1927年4月，许克祥、何键发动"马日事变"，疯狂地对农民运动进行打压。朱绍清同许多农会会员一样，转入地下进行秘密活动。1927年9月，中共华容县委成立。朱绍清参加了童子军暴动，失败后改为组织输送各种军事情报。1928年11月，年仅15岁的朱绍清加入了共青团。没多久，他就正式参加了中国工农红军暴动队第八大队，任宣传员。1930年6月，朱绍清因为作战勇敢，冲锋在前，不怕牺牲，在战场上与敌人拼死肉搏，表现突出，转为中国共产党党员。其后，朱绍清在贺龙领导的部队里，参加了第二次解放华容县城的战斗。

1931年1月上旬，朱绍清参加了三战华容城的战斗，勇敢地与敌人进行正面交锋，甚至短兵相接，将敌人击溃。其后，朱绍清活跃在洞庭湖上，与敌周旋，用实际行动保护洪湖革命根据地；在第三次反"围剿"的作战中表现突出。

1934年10月24日，红三军与红六军团在印江会合，红三军恢复红二军团番号。朱绍清担任红二军团四师12团排长，不久又担任连长，先后参加了塔卧、龙家寨、浯溪河、陈家河、桃子溪、忠坝、龙山、李家河、板栗园等战役战斗。在忠坝战斗中，朱绍清将敌人引出工事，活捉了敌师长张振汉，几路人马强力歼击敌人41师。在贺龙指挥的龙山城攻坚战中，朱绍清率部担任攻城主力，抢占制高点。他身先士卒，勇敢地冲上敌阵，不料敌人的枪弹穿过朱绍清的膝盖骨，他忍受剧烈疼痛，顽强坚持战斗，直至最后夺取敌人阵地才下战场。

1935年9月，国民党反动派调集130个团，对朱绍清所在的湘鄂川黔红色根据地发动大规模"围剿"。为了避敌精锐，红二、六军团实行战略转移，踏上了漫漫长征之路。1936年1月，朱绍清所部担任主攻。他不幸再次负伤，却以惊人的毅力坚持战斗，直至最后胜利，受到上级首长表扬，被提升为营长。

朱绍清所部在通过天险腊子口后，进入哈达铺地区打土豪。随后遵照师首长的命令攻打县城，朱绍清第三次身负重伤，表现得极其勇敢顽强。1936年10月，中国工农红军第一、二、四方面军在甘肃会宁大会师，伟大的红军长征胜利结束。朱绍清被提为红二军团4师10团团长。

抗战全面爆发后，朱绍清被选调到中国人民抗日军政大学学习，为第3期一队学员。1938年3月，已调任新四军8团2营营长的朱绍清，指挥2营在舒（城）桐（城）公路地段大、小关之间设伏毙伤日军20多人，打破了日军不可战胜的狂言，鼓舞了敌后抗日军民的斗志。

1939年5月中旬，新四军江北指挥部正式成立。张云逸（开国大将）兼任指挥。朱绍清参加了方毅为首的临时前委。朱绍清负责军事行动的部署和作战指挥，多次在对日军作战中取得胜利，担任了新八团副团长。

1940年2月，国民党顽固派制造了严重的反共摩擦事件。朱绍清执行上级指示精神，对顽军进行打击，迫使顽军放下武器进行谈判。谈判中，朱绍清有理有节地与顽军斗争，再度迫使国民党5个游击大队800人投降，缴获轻机枪8挺、手枪30多支、步枪300多支。朱绍清所部无一人伤亡。

其后，朱绍清又率部在打击国民党韩德勤顽军的斗争中积极作为，主动应对，沉着应战。在人民群众的支援和外围部队的配合下，以不足500人的兵力，坚守七天七夜，使得韩德勤10个团一万余人进攻的兵力不能实现战略意图。接着，朱绍清又率领部队在半塔保卫战中合击顽敌3000多人，取得半塔保卫战的全面胜利。1941年1月，朱绍清调任江北游击纵队参谋长。几年间，朱绍清又在坚持淮南敌后抗战中做出了积极贡献，在反击日伪军的"扫荡"中消灭大量敌军，同时多次打败国民党顽军、骚扰和对抗，被提为副旅长兼参谋长。

解放战争打响后，已经是4旅旅长的朱绍清，有过南下淮北，首战朝阳集的辉煌战绩，歼敌92旅全部及60旅一部，生俘敌92旅少将副旅长以下官兵5000多人。其后展开的宿北战役，朱绍清率部参加，歼敌两万多人。中将师长戴之奇自杀身亡，少将副师长饶少伟、少将参谋长张秉彝等被俘。陈毅司令员写诗赞扬："敌到运河曲,聚歼夫何疑？试看峰山下,埋了戴之奇。"宿北战役后，根据中央军委指示，朱绍清所在的4旅被整编为华东野战军第二纵队第4师，朱绍清升任师长，高志荣任政委。

其后，朱绍清和高志荣领导的4师，气势更旺，火力更猛，战斗力更强，官兵们一听说有仗要打，个个如咆哮的海浪。写请战书的有，上台表决心的有，划破指头写血书的也有。于是，山东诸战、淮海战役、吴淞战役、渡江战役、解放上海、挺进闽北、福州战役……真可谓所向披靡，屡战屡胜。

可是，平潭战役取得大胜，朱绍清军长松了一口气，却因劳累过度而突然身患重病，他本来要参加南下漳厦战役，便无法出征。他留在了福州休养。

身体康复后，朱绍清军长就奉命参加了闽北与沿海一线的剿灭山匪、海匪战斗，击毙了"中华救国军闽北指挥部"总指挥刘午波，俘虏了山匪司令黄忠贞，解放了光泽、将乐、泰宁、建宁4座县城。面对沿海一线海匪，朱绍清先后下令发起40多次战斗，将西洋岛、三都澳等大片海域的2200多个海匪歼灭。特别是指挥部队再次登陆平潭岛，消灭了岛内的匪患与暴徒近千人。合计共歼击八闽各地匪徒7万多人，受到了毛主席1951年2月26日发给10兵团的专电嘉勉。

在战争年代，朱绍清曾经3次进入军校学习，却因工作需要，特别是战争需要，没能够完整地将课程学完。1951年9月，根据组织需要，朱绍清参加了南京华东军区短期高级干部训练班学习。那些军长师长们，个个身经百战，驰骋疆场，杀敌无数，聚集在一块讨论战役战例，争论起来互不相让。即便是儒雅的朱绍清，争论到兴奋时也是声震校园，颇显豪气。在陈毅司令员布置的考试中，军兵种全部考题计250道，能够得到4.5分者寥寥，朱绍清却一题不错，获得满分5分，得到奖品3件。

1955年1月，朱绍清调任中国人民解放军第31军军长，政委为汪少川。恰好这一年全军实行授衔制。朱绍清被授予开国少将军衔，荣获二级八一勋章、二级独立自由勋章、一级解放勋章。

杨国栋，中国电影评论家学会会员，福建省作家协会会员。曾在《人民日报》《光明日报》《文艺报》等40多种报纸期刊和多家出版社发表和出版小说、散文、报告文学、影视评论等作品400多万字。电影评论多次获得全国、全军一、二等奖；电子音像作品《倾听八闽红色故事》获全国一等奖；对外宣传论文两次获得国务院新闻办公室主办的《对外宣传通讯》一等奖。

海 魂

——遥祭江继芸

◎ 杨际岚

一

　　冬日。灯下，翻阅"海峡诗会"资料，读到席慕蓉的《谢函》，油然想起14年前的往事。那年，台湾诗人席慕蓉应邀访闽，在福州和泉州活动之后，抵达厦门，随即游览集美学村和鼓浪屿。著名诗评家陈仲义、诗人舒婷夫妇专程到鼓浪屿码头迎候。"海上花园"的美景，让席慕蓉赞叹不已，幽默地对舒婷说，真是羡慕她也嫉妒她，能拥有这样一处绝美的故乡！当晚，在下榻宾馆，从阳台上眺望，海浪翻涌，波光粼粼，远方，岛屿横卧若隐若现，渔船亮着暖黄的船头灯，一闪一闪地横过海面。面对迷人景色，席慕蓉不禁慨叹，多么美好、多么平安的夜晚啊！福建省文联、作协、《台港文学选刊》等联办了十届"海峡诗会"，多次邀请台湾诗人来闽，行程大多安排在厦门。厦门湾，鼓浪屿，演武大桥，滨海大道……洛夫，余光中，郑愁予，痖弦，张默，向明，大荒，陈义芝，白灵，焦桐，詹澈，张国治，尹玲，古月，陈育虹……数十位台湾诗人畅游鹭岛，对这片海域，这番美景，都留下难以忘却的深刻印象。

二

一二百年前，有些来自遥远国度的人们，也曾对那里产生了特殊的兴趣。牧师郭士立在《中国沿海三次航行记》中，这样写道："由于港口优良，厦门早就成为中华帝国最大的商业中心之一，又是亚洲最大的市场之一。"他又说："午后，我们走到厦门城郊的一座最高的山头极目远眺；港口的岛屿星罗棋布，金门岛在远处历历可见，山峦起伏，村庄纵横，全城展现在我们的眼前，这种幽美的风光使我们心旷神怡。啊！什么时候这个人烟稠密的城市才能归于主呢？"染指这片美好河山的企图，丝毫不加掩饰。伦敦东印度与中国协会致信英国外交大臣巴麦尊，提出："假若认为台湾占领起来太大，那厦门包括金门岛，可以给我一个良港，可以控制，并可以据以劫取台湾商业。"安德鲁·韩德森更是扬言："对于中国和对于一切软弱的政府一样，勇敢地施用武力可以收到意外的效果。"巴麦尊直言不讳：战争开始后，英军立即封锁广州等处海口，占领厦门作为"供应中心与行动基地"，"将来也可以作为不列颠商务之安全根据地"。鸦片战争中，这些不速之客，迅即将贪婪的欲望付诸行动了！

历史定格于1841年8月26日。厦门湾顿时成为战场，硝烟弥漫，炮火连天。"厦门的争夺主要是一次海战，兵舰对着那些巨大的炮台进行了四小时连续不断的炮击。炮击确实是壮观的。从战列舰两侧射出的一连串的火和烟异常猛烈,一刻也不停。仅'威里士厘'号和'伯兰汉'号就各自发射了一万二千发以上的炮弹,更不用说快速舰、轮船和小船了……"(麦克法森《在华二年记》)在入侵者的坚船利炮的猛烈攻击下,鼓浪屿失守。闽浙总督颜伯焘赶忙下令"所有分防各将领等,交金门镇江继芸竭力支持",自己退往同安。那时,"会夷船桅上飞炮自空中坠,颜伯焘、刘耀椿即退回。总督一退,军心皆乱"。侵略者眼中,那炮击确实"壮观",而对于厦门守军,那却是巨大灾厄!面对横祸,江继芸无所畏惧,始终在"竭力支持",率众"抵抗得十分顽强",直至以身殉国。

三

关于江继芸之死,说法不一。事后,钦差户部右侍郎端华奉旨调查,奏章详述水操台战况之署参将陈胜元供称:"七月初九日申刻,突有逆夷船数十只,驶到大担。初十日辰刻,该夷船三十四只一齐起篷,由南太武山迳扑厦港。各处弁兵开放大炮,并力夹击,先后经水操台、大炮台、鼓浪屿、屿子瓦等汛,打沉火轮船一只,兵船五只。维时南风盛发,愈打愈急,并放下杉板船多只,夷众纷纷向各处四散上岸。我兵分头截杀,伤毙逆夷多人,夷匪退而复进者数次。迨至日暮,夷匪数千,四面围杀,总兵江继芸追贼落水,游击张龙奋力追捕被杀,把总李启明、杨肇基、纪国庆及兵丁四十余名，登时阵亡，其余弁兵受伤甚多。陈胜元被伤仆地，各弁兵抬扶，回守后路等语。"其他"接仗之员弁"也接受讯问，均一一宣告，情状大同小异，但没有具体描述江阵亡情形。上引当事人陈胜元陈述经过，钦差端华据实上奏，"追贼落水"的说法应有一定可信度。《平潭县志》（1922年版）叙述更为详尽："继芸奉调赴援，战于水操台，身先将士，奋勇杀贼，贼船驶遁。急追之，耸身跃入贼船，撑拒移时，后援不继，受重伤落水殒命。"此为第一种说法。

第二种说法，见诸多种史籍。《清史稿》："七月，英舰泊鼓浪屿，集水陆师御诸屿口，炮毁敌舟，而敌已扑炮台登岸，陆师先溃，继芸急赴援，中炮落海死。"《夷氛闻记》："咽喉调金门镇江继芸，陆路提督普陀保分防要隘。继芸战败，落水死。"《中西纪事》之《闽浙再犯》："金门镇总兵江继芸抢护炮台不及，被夷炮轰击落水死。"

而在某些外国人的描述中，则是投海捐躯。这是第三种说法。柏纳德说江是"一声不吭地跳水溺死"，麦克法森称江"以最镇静的态度投海自尽"，宾汉《英军在华作战记》这样写道："他一见到战争失利就从一个炮眼里走出来自溺而死。"陆嵩《听闽客谈厦门死事诸公本末记之诗》云："何人拒贼誓死战，金门总兵江继芸。从而起者副将凌，都司王公勇绝伦。水师把总李杨纪，或鲸腹葬或刀飧。浩然正气留乾坤，天阴月黑来忠魂。"当时场景，后人难以完全还原。然而，无论追贼落水，或者中炮落海，还是投海自尽，按史书所说，均为"阵亡""殉节"，全都表明，面对凶虏，江继芸等毫无惧色，"拒贼誓死战"，决不退缩半步！身为战将，陷入敌强我弱的绝境，毅然选择喋血疆场，直至生命最后一息，"浩然正气留乾坤"，何等忠勇，何等坚贞！他以死战报效社稷宗庙、黎民百姓。

四

厦门失守后，钦差大臣怡良曾奉旨查讯，密奏："伏查闽省沿海府县，随在皆有要隘，而厦门孤悬海外，为海道必经之所，然袤长三十里，乃是海中一岛，并无城池障蔽。"闽浙总督颜伯焘属于主战派。他"意气甚锐"，既反对广东琦善一意"主和"，"弛备撤防，开门揖盗"，又轻易否定前任邓廷桢采取"以守为战"的策略，认为"守而不攻，则我劳而彼逸，彼省而我费"，"势不能剿尽横逆"，因而，力主"重兵扼要""水陆兼备"，并出海进攻。《清史稿》载："天培等皆以琦善不欲战，无援，故败，海内伤之。而福建总兵江继芸又以颜伯焘促战而亡。"史学家范文澜先生称颜伯焘"自满自信"，"但比投降派要好得多"。"好得多"的督抚，却何以办不成较投降派"好得多"的事？显然，清朝江河日下，颓势难违。1840年英国政府发动鸦片战争。7月定海沦陷后，清廷对抵抗发生动摇，迅速转向妥协投降，林则徐、邓廷桢等人被革职查办。道光帝竟称："乃自查办以来，内而奸民犯法，不能净尽；外而兴贩来源，并未断绝。甚至本年英夷船只,沿海游弈,福建、浙江、江苏、山东、直隶、盛京等省,纷纷征调,糜饷劳师,此皆林则徐等办理之所致。"他指斥:"唯该督等以特派会办大员,办理终无实济,转达别生事端,误国病民,莫此为甚!"于是乎,"著交部分别严加议处","特加惩处",云云。后来便"均著部议革职"。真是欲加之罪,何患无辞!抵抗竟成了"别生事端"!没过多少时日,道光帝还驳回邓廷桢、吴文镕早先关于诸防堵一折,严词训令:"所有该省雇募水勇,租赁渔船,著酌量裁撤,以节浮费而昭核实。"水勇和渔船大多被裁撤,战斗力顿时大损。加以福建水师提督窦振彪"以广东甫经议抚,现当无事,恐盗踪未灭仍行出洋巡缉,逾月未归"。那边裁兵撤船,这里出洋巡缉,余下单薄兵力,何以御敌?值此危急关头,主帅畏敌退却,军心随即动摇,独木难支,怎能"竭力支持"!再论这道谕旨,尤其令人错愕的是,道光帝一方面轻描淡写地将英舰游弋东南海疆,称为"该夷仅只困守,并未敢四出滋扰",另一方面,却借题发挥,斥责"邓廷桢等所称腹背受敌,未知所受何敌"。他竟说英方人员"颇觉恭顺","不日即可戢兵",反倒质问"邓廷桢等所称该夷猖獗,不知在何处猖獗"。结论居然是:"总因该革员等种种办理不善,遂费周章。"居然诿过于奋起抵御外侮的一代忠烈。清廷如斯腐败,昏庸无能,一味妥协投降,正是入侵者口中的"软弱的政府",招致江继芸等一批爱国将士付出血淋淋的代价。英国侵略者"施用武力",果然"收到意外的效果"。鸦片战争以丧权辱国落幕。中、英《南京条约》签订后，广州、厦门、福州、宁波、上海被辟为通商口岸，开创了西方列强逼迫中国开港的先例。

五

江继芸海中生，海中长，毕生与大海相伴。他于1781年出生于平潭侯均区五福境，行伍出身，弱冠时从军，编入福建水师海坛镇。四十载戎边护疆，历任额外外委、把总、千总、守备、都司、游击、参将、副将、总兵等职。平潭，与台湾的澎湖列岛，广东的南澳岛，并列称为海中"三山之目"，加之金门岛，同为东南沿海上的要冲。江继芸先后在四处重镇效力。仅就最后两年，他的人生轨迹，便与上述四地完全叠合：道光十九年（1839年）九月，任台湾水师协副将；道光二十年三月，署理广东南澳镇总兵；道光二十一年三月，任福建水师海坛镇总兵；道光二十一年五月，任福建水师金门镇总兵。他的戎马生涯，和林则徐、邓廷桢、关天培等名臣良将融合在一起。每次升迁、调任，均为上峰保奏。先是，以"继芸年健技练，熟谙水务，屡经巡洋，获盗多名，著有劳绩"，"于台地洋面情形素为熟悉，升补台湾水师协副将"。而后，"该员才识明练，董率有方，堪胜水师总兵之任"，委署南澳镇总兵。其后，"总督邓廷桢荐其才，寻擢海坛镇总兵，调金门镇，从颜伯焘守厦门"。直至在厦门保卫战中，江继芸拼尽生命的最后一息。噩耗传开后，当地民众沿海边寻找，声嘶力竭地呼唤："江大人回来呀！"

第三天中午，他们终于找到了江的遗体。亲属扶柩回平潭。船驶抵城关渡船头，百姓自动夹道迎灵。停柩两年之久，道光帝终遣钦差大臣带恤银、葬银、祭银和祭文一道，来到平潭，为江继芸举行隆重的致祭仪式。灵柩沿途经过时，百姓跪地焚香烧纸，场景令人动容。上千人跟随灵柩抵墓园，哭喊声响成一片。江继芸墓，位于平潭北厝镇田美村东南。墓前立石碑坊，中门楣书"钦赐祭葬"，左门楣书"正气长存"，右门楣书"心昭日月"。主圹两旁石柱镌刻对联："鹭岛一时殉大节；螭庭千载重精忠。"左右两侧墓圹刻着："报国心常青；荣褒姓氏香。""好教修史者；椽笔表幽光。"墓圹中存有墓志铭，书写于两片红砖上，墓早年被盗，剩下一片《武显将军江府君墓志》，写着："呜呼！天生人，人生必有死。死有轻于鸿毛，公为国捐躯，其死重于泰山。其忠肝义胆，不特口碑载道流传罔替，而且青史纪功昭若日月。荣与辱天壤之间，予可无庸赘叙。""嗟呼！而今而后，普天之下林林总总，寿终正寝不数而默默无闻。大人虽死犹生，有余荣矣！然而山陬僻壤黄童白叟皆知。当今皇帝钦赐祭葬之隆，概未尽知。"道尽世人对于英烈的崇敬和钦仰。道光帝赐圣旨颁祭文曰："鞠躬尽瘁，臣子之芳踪；恤死报勤，国家之盛典。尔江继芸，赋性忠直，国尔忘身，御敌冲锋，奋勇阵殁，朕用悼焉。特颁祭葬，以慰幽魂，呜呼！聿昭不朽之荣，庶享匪躬之报，尔如有知，尚克歆享。"迟到的荣誉，总算降临英雄出生之地了。2001年12月，纪念民族英雄江继芸为国捐躯160周年大会在平潭召开。数年后，江继芸纪念馆落成。

民族英雄江继芸研究会成立，相继出版《江继芸》《江继芸研究》等。如今，在英雄故乡，先烈英名"黄童白叟皆知"，"青史纪功昭若日月"。

六

回首往事，厦门保卫战中，江继芸"奋勇阵殁"。许许多多爱国将士以身殉国，让世人万分痛惜，其牺牲精神，又令人无比激奋。那时，曾写下"我劝天公重抖擞，不拘一格降人才"名句的杰出思想家、文学家龚自珍，直到辞官南归，暴病亡故丹阳之数日前，还致书江苏巡抚梁章钜，希望参加梁的幕府，共同抵抗英国侵略者，报国之忱沛然充溢。道光二十二年（1842年）七月，距江继芸阵亡一年，林则徐自西安出发赴戍伊犁，写下千古名篇《赴戍登程口占示家人二首》，诗中写道："出门一笑莫心哀，浩荡襟怀到处开。""苟利国家生死以，岂因祸福避趋之。"千古绝唱，倾诉无数志士仁人的忠肝义胆！壮士已矣，忠魂不灭。出生于道光二十二年的留日学者、侯官县人郭则沄，在《十朝诗乘》中称颂林则徐斯人斯文，"迹其生平，无愧斯语"。日寇侵华，1942年，周作人请郭则沄出任日伪"华北教育总署署长"，郭断然拒绝，并公开发表《致周启明（周作人）却聘书》，以明心志。这些忠贞爱国之士，唯以家国为怀，置功名利禄于度外，何尝不是"迹其生平，无愧斯语"！

斗转星移，沧海桑田。昔日烽火渐渐消散殆尽。然而，往事并不如烟。20世纪初叶,著名南社诗人陈去病,从汕头到厦门,写下《自厦门泛海登鼓浪屿有感》:"西风落日晚天晴,列岛遥看战一枰。番船正连鹅鹳阵,怒涛如振鼓鼙声。凭高独揽沧溟远,斫地谁为楚汉争?海水自深山自壮,不堪重忆郑延平!"借景抒怀,凭吊先贤。今人遥念前尘,"凭高独揽",依旧"怒涛如振","海水自深山自壮",仿佛仍在吟唱,在传颂:

　　鹭岛一时殉大节
　　蠔庭千载重精忠

（谨以此文缅怀民族英雄江继芸殉国180周年）

　　杨际岚,中国作家协会会员,编审,自1978年起从事编辑工作,历任福建省作家协会副主席、《台港文学选刊》主编、福建省台港澳暨海外华文文学研究会会长等,现任中国世界华文文学学会监事长、《两岸视点》编辑总监、《海峡乡村》编辑顾问等。

一座海岛，两粒种子

◎ 钟兆云

一

他们，一个叫谷文昌，一个叫樊生林。一个1915年生在河南林县，一个1922年生于河北邢台。他们，与后来双双长眠之处福建东山县，曾经隔山隔海，却在一见之后再没隔心，血肉相连。

1949年，解放战争"横扫千军如卷席"时，他们是不同省不同县的区长，家庭各有困难，却闻鼙鼓而报名，舍家为国告别亲娘，成了把毛主席教导记于心的南下干部："我们共产党人好比种子，人民好比土地。我们到了一个地方，就要同那里的人民结合起来，在人民中间生根、开花。"

他们一同编入长江支队，落脚地原是说南下接管苏州、上海一带，而后又说要随二野进军大西南，最后的命令却是随三野十兵团南下福建。福建在哪？福建是什么样的地方？有人找来地图一看，不觉惊叫起来：福建那么远不说，连根红线（指铁路）也没有呀！有人还去书店买来相关图书，介绍福建的两句顺口溜很快就传开来了:"天无三日晴,地无三里平,人无三分银""地瓜当粮草,火笼当棉袄,三头蚊子能炒一盘菜"……

在苏州集结待命的北方干部像是被泼了冷水,有人瞻前顾后,心里犹豫。望着苏州城闪烁的霓虹灯,一些同乡干部的眼光迷离了,动摇情绪犹如河边升腾的水雾在飘摇。谷文昌却毫不含糊地说:"当逃兵是一辈子的耻辱,咱们要经得起一切考验,把革命进行到底,才不给咱老解放区的人民丢脸!共产党员,党说要去哪里,就去哪里!"

无独有偶,樊生林也在党小组会上慷慨陈词:"我们既然宣过誓要服从党的安排,就不能挑肥拣瘦,越是困难就越要万死不辞!"

那个时候,他们对共产党人的理想信念,比许多人更坚定。

四五个月来,他们冒险犯难翻山越岭穿行生死线,用一双铁板脚走过八千里路云和月,不约而同来到福建龙溪地区(今漳州市)。谷文昌坐小舢板紧随解放大军跨海登岛,吐得滔滔东海横竖都有点歪了。樊生林先在与东山隔海相望的云霄县政府落脚,中央政法干校学习结束曾调省直机关,却更喜欢做接地气的"种子",于是1953年也来到那时还是孤岛的东山,在船上也是吐得五脏六腑都像要搬家。

他们刚成同一条战壕里的战友时,谷文昌是东山县县长,樊生林是唯一一位副县长。谷文昌说:"生林啊,你来东山,借你好名姓,但愿东山能生出一片林来!"

小他7岁的樊生林,一脸诚恳:"看来党派我来东山是最好的安排，冥冥中要我以名明志！"

两年后，谷文昌转任县委书记，数月后，樊生林当选县长。

这对抗战后期入伍的老兵，都曾在家乡弄出过动静。谷文昌当区长时带领五千群众的"剿蝗大捷"（扑灭蝗灾）上过《新华日报》（太行版）；樊生林则参加敌后除奸，曾获过"杀敌英雄"奖章。搭档以来，他们同声相应同气相求，想的是如何成为那颗"种子"，如何以革命精神来改造自然建设海岛。

二

还未到东山，樊生林已知荒岛这边让人叫苦不迭的风沙旱之害，也听说过几百年来口口相传的民谣："风沙无情压良田，海水逼人把家搬""十天无雨庄稼倒，春雨一来无柴烧，夏天炎热烫脚板，秋冬风沙田屋埋""吃是番苗粘，配是鲲仔土（小鱼名），睡是珍珠铺（睡在沙滩上），盖是龙虎莆（指破棉被），行是倒退步（在沙地走十步路要退三步之意）"。而且，此前的一连串植树造林屡战屡败，他却明知山有虎，偏向虎山行，要和谷文昌一起伏"（沙）虎"降"（风）妖"，造福百姓。

一年又一年，樊生林和一批批干部群众，追随着身先士卒走在前头干在实处的谷文昌，在沙荒上种下芦苇草、龙舌兰和老鼠刺等，没挡住风沙；又陆续种下槐树、杨树、苦楝等十几种树，共十余万株，结果大部又都枯死了；虽有若干苦楝树成活，但实践证明，此树一到秋冬就落叶，不能起挡风沙作用……

看着这个"成绩单",他们相顾无言,欲哭无泪。所幸的是,他们的领头人谷文昌百折不挠,屡败屡战,终于找到了先锋树种木麻黄。此树耐旱耐咸,冬不落叶,找到它,犹如找到了沙荒造林的方向!

1958年春,东山县委、县政府向全县发出"上战秃头山,下战飞沙滩,绿化全海岛,建设新东山"的口号。两位党政主官双手紧握,决心不负百姓,让东山吃上"谷",生出"林"。

几天突击中,像播撒种子一样,让空荡荡的大地长上了树苗。几乎所有的不测都考虑进来了,五年了,再怎样都该有个东方不亮西方亮的安慰奖啊。岂料,全县党政军民学在"栽树防风打冲锋,排山倒海战沙荒"口号声中齐心协力种下的希望,遇上这年一个多月的倒春寒,急转直下地一天天枯黄,成片冻倒、冻残、冻废,东山的绿色之梦再次被无情击碎!

他们分头来到颗粒无收的几个大队察看,眼前的干部和群众围着他们,不是埋怨"沙地造林恐怕是瞎子点灯白费蜡",就是泄气地问"是不是改用别的办法治沙"。一个富裕中农居然还当众说:"我早就讲过,沙荒能造林,我愿意拔掉牙齿吃屎,拔下胡须洗马桶。"有人公开提出"造林不如搞副业赚现钱",有人当场表示今后再不出工植树了。

那些天,悲痛叹息、埋怨懊丧、讽刺挖苦不一而足。也有人这样送上安慰:"谷书记,樊县长,东山风大沙多,旱情严重,穷山恶水,既已尽力,无须自责。"说罢双手一摊,好像命该如此。

即使不听风凉话，大面积的木麻黄死亡，也已足够让人悲观泄气。毕竟死去的不是100棵、1000棵、1万棵，而是近20万棵啊，这是举全县之力、运动式近乎孤注一掷志在必得的最大一次造林啊！

在"四面楚歌"中，谷文昌却从白埕村意外发现的9株活树中，得到启发，并特别请来五级干部，为它们召集了一场别开生面的"展览会"，意气风发地说："干部群众干劲冲天，种死了树大家都难过，但也不要馁志松劲，没有失败就没有成功，失败了再干就是我们革命走过的道路，是我们迎来胜利的不二法门，也是我们共产党的气概和风格。大家看到了，这9株树不是活下来了吗？能够活9株，就能活9000株、9万株，就能绿化全东山！"

不久后的全县大会上，谷文昌当众立誓："如果不在沙滩上种活木麻黄，就把我这副老骨头埋在东山岛上，让风刮、让沙埋！"

斩钉截铁、气吞山河的一席话，把人们心中一个个问号拉直成一个个感叹号。自古都嘲讽"人心不足蛇吞象"，他却愿意为这方遭受风沙蹂躏百年千年、让代代民心绝望丛生的水土贪大求多！

樊生林被班长的豪言壮语点燃了热情，率先鼓起掌来。几年来的密切接触，他绝对信服，这个誓言要率领群众战胜风沙、根治旱灾的带头人，不为个人政绩和私心而来，追求的是让人民过上好日子！

感天动地啊，谷文昌没有一丝丝改变的言行，让这片饱经折磨的旱沙地知道了什么叫永不绝望，一片绿色希望开始从沙土的气息中荡漾开来。这片土地，这片土地以外的土地，此后连绵不绝地长出一棵棵木麻黄，大写意般密集绿色的希望，正发源于这9棵幸存的木麻黄。

而在绿意惨淡时，上级空降来一位副专员，兼任县委第一书记，谷文昌成了"二把手"。有人说，这是因为谷文昌反"右"不积极、大规模种树失败所致。连妻子都担心政治上出现一场"倒春寒"，担心今后工作不好开展，提醒丈夫小心为好。

全民"大跃进"以来，认为谷文昌思想右倾、干劲不足、保守观潮的人，为数不少呢。上级一听他汇报产量缺了个万字，就觉得难受。你问，粮食亩产能搞个万斤吗？他说搞不了。能搞个八千斤？他还是摇头。两三千斤总可以了吧？他半晌没吱声。上级说，人家能干，为何你不能干？他不好再说不行，却道要找大伙来商量商量。领导不满意地哎呀一声，你自己就不能当家？

以前对上级命令，他哪一次打过折扣？但这时在举国连放"卫星"之时，他却"退避三舍"。有人劝他，老谷，你拔高一点，配合一下形势嘛。得到的依旧是摇头。稼穑了半辈子的他，实在脱不了那个传统且正统的"胎"，换不下那个事情本身的"骨"。

幸好，新来的第一书记支持谷文昌和东山县委原定的造林计划。更大的幸却是，毛泽东在1958年北戴河会议上指出"要使我们祖国的河山全部绿化起来"。谷文昌认定这是毛泽东向林业生产提出的最新方向和更高要求，他大胆采纳群众经验，对白埕大队由多季造林转为夏季雨天造林，以及湖塘大队老农蔡海福"带土造林"办法加以总结，大力推广，种树成活率达到95%以上！

试验成功后，谷文昌将东山绿化划为十个造林战区，并在石埔村登上万人注目的"点将台"，以总指挥身份任命各战区指挥，发出"全党总动员、全县军民齐行动"的植树造林动员令。为了全面调动群众的积极性，樊生林坚决支持谷文昌的建议，县里为此出台政策：全县造林，国造国有，社造社有，队造队有，房前屋后植树归个人所有。

谷文昌志不移，力不竭，身腰扎着一条汗巾，手持锄头，有时肩挑装有树苗的畚箕，矫健地迈开步子，无声而有声地身先士卒，迎着风沙迎着雨，种树，种树。

树种不够，樊生林就亲自坐镇，指挥四处采集。国家为了推广绿化工作，从国外弄回来一批木麻黄树种，加上省林业厅的帮助和县里的育种，终于让谷文昌日思夜想的大难题迎刃而解。捧着这些辗转而来的珍贵种子，谷文昌像捧着一颗颗珍珠。每每给各单位分发树种，或指定专人培育，他少不得要千叮嘱万交代，生怕人家怠慢。

1958年秋成立的人民公社，为社队统一行动提供了有利条件。经县委书记谷文昌振臂而呼、县长兼社长樊生林全力支持，东山百里长滩就布开了造林战场。种子撒遍东山大地，那个谁造谁有的大胆政策，连着相关细则也随之播进心田。

谷文昌也就这样心无旁骛，调兵遣将。每逢雨天，有线广播即刻播送造林紧急通知。其实不需广播，雨声就是命令，就能代谷文昌"一呼百应"，各级干部已然习惯于闻雷雨而动，放下手中工作，身披随时待命的雨具，带上锄头或铁锹，二话不说就奔赴各自植树造林战场。从四面八方向雨阵奔来的，是数十倍之的群众和学生，也几乎人人没穿鞋，谁都知道谷书记、樊县长在挥汗如雨地和他们在一起。

那些年，东山除了巩固海防，没有比植树造林更要紧的事了，雷打不动地闻雨而植，那也是抓住机遇呀，全县上下人人都对植树着了迷，为的是让绿色快些染遍海岛！

成千上万人同上战场，汗水与雨水交融，歌声同雨声齐飞，如此场面气贯长虹，天地能无感应？对头的时间遇见对头的环境，一株又一株木麻黄开始倔强地把根深扎在沙土里，只要有一丝雨露就茁壮生长。

1959年2月底，兼任的县委第一书记回地区复命了。又成"一把手"的谷文昌，更多的身影依旧在植树造林等工地现场，常常还是带病上岗。

在战天斗地、改造山河的一曲曲悲歌中，樊生林和谷文昌披肝沥胆，勠力同心，一往无前。

三

"大跃进"中，"人有多大胆，地有多大产"的口号铺天盖地，连同"放卫星"之风，越过八尺门海峡吹进海岛。面对上边"万斤稻万斤薯"的连催带批，谷文昌仍强调因地制宜先试一试。于是在九街搞了块试验田，按照上边的密植要求，尽见叶黄根烂。与此同时在山后大队搞了一亩密植地瓜试验，花了大力气，万般宠爱集一身，地瓜叶倒也茂盛，却不是万斤薯，成了万根须。于是，他和樊县长有理由向上级报告，东山土质特殊，不宜密植，容我们再摸索摸索，也许种好了树防住风沙，就能改良水土了。

向上级反映当然得委婉，县里开起反思会来，却没有轻描淡写。六级扩干会上，谷文昌明确指出县委在领导生产上犯了主观主义的错误："我的地瓜试验田，为了创高产搞卫星，不惜任何工本，结果损失不少，这应该向山后和九街群众检讨。搞试验肯定是对的，但九街一下搞138亩，面积太大，下了几千元，计划收十万斤地瓜，结果只收到几千斤。即使收了十万斤，成本也还是太高，试验的指导意义也是不大，这叫作'会乘不会除'。"在毫不含糊地表示"这种领导生产的主观主义作风，必须成为全党的教训"后，他也开了个玩笑："这个失败像张飞一样有勇无谋，现在有了经验教训，等于加上一个孔明，今后就会成为一面永不褪色的红旗。"

那时，不少人着迷于所谓的"万"字行动，急于求成，对万斤花生跃跃欲试。谷文昌可就言辞峻厉了，说种田不计工本，是菜瓜打狗——双头损失，试验得出的结论，如此密植就是瞎指挥，照那样大面积搞就是对事业犯错、对人民犯罪，今后思想再不能发热，万斤花生我看就不要再搞试验了吧，待种好了树再说。

此番高论，在当时无异于石破天惊。樊生林站在了谷文昌这边，他曾听过谷文昌看似浅显实乃隽永的一番话：我们短短时间内能取得社会主义改造的伟大胜利，厉害就厉害在组织有强大的号召力，一声令下，大家跟着干，也因此我们在领导工作中要有清醒的认识，一旦指挥出错，群众因为相信这个组织也还跟着干，那损失可就大了！

"有猪肉吃"当成社会主义事业的一项指标后，各地养猪运动如火如荼。县委会上，樊生林拿出全地区养猪评比图表，略带揶揄地说东山养的猪还不如外县的猪尾巴大。谷文昌心里有数，说实事求是就好。年终，东山县超额完成生猪调拨任务，在全区评比表上由"猪尾巴"变成"猪头"。

大炼钢铁运动在全国持续升温。政治挂帅中，所谓的"钢铁元帅"升帐，城乡各处大小高炉林立，无数林木被塞进总也喂不够的炉膛，熊熊火焰日夜不熄。东山缺柴烧，又没有矿石，怎么炼？上边催得紧，下边不能没个反应，万不得已，谷文昌拉樊生林一起找上级领导："要不我们就先砌个炉子试试吧。"试的结果，不言而喻。

如此这般试法，明眼人谁都看得出是打折扣应付差事，岂止是一般的硬着头皮啊。樊生林带着上级的批评来汇报，谷文昌仍不失冷静："我们就请那些咿里哇啦不切实际的同志来东山，看看树在东山有多金贵，再把树砍光，正常人的脑子都会想到什么后果吧。树是我的生命，土法上马真能炼成铁，真要是缺了一棵树,就把我当作燃料吧!"

性格直率的樊生林眉开眼笑:"人家说我顽固,没想到谷书记比我还顽固!大炼钢铁真要缺这一棵树,就先烧我吧,我起码是四木成林。"

谷文昌会意,苦笑道:"你听那些口号,多半是戏言、谎言、胡言乱语,牛皮吹上了天,糊弄谁呢?"埋头实干的谷文昌,一向不是高论滔滔的人,贯彻执行起上级指示来一向是坚决果断、迎难而上的人,这次少有地迟疑,判若两人。

在千人之诺诺中,一士之谔谔让樊生林感受到了巨大的信任,道:"你对我讲真话,我也跟你掏心窝里的话……"

毫无试探和装模作样的言行,让谷文昌越听越沉重:"东山有这些年的光辉,基础是取信于民,我们可不能自毁基业啊!"

他们都听懂了对方的话,为了东山,为了人民,他们得对那些不合岛情的指示,商量着来个"断舍离"。

大办公共食堂以来,东山和全国各地一样,"放开肚皮吃饱饭"没多久,大锅里没饭吃了,水肿病开始泛滥而来。粮食供应四方告急,饿肚子的群众纷纷怨叹:一无粮二无油三无肉,这日子怎么过?社会上还谣言四起:"今年抓紧吃几口,明年没饭供你吃,后年有饭不能吃(意即人死光了)。"

谷文昌面对现实,在县委会上直言不讳:"革命的目的,就是为了群众生活,民以食为天,如果我们连这个'天'都不关心,那就是没有群众观点,就无所谓革命。"

樊生林也毫不含糊:"一定要让群众有饭吃,否则再来个东山战斗,就不知拥护谁了!"

缺粮情况已发展到极为严重的程度,稍有疏忽,就有大面积饿死人的危险。谷文昌誓言有声:"东山不能饿死一个人!"

光有口号不成,面对空空如也的粮仓,得有行之有效的办法。县委统一认识后,宁愿被"拔白旗",也要紧急向地委、专署请求调拨粮食。会哭会叫的孩子有奶吃,县委如此这般为干部群众争取来了至关重要的100万公斤粮食,那可是一次救命粮啊!

事后,得知那年头的非正常死亡情况,得过水肿病的谷文昌心有余悸地对刘永生副省长说:"还好我们叫得早,要是迟叫,或叫不着,东山不知要饿死多少人,我这个县委书记跳海也谢不了罪!"

同样得过水肿病的将军副省长刘永生,熟悉全省灾情,痛心地说:"白痴饿了才不叫,你们不叫的话,岂不是亏了肚子要了命,饿死我们事小,对不起老百姓事大!"爱民如子、仗义执言的将军副省长还说:"闽东闽西多几个像你这样敢叫的干部就好了,就不会死要面子活受罪了,哪怕饿死一个人,都是对人民犯罪啊!"

东山碰到敢于"吭声"的县委书记,由此筑牢了生命防线,实乃人民之幸也。谷文昌的"吭声",贯彻执行的也是中央后来说的"吃饭第一"的精神。

谷文昌情知,100万公斤粮食之于10万东山人民到底是杯水车薪,若不及时自救,只能坐吃山空,束手待毙。于是在这特殊时期,埋头种树的他把群众的生命视为头等大事,和樊生林一起向地委、专署报告实际情况,主张渔业部门向灾区群众每人出售几十斤杂鱼,盐业部门供应低价盐。此外,县里还安排机关干部下基层,组织农民抢种蔬菜和早熟作物,帮助群众安排生活;组织医生、护士下乡巡回医疗,为群众治病。

四

谷文昌面对东山实际,和樊生林及县委一班人把群众对"大跃进"的热情,引到"上战秃头山,下战飞沙滩"的使命中来。樊生林自搭档谷文昌以来,不仅让谷文昌心无旁骛植树造林,自个儿也心往一处使。

谷文昌在林业一线乐此不疲时,坐镇县里的樊生林遇到上面一再强调的"拔白旗",忧心忡忡地和谷文昌交流思想,请书记解疑释惑:"我踏遍全岛,却不忍拔一个呀。"

东山县委在这方面曾被批过"右倾保守",谷文昌只能说:"要不是植树造林还没完成,我真愿意拔自己的'白旗'顶上啊……"

残阳如血,植树群众收工了,两人还坐在新植的树畦前,交流对时局和形势的看法,一地的烟蒂也没帮他们寻找到解决问题的灵丹妙药。

但一些场合,谷文昌已开始批评骎骎而至的"浮夸风":

"肥料一报就是几万担、几百万担、几千万担，其实亩施才几十担。白埕两个干部清早出去走了一遍，用锄头在沙上耙几下，发现一片黑土，回来就报积肥12万担。礁头与埕英积肥竞赛，礁头将田土犁起来，上面盖上一下杂粪，说是积肥千堆万担。这种自欺欺人的作风害处很大！"

浮夸之风竟在他的眼皮底下向林业战线吹来，他更是毫不客气地批开了："林业科科员向专署汇报东山林场化，全县林场有50个。我的天，其实大大小小才5个呢！湖尾苗圃实际只有6分，向上面汇报说有6亩多，浮夸了10倍！有人填报表格不但是闭着眼睛说瞎话，而且是睁着眼睛说空话，真是上边有制表专家，下面有填表状元！"

和谷文昌一样，樊生林对"反右倾"不积极，却也在县委常委会上激烈地反浮夸。

1959年9月，一场雷厉风行的"反右倾"运动在全国迅速展开，通知要求确定重点对象，进行批判斗争。在那情势下，谷文昌没办法不跟着批，却仍坚持"必须采取严肃与宽大相结合"，提出要"给他们一点事做"。一个个问号升起，他和樊生林多希望它们能如直树一样长成感叹号。问号是开辟科学的钥匙，这时的他们只希望它们简单如树。

1959年11月初，东山再次受令挖出数位"右倾"。县委扩大会议的总结报告中，谷文昌照样有态度："以人民内部矛盾的方法来处理……给他们工作做，还要接近和教育他们。"这样勇于担当更带有冒险的表态，令人震惊，足见其政治品格！

打也打了，说了说了，这一打一说，体现的都是谷文昌对党的事业的忠诚，对全县各阶层干部群众的关心和爱护，以及为了党和人民利益不计个人得失的品质。但上面说"太轻"，与既定步伐"太远"。有位领导私下里婉转地说：老谷可不能光顾工作啊，鸟拔一毛都会吱一声，你可别火烧连营了还不知。

谷文昌愈来愈明白如何种树治沙，却无心琢磨这弦外之音。

1960年初，谷文昌和樊生林同往省里与会，得到的指示是：每个县的"右倾机会主义分子"里，至少得有一名县委常委以上干部。这对老搭档在会场一隅面面相觑，面对这无从更改的指标，划谁好啊？

他们来前，闽南大地刚过一场强台风，政治飓风却又在耳边呼啸，是拦风问路，还是任凭风驰云卷冲击身后的东山干部，何去何从？

不轻易污名干部群众，是谷文昌的为政品格和群众观点。县里"敌伪家属"妥善处理为"兵灾家属"后，他更不主张随便下结论定谁是坏分子、谁是刁民。他常说，就算有个别坏分子，可能也是我们工作失误造成的，就算人家真的犯了错误，只要属于人民内部矛盾，就得"惩前毖后，治病救人"，让人家还跟共产党一条心。但这次，雨大风骤，无计可避。

会议最后一晚，谷文昌在下榻处和樊生林议来论去，还是难下决心，烟头烫手了也不觉得痛。窗外，月亮时隐时现，云彩的黑影像魔怪似的在眼前闪过，他的心蓦地像天下第一奇石——东山风动石那般在风中微颤。东方欲晓，他终于一字一顿地说："让下边的干部当替罪羊啊，那我们在干部群众眼里成了什么东西？何况他们都不够资格，具体工作中执行的是县委、县人委的决定，不管'左'了还是'右'了，责任都在县委、县人委，而主要在县委，不能往下推。"

樊生林低着头，语声低沉："是啊，可咱们常委里找谁呢？"

谷文昌用力踩了脚地上的烟蒂，抬头看着樊生林，突然吭声道："我看不用找了，这个人不是我，就是你！"

"我们？"樊生林蓦地想到了一年多前两人反对砍树炼铁的对话，当时只道是幽默，没料真要冲上前先行"引火烧身"了！他心头一热，不假思索地说："你是书记，东山离不开你，真要是在劫难逃，也是我先上，不够再你凑！"

"不，我年纪比你大，真到了那一天，理应我先上！"谷文昌看到了樊县长眼神里的真切，大受感动，紧握住他的手不放。

绵绵不绝，蔓蔓奈何！他们不是一推三五六，更不是只求自保，而是自揽厄运，抱定两丁抽一、舍我其谁的决心！

名额分配下来后，有人主张报上县委常委、县委办主任的名字，谷文昌和樊生林都不同意。不久，谷文昌赴地委开会，一个"右派"名单都没上交，地委书记恼火地批评了谷文昌的"右倾思想""错误论点"后，声色俱厉地说：东山领导层再找不到一个"右倾"，那这个人只能是你！

谷文昌回县后闷闷不乐，秘书关切问及，他才道及地委的"最后通牒"，沉重地说："我现在成了'右倾'重点对象，政治生命可能很快就没了，你要好自为之。"

秘书欲言又止，讪讪问道："难道找不到人了？"

一场大火果真烧到眼前了，谷文昌却说："几个月前打的一些人，我扪心自问，都觉得对不起他们和家属，现在你让我找谁顶去？不是有句话叫我不入地狱谁入地狱嘛！"

煎熬。备受煎熬。

谷文昌和樊生林围绕这场在劫难逃的祭坛争先"飞蛾扑火"中，突如其来的报告材料"成全"了樊生林。原来，樊生林半年前在驻岛部队的某个讲话记录稿，被政治觉悟高的部队呈送给了军分区，军分区又转送地委，地委认定这是反党言论，必须拿下问罪。

谷文昌无力回天，只能召开县委会拥护上级决定，却仍坚持定樊生林为"中右"，属于人民内部矛盾，从宽处理。

自古燕赵多慷慨悲歌之士，抗日英雄樊生林也是。原本就和谷文昌争入"地狱"的他，坦然面对，不多申辩，倒觉得如释重负，一颗悬着的心落到了实处：唯我是问，谷文昌或其他领导同志就可能安全了。撤职后的他缴交手枪等物后，不忘恳请谷文昌为东山保重。

谷文昌那一刻的心绪该如铅一样沉重！他也许默默无语，夜不能寐；也许叮嘱战友挺住，风雨过后会见彩虹；也许会把自己那个"不带私心搞革命，一心一意为人民"的座右铭相赠，共勉用一生的行动、用全部的忠诚来践行之……

在此后的会上会下，他有时也得违心批评，但事实一个也不捏造，全无所谓的"重磅炸弹"。谁能知道他的心在滴血！而且在樊生林落难之后，谷文昌再三提出，为了党的团结，避免更多的同志挨整，不要把有一点意见的人都牵扯上，更不得动辄上纲上线。在一次又一次强调"日日红，月月红，年年红"的会上，他也少不得宣布几条：不要有思想顾虑，要向党交心；言者无罪，闻者足戒；不打击报复，不反右派，不扣帽子；允许保留自己意见……

谷文昌带着东山草草在"反右"中收兵，迅速发出了建设八尺门海堤、把孤岛变半岛的出征令，并在县委常委会上主张依旧把樊生林派往海堤建设指挥部"戴罪立功"。面对异议，他还耐心说服："中国自古就有将功折罪之说，共产党更应该给属于人民内部矛盾的'罪臣'一定出路，放在火热的建设中出出汗，就会好得更快！"一席话火光四溅。

于是，东山1949年后首个大工程——八尺门海堤工地，来了全县最大的"右倾"。

五

一个犯了"错误"刚被摘掉县长帽子的人，躲开可能没完没了的斗争会，解脱到全县第一号工程指挥部来做实事，樊生林深知谷文昌的良苦用心。他感谢这个巨大的信任，决心不辱使命，于是卷起铺盖吃住在工地。当了全县头号"右倾"，如果说真是凑巧替下了谷文昌，那也只算"弱水替沧海"吧。心无邪佞的他，知道东山这个时候真的更需要谷文昌。

谷文昌兼任海堤建设领导小组组长，常往工地跑，检查进度，并参加劳动。石匠出身的他，不仅能示范如何打石头，还现场指导砌石。另有一个心曲是听取指挥部汇报时，顺便给樊生林传递信心和力量。

还在当县长时，樊生林就协助谷文昌研究制定了造林治沙之外的宏大建设蓝图：孤岛变半岛后，再带动其他海堤的建设。无论如何，都得把八尺门海堤打造成样板。再是忍辱负重，他都得全力以赴，"无官"也不能"一身轻"。

一天，谷文昌下工地见樊生林又在挥汗如雨地靠前劳动，不无关切地说："也只有真正的共产党员，当了'右倾'还这么拼命。"

樊生林坦率地说："给我定的是'右倾'，又没开除我的党籍，党员到什么时候都得有个党员样啊！"

困难时期缺食少营养，谷文昌担心樊生林身体吃不消，几次给他带饼干。那时买饼干都要经县商业局长批准，虽然钱不多，但物以稀为贵，有钱也经常买不到。谷文昌去地区、省里开会回东山，经八尺门时也总要停下，和樊生林拉呱几句，不时捎上外头买的小礼品，还叮嘱工程的实际指挥多加关心。对樊家人，县里也尽可能在严冬气候送上些温暖。

谷文昌的关心让大家看明白了前县长在县委书记心中仍有的位置，因此谁也没再对这位本来就值得尊敬之人落井下石。樊生林在工地上处处受到尊重，还住进了指挥部。

有次，工友送给樊生林一条刚捕获的海鳗，他舍不得吃，放进水桶里养了起来。几天后，谷文昌又下工地劳动，樊生林说，谷书记瘦多了，可得多保重，这条海鳗就让通信员带回去给你补一补吧。

熟人都知道谷文昌拒礼或按价收付的习惯，但这次他例外了，显然觉得却之不恭，收下才是对落难战友的最大安慰，对革命情谊的最大理解。

1961年6月，海堤顺利合龙，两个貌不惊人的中年男人在堤角席地而坐，发白的衣服上都溅满了泥巴和海水，苍白的脸上被海风刻下了一道道皱纹。

"生林，你受苦了。"

"谢谢谷书记和党的信赖、群众的接纳，这段日子让我心灵的伤痛得到了治愈，你受的苦累更多……"樊生林知道，在自己被解职不在岗位的日子里，这个世界的所有风雨都绕过他向谷文昌一个人倾斜。别说"发配"自己，谷文昌不也常来这里劳动嘛，而且这一年来他在海堤之外，还让东山的"绿色长城"取得了关键性建设，并粗具规模！

"有时我想，这个'右倾'要是换成了我，又会如何？"谷文昌内心翻江倒海，万马奔腾。

"我想，你可能会说，八尺门海堤能阻拦八丈风浪，共产党人的堂堂身躯如何就不能承受一些政治风浪？无论如何都不能忘记党旗下的誓言……"

"是啊，一名共产党员，除了对党的忠诚、对人民的负责，还需要什么呢！"谷文昌说罢，很响地咂了一下嘴唇。

一支又一支烟，压住了心头些许浮躁，也淡化了眼前几多愁闷。

一个奋发有为的在职县委书记，一个因言废人的落难县长，既没有居功自傲的炫耀，也没有耿耿于怀的牢骚。他们讲真话，话讲得真诚；干实事，事落到实处。法国作家雨果在名著《悲惨世界》中说："比天空更宽阔的是人的胸怀。"真正的共产党人，不正有这样宽阔的胸怀吗？我将无我，还有什么"悲惨世界"！

六

"樊生林等同志的'白旗'拔错了，我代表组织向樊生林等同志表示歉意！"

海堤通车一年后，1962年冬，依照中共中央《关于加速进行党员干部甄别工作通知》，各地对自1958年以来历次政治运动中受到错误批判处理的党员干部，进行甄别纠错。谷文昌第一时间就把樊生林给甄别了，并给那些年错划的所有"右派分子"全部摘帽，代表组织道歉。

樊生林调任地区专署办公室主任，走得很急，谷文昌仍前去送行。在握别时，历史老人那阅尽沧桑的双眼如他们那般，充盈了泪水。

两年后，谷文昌的通信员何坤禄去漳州公干，顺道看望调去给樊生林当通信员的老同事，对方热情地拿了两角钱面值的澡堂票要给他"洗尘"。不意惊动到了老县长夫妻，遂有一场让他一辈子难忘的经历：其妻看到他，犹如看到谷文昌那般，眼里直冒火，手指着他说，你回去告诉谷文昌，我们没罪！彼时一个官员被"打倒"后全家遭殃之痛，何坤禄是明白的，也知道她对谷文昌有误解，有意见，把无名之火发泄到自己身上来了，自己是在替谷文昌受气，可总不能把责任无端地全推给谷文昌啊，他的心在滴血。幸好，在她的咄咄逼人中，樊生林闻声而至，一向轻声慢语的他忍不住斥责起了妻子，说你怎么能这样跟小何说话，谷文昌没害过我，他也没权力整我。

此事一晃40多年，年过八旬的何坤禄向我谈起塞心往事，依旧老泪纵横。我知其心，和谷文昌情在师友之间的他，实在不愿看到敬爱的老书记平白无故地背负此深深误解甚至整人的恶名啊！而老书记曾经蒙受的屈辱和伤害又该向谁讨说法？打倒和平反都是一张纸，只是常常让人感觉，前者"重如泰山"而后者却"轻于鸿毛"。此后一别，谷、樊及他们的妻子均先后作古，他也不知樊妻是否冰释旧嫌。我宽慰老人，樊县长既知祸起萧墙之因、谷文昌刻意保护之意，家人终能理解那一段台前幕后之事。

我的宽慰并非空穴来风。

1981年1月，谷文昌病重之时，樊生林一次次走进了医院。不知是命运捉弄人，还是有意让他们多些交集，这些年来他们竟是如此的"形影不离"：樊生林接替他当东山县县长，而后他又继樊生林之后领导地区林业局,再之后两人又同是行署副专员,樊生林还是地委常委。20年前"反右倾"那一幕悲剧,刚结束的"文革"这场浩劫,一切都再清楚不过了。他们先后落难,蒙受巨大冤屈,却早已相逢一笑泯恩仇,犯错误的不是他们,身为"诤臣"的他们却使党更清醒了。改正了错误、总结了教训的党,还是他们衷心拥护和爱戴的党。谷文昌多希望自己还能继续为这个党为这个国家尽忠啊,可惜没有机会了,他期待这位小自己半轮的老搭档能有更大作为,特别是继续推动东山的植树造林这个百年大计。

眼前铁骨铮铮之人,却丝毫没了当年不知疲倦的神采,樊生林紧握着他已然不盈一握的瘦弱之手,所能感受到的力量已经不再来自肌肉,而是微弱的声带,他要以坚定的握手来传递自己由衷的敬意和心声。

谷文昌逝世4年后,1985年,著名作家霍达在漳州拜访了离休的樊生林。在后来曾获茅盾文学奖的回族女作家笔下,这位历尽坎坷的老战士说起当年冤案,只是淡淡一笑,并说:"党是了解我的,就在八尺门海堤落成之后不久,就给我甄别平反,重新安排了工作。我个人没受什么损失啊,倒是利用那段时间干成了一件实事。"

我没能见到樊生林,只能望着他的遗像作无声的交谈,再通过知情人的讲述,尽可能准确地了解他。

七

1987年，谷文昌的骨灰跨过八尺门海堤回到了东山。6年后，樊生林身故，遗言也葬东山。

他们，一个河南人，一个河北人，一个长眠于东山之南的赤山林场，一个沉睡在东山之北的八尺门海堤近旁。他们一生都没放下过东山，他们回到了家，他们的坟前都围绕着苍翠的森林。

这两个异乡人，真是两粒坚定不移的种子，"在人民中间生根、开花"！

有了他们曾经的"面朝大海，春暖花开"，昔日让人谈风沙而色变的荒岛，已成为"中国优秀旅游县""国家级海洋生态文明示范区"。

在他们身后，谷文昌2009年被评为"100位新中国成立以来感动中国人物"，2019年荣膺"最美奋斗者"称号，持续受到习近平等党和国家领导人的高度肯定，谷文昌干部学院也因而闪亮登场……

10年，20年，30年……"先祭谷公，再拜祖宗"也像种子一般，在东山开花结果为一种新民俗，胜却本地籍大学问家、抗清复明志士、"一代完人"黄道周，以及著名东山关帝庙的祭祀仪式；而樊生林的墓前，也有香火缭绕。

这对老搭档，如同当年但为人民何辞死，其实谁都更愿做绿叶，死后却仍如两颗永不枯萎的种子，守望东山，继续播撒一路春风，诠释共产党人的情怀。

在他们身后，我走过木麻黄，走过海堤，走过曾叠印着他们无数脚印的沙滩、山头、田地，不由得想起那首歌："兄弟啊，想你啦，你在那嘎达还好吗？"他们不会唱这样的歌，但他们知道人间忧乐，顾盼之间能认出眼前这些株连蔓引、株棵粗壮的千树万树。

钟兆云，中国作家协会会员，福建省作家协会副主席，福建省传记文学学会创会会长，现任省委党史方志办公室宣教处处长，《福建党史月刊》主编。曾出席全国第五届青创会、全国第八届和九届作家代表大会，出版专著40多部，曾获福建省政府百花文艺奖、社科奖等多种奖项。

闽海红潮

——战斗在伪"和平救国军"中的中共党员

◎ 郑国贤

　　主人公张伯庭，浓眉，细眼眯成一条缝，鼻梁直，但低，厚嘴唇，门牙是露的……一脸的憨厚相，如果不看相片之外的文字，你会觉得他放在任何政权任何机构，都是杂役一名。时势造人，在抗日战争最困难的时候，他却成长成一条铮铮铁骨的汉子，还是"船老大"——中共莆田县委书记。在胜利曙光初露时，他倒在了国民党反动派的枪口下，倒在赤色的湄洲湾海岸边……

　　1942年5月，初夏午后的斜阳还高高地挂在莆田县城的上空，耀眼的逆光穿透门前浓郁的荔枝林，投在院前砖埕的影子令人迷幻……秘密潜回家中的张伯庭，透过楼上小窗的一道缝，一眼看见邻居大厝婶挑着牛肉担子出现在回来的村道上……

　　从她那急促的步伐，张伯庭读出她肯定带回什么要紧的东西。

　　大厝婶年轻，界外（沿海）人，嫁给隔壁陈家，却比本地女人胆子大，说话落落大方，陈家虽是革命联络点，然而她丈夫是个窝囊废，党组织所需的联络跑腿的事，都由她来完成。

她丈夫杀牛宰羊的技术不错，但推销贩卖牛羊肉的事就全由女人了。女人心灵手巧加上嘴巴甜，村里卖不掉的肉，就卤了挑到城里十字街去卖了。城里有钱人多，卖卤肉赚的比鲜肉还多一成！

张伯庭看中的就是她每天往返城里与四亭村这一点。他与闽中特委约定，就以十字街打金店为联络点，有事通过大厝婶，让她传递通知给他。

果然，这时大厝婶过了自家门没有拐进去，而是直接来到了村东头第一家张家。伯庭站在大门里，招呼："大厝婶，生意好啊？今天都卖完了？"

大厝婶答："是卖完了，还剩一块，你家可要？"

伯庭知她有事，忙说："进来吧！进来喝口茶，天气这么热，辛苦你了。"

大厝婶迈进门里，既不要喝茶，也没有开担盖取"一块肉"，而是低声对伯庭说："十字街打金店店主带东西给你。"不等伯庭答应，她往房间暗处走了两步。衣衫单薄，她很懂礼数地转身背对着伯庭，从肚兜里掏出了一张小纸条，庄重地递给了伯庭。

上面写着："明上午九点鼓楼菜馆二楼，略奉薄酌，恕催。老汉。"

伯庭笑了："老汉真幽默，这纸条还有结婚请帖的腔调。"老汉叫翁鸿铛，闽中特委委员。

次日上午，算准时间，伯庭踏着古驿道的石板路来到了约定地点：位于古谯楼正对面，十字街街口的鼓楼菜馆。尽管地处莆田城最繁华喧闹的商业街，但还不到中午饭点，菜馆里十分清静，伯庭进门时，店里的伙计做了个请的手势，他就踏着木楼梯登上了二楼。

二楼也是大房间，可以办四桌酒席。伯庭上楼看到：翁鸿镗已坐在靠窗的一张桌上，边上还有两个陌生人。

见到伯庭，翁鸿镗站起来，向他介绍两个陌生人："这是戴天宝同志，这是陈文通同志。他是福建和平救国军第二大队张天祯部副官；他在张部第一中队任文书。"

"汉奸啊？！"伯庭吃了一惊。

"不要一惊一乍的，都三十出头的人啦，还这么不成熟！"翁鸿镗把伯庭按在椅子上，"今天通知你来，就是叫你下海当'汉奸'的，而且是带人带枪当'汉奸'去……"

伯庭又要站起来，翁鸿镗有力的手又把他按下去，并从衣兜里掏出一份文件，是蜡版刻写油印的，递给伯庭。

这是中共东南局刚刚发来的关于反对"国顽"第二次反共高潮及实行隐蔽精干政策的指示。文件中提到：1940年5月4日，毛泽东亲自写了中共中央给东南局的指示信，明确提出党在国统区的方针不同于战区和敌后，应当实行"荫蔽精干、长期埋伏、积蓄力量、以待时机"的方针（简称"十六字"方针）。

领袖有此指示，伯庭坚决执行。他坐定后，翁鸿镗说："不仅我们这么做，人家老蒋已捷足先登了。戴笠的军统闽南站派第一个特务叫郑文贤，利用仙游同乡的关系，前往湄洲岛跟随张逸舟活动，取得了张部秘书长的职务。军统闽北站不甘落后，1940年8月，派郑德民、林沧圃、苏骏驹三人，带着二十余人枪下海，与闽南站的特务竞争勾结伪军。军统闽南、闽北两站派去的两郑争夺张逸舟部的工作领导权，各执一理，相持不下。自福州第一次沦陷后的五、六月间，一直到那年的年底，戴笠决定另设闽海军运直属组时才告停止。所谓闽海军运直属组，只有组长张驰一人，由军统局直接掌握，所有下海的特工郑德民、林沧圃等北站的人，郑文贤、谢文新等南站的人，都归张驰领导。张驰是张逸舟为德化民军司令时的旧属，且是同宗，私交甚密。仙游阿妪就认这一张字，他没有公开的职务，张逸舟却对他言听计从，十分强势，伪军官兵都叫他太上司令，简称'太上'。你想知道这位太上第一次在南日岛见到张逸舟时，两人的对话吗？我让天宝跟你学说一番吧！"

戴天宝说，张逸舟一进郑德民的指挥部，就打趣地说："据说有蓝衣社分子（当时人们不知道所谓军统特务的名称，一般都称呼为蓝衣社分子）潜入本岛，搜查，搜查！"张弛微笑地答道："蓝衣社分子，竟然胆敢来到伪军汉奸的所在地活动，真是胆大包天，可恶至极！逮捕，逮捕！"副司令黄玉树接着说："你这吃豹子胆的特务，竟敢在我们面前，公开骂我们是汉奸、伪军，而又高呼要逮捕蓝衣社分子，真是'贼喊捉贼'了，如此刁顽之徒，应该给你来个下马威，先打四十大棍，然后押赴法场处斩！"这些开玩笑的话，逗得在场的都哈哈大笑起来。说笑之后，张逸舟就要张弛到他的司令部去。郑德民连忙阻止说："阿驰刚刚到此，一路辛苦，我看还是让他在这里休息一下，明天过去不迟。"于是决定第二天送张驰到总司令部去。接着，他们又商量派人过海去石城买猪来宰杀，办酒席为张驰接风……

说完，翁鸿铛拍着伯庭的肩头笑谈："张书记，我相信明天你去见这位族兄，他肯定也是杀猪宰鱼宴请你的——都说一笔写不了两个张字，这位闽海之王就吃这个啊！"话毕，收敛笑容，布置张伯庭尽快去忠门、渠桥基点村，动员组织武装骨干下海投入伪军之中，说完大家便分头散去。

张伯庭，1910年1月出生在莆田城郊四亭一个贫农家庭。小时候读过两年私塾，1926年，他到涵江中学当工友，党组织正在城涵各中学学生中进行反帝反封建宣传，他有机会和革命同志接触，开始参加革命活动。1927年，他配合党的干部在四亭、郊下一带发动农民，建立农会。以郊下为中心，开辟了一个比较稳固的革命基点，并逐步向周围几个村庄发展。在此后十多年中，这里一直是莆田县内地与沿海联络的重要据点。这一带普遍种植甘蔗，便于隐蔽，我党游击队经常在甘蔗丛中扎草房，作为居所。伯庭的母亲和弟弟及邻居大厝婶等都担任联络工作，因为群众关系好，人缘好，住在这里的革命同志都没出过事故。1929年他入了党。

1935年，张伯庭任莆田县委委员。抗日战争全面爆发后，他利用国民党农会组织，开展各种合法斗争。特别是在郊下、溪安、长丰等一带，贫苦农民都发动起来，迫使地主接受二五减租，并开展了反对"买青苗""放高利贷"的斗争。此外，他还组织了一支农民抗日宣传队，亲自参加编演戏剧，进行抗日救亡宣传，产生很好的影响。

1940年，莆田沿海一带因灾歉收，发生严重粮荒。张伯庭在忠门发动农民游行请愿，迫使国民党当局发放了一批救济粮，减轻了灾荒给群众带来的痛苦，扩大了我党在群众中的影响力。

1941年初，国民党顽固派不断制造反共摩擦，到处摧残压制抗日力量，我党工作很难开展。就在革命处于困难的时候，张伯庭受命担任中共莆田县委书记。为了开展抗日反顽斗争，他奉命到顽固派势力相对薄弱的莆田沿海一带组织武装力量。在工作中，他与群众同甘共苦，取得了信任和拥戴，取得了工作的主动权。先后在黄瓜、南日、湄洲等岛屿发展了一批抗日力量，建立了据点。从此，以莆田沿海岛屿为中心，向北通过黄瓜岛可以与福清、平潭、长乐等县联系，向南通过湄洲岛可以与惠安、晋江等县联系，形成一条海上交通线，使闽中地区的地下交通能从陆地和海上两路巡回机动。

1941年9月，中共闽中特委机关迁往长乐南阳，张伯庭随同特委机关转到长乐，担任机关警卫工作。1942年4月，国民党顽固派发动"江田事变"，派兵进攻南阳。为了保证特委领导安全和保存武装力量，张伯庭率领机关教导队100多人由海上撤到莆田沿海一带，继续坚持斗争。

张弛、郑文贤、郑德民等军统特务投入"和平救国军"，并没有从根本上改变张逸舟所部的伪军性质。并非由于国民党"政令不通"，而是军统自成体系的性质决定的。1941年春夏之交，张逸舟被国民党福清保安队赶出南日岛，退到了白犬岛借"和平救国军"第一路军所部林震的一席之地栖身，这使张逸舟及手下的大小头目明白过来：身居乱世，谁的拳头硬谁说话算数，否则挂什么旗号都无济于事。他深感自己尚实力不够，渴望尽快扩大队伍、扩充实力。正是在这样的背景下，他令张天祯向他的"把兄弟"张伯庭求援。

恰如祈梦有人送来了枕头，张伯庭把情况向翁鸿镗汇报后，即从莆田渠桥、忠门基点村和特委干训班组织37名武装骨干下海，被编入张天祯大队第一中队。这些地下工作者都经过严格审查，并宣布纪律：一切行动听指挥，严格保守党的秘密，不准暴露本人和其他同志的真实姓名、家庭地址，不准嫖赌淫和吸毒。

次年8月，为了统一对海上武装队伍的领导，同时继续做张天祯的转变工作，以便左右该伪部，闽中特委决定派特委委员翁鸿镗下海。他化名为张国栋，由张伯庭以同宗兄弟的名义推荐给张天祯。翁被委任为大队参谋长兼政训员。随后，翁与张伯庭研究决定，并巧妙取得张天祯同意，把莆田、福清、平潭三支队伍合并，成立第二中队，由中共党员康金兆（化名张国强，也作为张伯庭的同宗兄弟）任中队长。

张伯庭在伪军中虽无公开职务，但他以张天祯把兄弟身份纵横海上伪部，张天祯对他言听计从。为了进一步扩大海上力量，躲开陆上国民党顽固派的挤压和摧残破坏，闽中特委从惠安等地再动员一批人员下海。张伯庭向张天祯建议成立第三中队。至此，张天祯伪部中的伪我实力比例如下：第一中队总人数80多人，我占一半，实权控制在地下人员庶务长林锦云及各班班长手里；第二中队总人数157人，全部是地下人员；第三中队总人数80多人，全部是惠安籍地下人员；第四中队70多人，全部是伪军，大多是张天祯的东峤赤岐老乡。由于第二中队人数最多，武器装备及队员素质最好，故深受张天祯器重。我党领导的武装力量，基本可以左右该伪部。

"和平救国军"其实就是各股海匪的乌合之众，内部互相倾轧和吞并是免不了的。在兼并中，张逸舟部由于得到日军和军统两方面的支持，终于统一了闽海诸匪。而由我党控制的第二大队第一中队，在战斗中，表现坚定、勇敢，在跟随张逸舟向北扩张、建立"海上王朝"的进军中，一直是伪军第一路军的主力之一，不论在白犬岛还是在南竿塘都是跟司令部驻扎在一块，对伪军首脑的活动情况比较容易掌握。这对当时闽中特委在长乐前线建立隐蔽抗日根据地是十分有利的。

"海上王朝"成了"张家王朝"，张伯庭与张驰一样，在这里如鱼得水，游刃有余。

1942年9月，有日本运输舰一艘，运载汽油（后查明是航空用油）1万多桶，每桶53加仑，驶至闽浙交界的海面，被美国飞机炸沉。该运输舰重新浮出水面后，汽油一桶一桶地浮在海面，随潮水漂流南下，被东引和西洋各岛的渔民捞去，藏在了家中……

张驰对张伯庭说："第一中队在西洋岛驻防，你可过去，督促弟兄们把汽油都收上来，我们有用。"

伯庭："您是仙游人，不懂海面的风俗：破船救人捞尸，甚至收埋海溺，是渔民的俗例；而捡拾破船上的货物，也是历来的惯例，不拿，也沉到海里了——理所应当。渔民既把汽油捞回家，如何收得上来？"

张驰说："你们界外人'拾打破船'的习俗，我怎么不知？但这次情况不同，渔民都是用木帆船和舢板，汽油有什么用？上海、宁波、温州大港口都在日本人手里，他们敢去卖吗？要钱不要命吗？"

伯庭："总得给点什么吧！如给渔民一匣或两匣鸦片膏，总不能拿枪对着老百姓，逼出汽油来？"

张驰笑了："不用你做恶人，拿钱买回来。"

伯庭惊讶："听说是1万多桶，哪来那么多钱啊？"

张驰胸有成竹："这个不用你发愁，我们的军需仓库里，有10箱储备券（系汪精卫南京伪政府发行的，南竿塘张逸舟军需仓库里的储备券为军统假造的），你带一箱过去足够了。"

伯庭："哦？"

伯庭离开南竿塘前往西洋和东引岛时，张驰特地又交代："给渔民储备券，告诉弟兄们，手门要松，但也不能太松。太松了，发的数量太大，很容易露馅出事，弄得不可收拾。"

张伯庭领导第一中队顺利收回渔民手中大部分汽油，深得张逸舟张天祯的赞赏。张驰又命令他把汽油雇民船运往福州，转运南平，由军统派汽车到南平接运往重庆。

张驰后来告诉伯庭，1943年3月，戴笠来到福州，住在上杭街尤柳门家里就曾夸夸其谈："在这抗战期间，我们赖着全体工作同志的努力工作，成绩是显著的，对政府、对抗战的贡献是大的，这种情况，委座对我们是了解的……这次我路过江西某地时，遇到福建保安处长黄珍吾。黄处长曾告诉我：'海岛上那一帮人都是汉奸，很靠不住，你要注意。'我就答复他：'敌人常说，一滴汽油一滴血，我看，像这样能够送汽油给我们的汉奸，不妨多出几个有什么不好！'黄处长听到这里，也就哑口无言了。"他讲话时得意的神态，溢于言表。

伯庭听了心里一松，倏尔一紧：自己和我党地下人员，是否表现得"太优秀"了，以至暴露了与其他伪军明显不同的战斗力和执行力呢？

尔后，张天祯返回莆田乌丘老巢，所部驻防湄洲岛、南日岛和黄瓜岛等地。

1943年10月，福建省委机关拟迁到闽中，但经济条件十分困难。正在这时，隐蔽在伪军中任副官的中共党员蔡光镰报告：有一艘大型货船在厦门装货后将返回乌丘。闽中特委当即决定在我秘密基地鸬鹚岛附近进行截击。结果缴获一批日军禁运物资，价值3万多元法币。后来通过各种渠道将这些货物变卖，所得款项供给省委、特委机关开支。

隐蔽于乌丘屿的第二中队，先后于1942年年底和1943年2月，两次袭击前沁盐场的国民党盐警队，缴到步枪60杆、轻型机枪一挺、手榴弹数百枚。由于有陆上地下党做内应，每次登陆缴枪，皆如探囊取物，弄得盐警不知兵从何来，目瞪口呆。其他伪军又对第二中队羡慕不已。1942年11月，打入伪军第二大队任检查处处长的陈天连带队出哨，遇到国民党军队的三艘运粮船，立即截击。结果缴获大米700多担，除一部分留在海上外，秘密运到我党控制的沿海基地，支援陆上自卫武装队伍。

1945年3月，日军已处于日暮途穷的境地，军用给养日趋吃紧。有一艘日本运输船运载汽油经乌丘海面，被陈天连的检查船拦截检查登船时，陈天连故意碰开自动卸货开关，使船上的几百桶汽油滚入海中……这批汽油被附近的渔民打捞后，集中到地下党组织手中，分散运进内地出售，所得经费充作地下斗争之资。

1945年5月18日，日军从福州撤退。

21日，福建省委在长乐南阳召开紧急会议，针对日军撤退后的形势，断定"和平救国军"必将"反正"投靠国民党而出卖我隐蔽队伍。省委决定张伯庭等一定要在他们"反正"之前，把自己的队伍撤回山区。随之，省委领导先派蔡文焕从长乐南阳赴湄洲岛向张伯庭传达省委的决定。但蔡文焕不是走陆路从莆田通过地下交通线与张伯庭联系，而是从长乐牛头湾直接弄了一条木帆船，随带11人从海上航行南下。结果船在平潭海面遭国民党保安部追击，弄得桅断帆坏，只好拐到莆田黄瓜澳修理，耽搁了一个多星期时间。待续航到湄洲时，伪军已全部过海进驻了莆田忠门的东吴村，蔡只好接受林萱建议，让船继续顺风南下到晋江科任（林的家乡）登陆，结果酿成11人全部被捕的"科任事件"。

蔡出发了好几天，省委领导听不到消息，遂又派粘文华从惠北乘船去湄洲找张伯庭传达省委指示，要求他们立即组织人员从海上撤退到惠北。但张伯庭考虑到隐蔽队伍的处境，已今非昔比，而是置于伪第一路军五六百人的监视之下，且所有船只均被副司令黄玉树封扣，故从海上撤退是逃不出敌人魔掌的。因而张伯庭把希望寄托在张天祯身上。他认为只有策动张天祯一起上山，才有希望逃出伪军与国军联合控制的海区。但张天祯既怕投靠国民党后终会被消灭，又怕跟着共产党自己会受不了（他吸毒成性，兼有一妻两妾），故一直在犹豫观望。就这样，省委对张伯庭的指示得不到落实。

5月29日，形势骤变。黄玉树下令伪第一路军全部由湄洲岛移驻对岸的东吴村，开了伪军久未进驻陆地的先例。6月2日，国民党保一团分别进驻东吴周围的几个村庄，对东吴形成包围的态势。在驻扎东吴的几天里，黄玉树故意以防范保安团袭击为名，每晚三更半夜集合布防，加强岗哨，制造其并未与国民党军队勾结的假象。6月7日凌晨，伪第一路军指挥部突然以通知开会为名，将康国强诱捕并即刻带到海边枪杀。紧接着，黄玉树派警卫中队立即包围隐蔽队伍第二中队驻地，宣布要搜查共产党干部。与此同时，国民党保安一团的队伍亦涌入东吴村，挨家挨船进行搜查，致使隐蔽在海滨船上的张伯庭、邱子国被捕。

东吴村后的小山坡上，伫立着明代建成的七层石塔，那是渔家为雾海中的归舟所筑……此刻，夕阳给湄洲湾披上了一层粼粼波光，张伯庭和他的战友们在塔下站成一排。面对统治者的枪口，他坦然微笑，眼望海湾。他坚信：争自由反压迫的鲜血，如同大海赤潮，必将永恒……

国民党保安队的枪声响了……

郑国贤，中国作家协会会员，曾任莆田市文联专职副主席，著有报告文学散文集《蔚蓝色的启迪》，长篇报告文学《漂泊的家园》《林兰英院士》《红与蓝》，散文集《夜望壶山》《兰溪鼓韵》，作品获首届中国出版政府奖提名奖及福建省政府百花文艺奖等。

远远望去

◎ 杨际岚

"香港作家闽西行"的日程表上,这一天安排了参观"瞿秋白烈士牺牲地"。

牺牲地包括三处:汀州试院囚禁处,中山公园八角亭,罗汉岭下遇害处。

和香港文友到了汀州试院。此地宋代为汀州禁军署地,元代为汀州卫署址,明、清辟为试院,汀属八县八邑科举应试秀才的场所。后来成了福建省苏维埃政府办公地,红军长征后试院驻扎国民党军队36师师部。瞿秋白被关押在这里。院内矗立唐代双柏,已有1200多年,树龄与汀州城是同年。古柏之下,时而舞刀弄枪,时而挥毫泼墨……沧海桑田,它目睹了客家首府的风风雨雨,也见证了一代英杰的生生死死。囚室外百年石榴依然茂盛。唐代皮日休诗云:"火齐满枝烧夜月,金津含蕊滴朝阳。"每到五六月,繁茂怒放,灿若云霞。1935年5月9日至6月18日,瞿秋白在狭仄阴暗的囚室里度过了人生旅程中的最后的41天。正是石榴花开的时节。那一年,窗外石榴树应如常绽枝吐蕊。它为置生死于度外的远足一壮行色。

后人力图还原瞿秋白牺牲时的场景。

晴天,餐后,泡上茶,点支烟,坐在窗前翻阅《全唐诗》,集句而成:

夕阳明灭乱山中,落叶寒泉听不穷。
已忍伶俜十年事,心持半偈万缘空。

书写至此,来人传令催促动身。瞿秋白于是疾书:方提笔录出,而毕命之令已下,甚可念也。秋白半有句:"眼底烟云过尽时,正我逍遥处。"此非词谶,乃狱中言志耳。秋白绝笔。

瞿秋白上身着黑色中式对襟衫,下身穿白布抵膝短裤,黑线袜,黑布鞋,来到中山公园八角亭。他背着双手,昂首直立,留影告别。当地记者报道:"全园为之寂静,乌雀停息呻吟。信步行至亭前,已见韭菜四碟,美酒一瓮,彼独坐其上,自斟自饮,谈笑自若,神色无异。""酒半乃言曰:'人之公余稍憩,为小快乐;夜间安眠,为大快乐;辞世长逝,为真快乐。'"随后,缓步走出中山公园,手持香烟,顾盼自如,沿途用俄语唱《国际歌》《红军歌》。他走了二里多,到了罗汉岭下蛇王宫侧,在一处草坪盘膝而坐,平静地说:"此地甚好,开枪吧!"

关于瞿秋白就义的资料,基本情况大致相似,亦有细微的差异。比如被枪杀前说"此地甚好",也有"此地正好","此地真好",或"此地很好","此地也好"。终了,所说的,无论哪一种,似乎都能契合瞿的心境和气概。刑场上的瞿秋白,定格于视死如归。自此，烈士英名远扬，功绩被传颂，精神被讴歌。

世事难料。此后却有一段时日，是非全然颠倒。瞿秋白长久背负"叛徒"的恶名，肇因全在于《多余的话》。1935年5月17日至5月22日，瞿秋白在囚室写成约两万字的《多余的话》。那天，在汀州试院参观，香港文友往访"瞿秋白被囚处"。这时，我正好接电话，龙岩作协朋友要赶过来，没听见导游如何介绍囚室中的瞿秋白及其《多余的话》。假如当地文友在这儿，他们心目中的瞿秋白又将呈现出何等样貌呢？我想，会是英勇不屈，绝不低头，坚拒多次劝降，也会是无所畏惧，从容面对，读书，赋诗，书法，刻章……这全是事实。然而，还有那《多余的话》呢？或许会说瞿秋白勇于自我解剖，直面人生。今天，那可能是不少人的共识，导游词上或者就这么写。当年却并非如此。"横扫一切"之风，殃及瞿秋白。《多余的话》被斥为"自首叛变的铁证"，"屈膝投降的自白"，瞿竟成了"大叛徒"。八宝山瞿秋白墓及其父墓（葬于济南）、其母墓（葬于常州）均被毁。八宝山革命公墓坟墓被破坏120座，瞿墓受毁最为严重，迹近于鞭尸。欺凌暴虐莫此为甚。

似乎早就预感身后将招致种种非议，在《多余的话》中，瞿秋白直截了当地表明，"我不过想把我的真情，在死之前，说出来罢了"，"趁这余剩的生命还没有结束的时候，写一点最后的最坦白的话"。"历史的偶然""历史的纠葛""历史的误会"……字里行间，时时盘桓于"历史"之中。"历史"如此之严酷。"一羸弱的马拖着几千斤的辎重车，走上了险峻的山坡，一步步地往上爬，要往后退是不可能，要往前去是实在不能胜任了。"他终究从政治巅峰跌落下来了。"历史"又是如此之吊诡。"以平凡的文人"自诩，竟不期然地充任领袖人物，却又承受"路线错误"的重责，甚至多年负载"叛徒"的罪孽。以《多余的话》向人世间诀别，终究遗响不绝，永久走进史册，为后人世代缅念。

曾在微博上读到丰子恺的一段论述，人生像一幢三层楼的房子，"第一层是物质的，第二层是精神的，第三层是灵魂的，世间大多数人住在第一层，一辈子忙于锦衣玉食，尊荣富贵；少数人如学者艺术家等，他们不肯做本能的奴隶，即专心学术文化，更有少数人对第二层楼还不满足，爬上三层楼去探求人生的究竟"。我回了一段："丰子恺之妙喻。上第三层，太少，太难，太险。"

瞿秋白临终前留下《多余的话》，便释然了。他告诉他的同志们："判断一切的，当然是你们，而不是我。"倘若毫无保留地解剖自己，"探求人生的究竟"，笔者以为这"太少，太难，太险"。即使在渐趋开放、多元的世风下，对瞿及其《多余的话》的判断也是多种多样的。同样在微博上看到各类留言。有慨叹的："一介书生，卷入大潮，悲剧早已注定。"也有不解的："一个人何以死得如此不明不白，真令人惊奇。"甚至有非议的："外勇而内怯者"，"死前用以麻醉自己"。当然，更多的是痛惜、赞许与钦敬——"如戟又如玉的文人秋白"，"看得人痛心"，"先生一生，有此篇即胜过他人多矣"！《多余的话》代序仅有短短的一句："'知我者，谓我心忧；不知我者，谓我何求。'何必说。"诗引自《诗经·国风》，随后还有一句："悠悠苍天！此何人哉！""众人皆醉我独醒"的大悲哀，诉诸世间也许是难获回应的，抑或质之于天？

而今，重读《多余的话》，那些话似乎仍萦绕心间。

"我留恋什么？我最亲爱的人，我曾经依傍着她度过了这十年的生命。""我还留恋什么？这美丽的世界的欣欣向荣，'我'的女儿，以及一切幸福的孩子们。"如常人般深深依恋自己的亲人，乃至所有孩子。于是，不由自主地："我替他们祝福。"

他确实有着太多太多的憧憬。"这世界对于我仍然是非常美丽的。一切新的、斗争的、勇敢的都在前进。那么好的花朵、果子，那么清秀的山和水，那么雄伟的工厂和烟囱，月亮的光似乎也比从前更光明了。"世界如斯美丽，于心底再一次地呼唤："但是，永别了，美丽的世界！"

从汀州试院和中山公园，到罗汉岭，瞿秋白走了40多分钟，他就这样走到了人生尽头。如今，遇害处建起了纪念碑和纪念馆。行程上有此一站。原先打算到那里看看，文友说不用了。那就不去吧！开始下一程。驱车经过时，我远远望去，久久无语……

杨际岚，中国作家协会会员，编审，自1978年起从事编辑工作，历任福建省作家协会副主席、《台港文学选刊》主编、福建省台港澳暨海外华文文学研究会会长等，现任中国世界华文文学学会监事长、《两岸视点》编辑总监、《海峡乡村》编辑顾问等。

"不沉之舟"万安桥

◎ 施晓宇

在闽南泉州，在洛阳江的入海口，有一座跨江接海、遐迩闻名的洛阳桥，原名万安桥。它的问世时间已有近千年了，是中国现存最早的跨海石桥，而且是长达834米、宽7米、拥有46个桥墩的跨海长桥——却至今牢固地如"不沉之舟"横亘海上，矗立不倒，任凭风高浪急，海浪汹涌，一个个桥墩岿然屹立，坚如磐石，叹为奇观。

泉州万安桥始建于北宋第四个皇帝、宋仁宗赵祯（原名赵受益）在位的皇祐五年（1053年），由两任泉州太守的蔡襄主持兴建，万安桥历时6年8个月方才建成，耗银1400万两。蔡襄亲自撰写《万安渡石桥记》，并树镌刻153字全文的两块石碑，作为永久纪念：

泉州万安渡石桥，始造于皇祐五年四月庚寅，以嘉祐四年十二月辛未迄功。累址于渊，酾水为四十七道，梁空以行。其长三千六百尺，广丈有五尺，翼以扶栏，如其长之数而两之。靡金钱一千四百万，求诸施者。渡实支海，去舟而徒，易危而安，民莫不利。职其事：卢锡、王实、许忠、浮图义波、宗善等十有五人。既成，太守莆阳蔡襄为之合乐宴饮而落之。明年秋，蒙召返京，道由是出，因纪所作，勒于岸左。

蔡襄为人诚实低调，没有贪天功为己功，文中写明实际造桥的负责人是其舅父卢锡，有功者还有募集资金的王实、宗善和尚等15人。洛阳桥建成之日，登基38年的宋仁宗赵祯已经50岁了。四年后——嘉祐八年（1063年），在位42年——两宋在位时间最长的皇帝赵祯驾崩于开封皇宫，享年54岁。别看赵祯在位时间最长，却因为所生三个儿子全部夭折而身后无子，所以早早将堂兄赵允让（共有22子）的第13个儿子、年仅三岁的赵宗实接入宫中，作为储君交给曹皇后抚养。直到去世前半年，最终盼来第四个儿子赵昕出生，三年后却又夭折。宋仁宗赵祯才心灰意冷死心塌地，不得不正式立已经30岁的赵宗实为太子，改名赵曙。

嘉祐八年（1063年）三月，建成于海上的万安桥已经造福百姓，供人通行四年了，宋仁宗赵祯病逝，当储君27年的赵曙终于接班，是为宋英宗。也许由于"备胎"时间过长，压抑时间太久，中间还有一次被废，送回父亲赵允让身边过了好些年的赵曙，在宋仁宗的葬礼上就发疯了，不肯当皇帝，大叫"朕好难过啊！我不能当啊"。

由此，宋英宗赵曙因疯治病一年多才临朝亲政。

明明讲的是人间奇迹泉州万安桥,怎么扯到北宋两个皇帝宋仁宗赵祯和宋英宗赵曙身上去了?因为泉州万安桥是在宋仁宗在位期间修建的,而万安桥建成四年,宋仁宗就驾崩了,改由宋英宗接班。可短命的宋英宗赵曙在位四年多也驾崩了,年仅35岁(长子赵顼继位,是为宋神宗)。只有全部用巨大的花岗岩石块砌成,桥身结构坚固,造型朴素美观,体现中国古代匠人高超桥梁工程技术的万安桥依然"健在",稳如泰山,坚如磐石,俨然"不沉之舟"。故有"天下第一桥"的美誉——清道光年间石刻"天下第一桥"横额曾经高悬桥头。

应该说,万安桥最令人佩服的造桥技术,突出地表现在46个船型桥墩的建造上——采用的是"筏型基础"和"种蛎固基"两种科学的造桥法。造桥界的"洋同行"和来自世界各地的观光客认为,万安桥的神奇工艺是中国乃至世界造桥技术的独特创举,万安桥近千年历经惊涛骇浪,岿然屹立,充分显示了中国古代劳动人民的聪明才智和非凡智慧。作为世界桥梁筏形基础的开端,万安桥现为全国重点文物保护单位。据《泉州府志》记载:

> 洛阳江,府东北二十里,纳境内诸山溪之水及惠安县西北之水,流经府东入于海,群山逶迤数百里,至江而尽……水阔五里,波涛滚滚。

由于洛阳江阔，早年泉州人往返只能依靠渡船摆渡，遇上台风大潮，常常连人带船翻入江中，所以泉州人为祈求平安，就把这个渡口称为"万安渡"，石桥建成也称之为"万安渡石桥"，简称"万安桥"。

因为建桥之处江海相连，海潮汹涌，江湍流急，建桥工程进展艰难，中间一段长期停工。匠人说："用四两纱线，系石下坠，沉入江中，尚未能测其深浅。"为此，造桥技术人员采用了一种全新的建桥方法，就是在洛阳江底，随桥的中线抛石十几万立方，在江底垒成一条长500米、宽25米、高3米的江底大堤作为桥基。然后在石堤上用条石横直垒砌船型桥墩，成为现代桥梁工程中"筏形基础"的先驱。这种先进的造桥技术，一直到800年后的19世纪，欧洲人才引进采用。

具体地说，今天屹立江海之交的万安桥，建桥之初，技术人员指导石匠先在江底沿着桥梁的中线，用船载来石料——趁海水退潮时机，抛下大量大石块，形成一条横跨江底的矮石堤，以此作为桥墩的基础。然后再用一排横、一排竖的条石砌筑桥墩——桥墩双头尖突，中间大肚，恰如船形。船型的尖头桥墩可以劈开江流海潮，经受住上游江流和下游海潮的交相冲击。而在桥墩最上排的交接处，还刻有凹形的榫，上置生铁弯钉以联结排石，加倍牢靠——我们至今肉眼可见能工巧匠敲击钉入大石中的生铁弯钉，煞是坚固。工匠们还将桥墩两端中部稍稍向外弯曲，把最上面的两层条石等距向左右挑出，使墩面加宽，借以减少桥面石梁板的跨度。这种筏型石基的开创，是世界建桥史上的重大突破。至于一个个长条而厚重的石梁——桥面，也是利用海水退潮时机，用船载至两个桥墩中间，待海水涨潮，船身上浮，正好把长条而厚重的石梁架上桥墩——834米长的桥面就是这么累加叠起而成。

难怪中国著名桥梁专家茅以升教授对万安桥的这种先进的建造工艺夸赞有加，称万安桥是"福建桥梁的状元"。他在《桥梁谈往》一文，就洛阳桥即万安桥建造的两种先进工艺写道：

> 这种基础，就是近代桥梁的"筏型基础"，但在国外只有不到一百年的历史。所用桥梁的"浮运法"，就是今日还很通行。

其实，万安桥的"种蛎固基"也是值得大书特书的一种科学的造桥方法。这是我们的先人利用生物学原理加固桥墩的一种值得提倡的让人脑洞大开的奇特方法。

我们知道，尤其当今年轻人爱吃的一种长有贝壳的软体动物，学名叫牡蛎，人们习惯称之为海蛎。譬如闽南人酷爱一种美味佳肴就叫作"海蛎煎"，也叫作"蚝仔煎"。就是用海蛎加鸡蛋打散搅匀，加大蒜——特别要多放蒜叶，下油锅烹煎而成。吃完鲜香可口的"海蛎煎"，我们知道，海蛎——牡蛎有两个壳，一个壳依附在岩礁上，或者黏合在另一个牡蛎上，互相交结在一起。另一个壳则覆盖在自己的肉身软体上，起保护作用。生长迅速的牡蛎繁殖能力很强，而且渗出的黏质无孔不入，一旦跟礁石胶成一片后，无比牢固，讨海的渔民抑或渔妇用铁铲用力铲也铲不下来。必须讲究技巧，用铁铲寻找牡蛎与礁石黏合的缝隙，乘虚而入，才能撬下牡蛎来。建造万安桥的工匠们，就是利用了牡蛎的这个会渗出的黏质无孔不入的特性，在桥基和桥墩上种下牡蛎。这样石桥桥墩的一块块基石就会胶合在一起，使石桥桥墩变得更加牢固。

这是万安桥（洛阳桥）建桥近千年以来，虽然先后修复17次，却岿然屹立的原因。其中大修就有：

宋绍兴八年（1138年），飓风、桥坏。郡守赵思诚修复；明宣德间（1426—1435年）桥址下沉，潮至，桥梁俱没。知府冯桢命郡人李俊育（即李五）增桥面，增高三尺；万历三十二年（1604年），地大震，桥梁倒塌，基址低陷，知府姜志礼修复……1993年3月—1996年10月，国家拨出600多万元专款，实施洛阳桥保护修复工程。

所谓修复，主要是修复桥面、桥栏，桥墩基本保持良好。为进一步保护万安古桥，泉州市政府还在上游百米处，另建公路桥及水闸，借以保护万安桥。如今，虽已不见历史上的万安桥："两侧有500个石雕扶栏，28尊石狮，兼有七亭九塔点缀其间，武士造像分立两端，桥的南北两侧种植松树700棵。"但是，历经千年风吹雨打、浪涌流急的冲刷，万安桥的桥面与桥墩依然屹立不倒，正常通行，不能不说实乃人间奇迹。

愿堪称全国第一的海湾大石桥——昔日万安桥，今日洛阳桥，永远如"不沉之舟"，屹立在泉州洛阳江畔，东海之滨，坚如磐石！

2020 年 10 月 18 日—10 月 20 日

施晓宇，中国作家协会会员，福建省阅读学会副会长，曾任《福建文学》常务副主编兼《散文天地》主编，福州大学人文学院教授，一级文学创作，出版有小说集《四鸡图》、散文集《洞开心门》等九部、杂文集《坊间人语》及优秀教材《大学文学写作》等。

春天的气味

◎ 朵 拉

鲁迅在《喝茶》一文中说:"有好茶喝,会喝好茶,是一种'清福',不过要享这'清福',首先就须有工夫,其次是练习出来的特别的感觉。由这一极琐屑的经验,我想,假使是一个使用筋力的工人,在喉干欲裂的时候,那么,即使给他龙井芽茶、珠兰窨片,恐怕他喝起来也未必觉得和热水有什么大区别罢。"

未踏上中国土地之前的南洋人,喝茶不计好坏,不论品牌,也分不清楚红白黑绿青黄茶的种类,所有的茶在南洋人口里都不过是作为解渴用途的煮开的水,喝茶和喝水无甚区别,就名称不一而已。

中国开放后,我们终于来到厦门,刚下飞机格外口渴,热情的亲戚直接把我们接到家里,在五层楼上特别隔间装修了一个喝茶室,大家坐在临海房子的露台上,一边喝茶,一边欣赏无敌海景。

茶桌上备有电水煲、小茶壶、小茶杯等精致茶具,还有茶果点心。电水煲里的水立刻煮开,小壶冲泡,一人一杯,亲戚笑说:"喝茶呀,喝茶呀,不要客气。"看着小小一杯茶水,有种远水救不了近火的焦躁感。对着分离很久很久才初次见面的陌生亲戚，真话不好意思直说，我忍了又忍，最后那习惯喝凉开水的南洋人还是抑制不住喉焦唇干，不再犹豫，直截了当地要了一杯水。"当然可以呀。"亲戚即时给我一杯热水。那天喝什么茶，是什么味道，完全没印象。记得的是好不容易等到热水凉了，正要拿起来往嘴里灌，亲戚走过来说："哎呀，这水凉了不可以喝的。"她拿走杯子，换了杯热水给我。

那个年代，无论喝茶还是喝水，皆用于解渴。鲁迅先生说的"好茶，清福"，因此离我挺远。

一直到有一回喝到一杯很特别的茶。

"请想象一朵朵已经干燥的花，让热水冲泡过后，徐徐缓缓在杯里再次绽开，让人感受到仿佛已经死过一次，又再度盛放的重生之惊喜。过了一会儿，打开杯盖，氤氲的花香味儿慢慢地飘升上来，不必喝它，就看着花儿在绿色的茶水里盈盈浮动，美好的感受便在心里悄悄地游移展现。""从那一杯开始，它的浓馥味道不经意地深植心中。开始四处寻觅……"

为了一杯色泽清澈透亮，香味浓郁，名叫"牡丹绣球"的茉莉花茶，我写了这篇文章。

一个朋友到北京旅游回来，带一罐"牡丹绣球"送我。

北京人特别喜欢茉莉花茶。送茶的朋友反复强调，这是慈禧太后最喜欢的茶。被古人视为"天香"的白色茉莉花是慈禧的心头爱，在太后掌权的几十年间，宫内女眷唯她一人可佩簪茉莉花。现在回想，当时香水还不流行，这天然的茉莉花香气比工厂制造的香水更加清新自然。慈禧太后也时常以她爱喝的"茉莉双薰"作为赠送外国使节的礼品。

　　北京学者朋友告诉我，老北京传统的生活方式是从早起就喝茶，要把茶喝"通"了，这一天才舒服。北京人提到喝茶，不必细究，说的就是茉莉花茶。2013年北大孙玉石教授邀请我去他家做客，喝的就是汤色明亮、滋味醇香的茉莉花茶。被称为文学界一大"吃货"的汪曾祺先生提到他喜欢喝茶，但不喜欢花茶，却在北京喝过老舍先生最好的花茶。要知道老舍先生是出名的"茶痴"，总是一边饮茶一边写作。"我是地道中国人，咖啡、可可、汽水、啤酒，皆非所喜，而独喜茶。有一杯好茶，我便能万事静观皆自得。"有茶万事足的老舍先生每天无茶不欢，而且坚持只喝清香扑鼻的茉莉花茶。

　　茉莉花茶在北京等于茶的代名词，发源地却是在福建的有福之州，也就是老舍先生的好朋友冰心先生的故乡福州。老舍先生拜访冰心先生时，总是一进门就大声问："客人来了，茶泡好了没有？"冰心先生招待好朋友的，当然是以故乡馥郁花香的茶。"中年喜到故人家，挥汗频频索好茶。"这句诗就写在老舍赠冰心的七律里。

　　恋上"牡丹绣球"的人本来一心想到北京喝当地土产茉莉花茶，读到这段文字，才发现是南洋人的误会。

　　北京人称"香片"的茉莉花茶属于"窨花茶"，正是鲁迅先生说的"珠兰窨片"。据说福州茉莉花茶的历史可追溯至2000年前的汉代，来自波斯的茉莉花通过"一带一路"到中国，最终在福州落户。福州民谣"闽边江口是奴家，君若闲时来吃茶，土墙木扇青瓦屋，门前一田茉莉花"写出当地民间喝茶闻花香的生活情趣。

茉莉花在福建武夷山人柳永词里这么美："环佩青衣，盈盈素靥，临风无限清幽。出尘标格，和月最温柔。"在清代诗人王士禄的眼中如此香："冰雪为容玉作胎，柔情合傍琐窗隈。香从清梦回时觉，花向美人头上开。"清代另一个诗人江奎毫不掩饰他对茉莉的钟情倾心，干脆选其为心目中排行榜冠军："他年我若修花史，列作人间第一香。"

北宋时期，福州人将西方的洁白花儿与东方的翠绿叶子结合，窨制出花香和茶香交织的茶。当茶叶和茉莉花拼合时，"茶引花香，以益茶味"的结果，是珠联璧合，相得益彰的花香茶韵，引得古人赋诗形容"冰花舍己芳菲予，雪魄香魂尽入茶"。品尝过花香、茶香融合的味道的每一个人都赞同"窨得茉莉无上味，列作人间第一香"的美誉是理所当然。

福州茉莉花茶在历史上有两次鼎盛期，首次崛起是19世纪中，当时福州茉莉花茶的年产量达1万吨。外国商人到福州开洋行，将花茶外销到欧美和南洋，福州成为世界最大的茶叶港口，也是中国花茶生产中心与集散地。第二次的辉煌纪录是在80年代至90年代，福州茉莉花茶年加工量将近8万吨，产品远销全球40多个国家，产值超过15亿元。那是福州记忆"千家万户遍植茉莉，妇孺白首皆焙香茶"和"一担茉莉一担金"的黄金年代。

可见喜欢茉莉花茶的不只福州人和北京人，喝过茉莉花茶的外国人给的评语令人惊艳："在中国的花茶里，可闻到春天的气味。"享誉国外的茉莉花茶，品尝过的人意惹情牵，念念不忘。美国前国务卿基辛格在回忆录里记载："我们第一眼看见的是一排摆成半圆形的沙发……毛泽东的茶几上总堆着书，只剩下一个放茉莉花茶茶杯的地方。"他说的是1972年，毛主席在北京会见美国尼克松总统时的情景，当时大家喝的就是福州茉莉花茶。

到福州时朋友请喝茶，离开福州时朋友竞相送茶，现在明白福州朋友送茉莉花茶的原因了。

正如鲁迅先生说的："有好茶喝，会喝好茶，是一种'清福'。"同时要不断地"练习出来"。

从前我的喝茶，就是南洋人的牛饮。我后来时常到福州，每年起码要和福州朋友相聚几回，才从爱喝茶、会喝茶的福州人那儿，开始学会享受喝好茶的清福。

今年春天搬家，为了喝茶，我特地在新房子里装修一个茶室。每当想念福州朋友的时候，我就到茶室，拿出朋友赠送的茶，从容煮水，慢慢冲泡，小小一杯，细细地品。

冰心先生89岁时，在《我家的茶事》一文中说道："茉莉花茶不但具有茶特有的清香，还带有馥郁的茉莉花香。"品着我家的茉莉花茶，唇齿留香之间，回味春天芬芳的茶韵花香，也让我深深思念福州朋友们美好深厚的情谊。

朵拉，作家、画家。出生于马来西亚槟城，祖籍福建惠安。出版个人文学作品集52部。曾获国内外各类文学奖60多项。曾参加国内外联展60多次，举办水墨画个展24次。

小小说二题

◎ 鸿　琳

一条跳水自杀的鱼

　　我终于见到了那座石拱桥，在我跃出水面的那一瞬间，月亮升起来了，静静地悬在桥顶，那月亮让我感到陌生，就像身下这浅浅的河水，有些混，有些黏。只有那座让我魂牵梦萦的石拱桥依旧是那么古朴，桥两边那墨绿色的藤蔓依旧是那么悠长，和我记忆中的一样。当我重新跃入水中时，一块尖利的玻璃划破了我的肚皮，让我感到椎心的痛楚。

　　当我决定重返离别多年的家乡时，我已是一条年迈体衰的鱼了。我身上那曾经让我骄傲，令人艳羡的金光闪闪的红鳞早已黯然失色，我的尾巴也不再强劲有力，摇摆自如了。在千里迢迢的归途中，我孑然一身，历尽千辛万苦，可谓九死一生。我冲破了从天而降的渔网，躲过了锋利的鱼叉。我曾被电鱼器击昏过，还差点误入一条撒了毒药的河流。虽然我一次次逃过了厄运，但我感到自己的确老了，显得力不从心了。在翻越一道瀑布时，我整整花费了两天的时间。想当年，我是那么敏捷有力,再湍急的河流我都能一蹿而过,如履平地。要不人类怎么会有"鲤鱼跳龙门"这么一说呢?

我原来生活的那条河流风景优美,水清见底,两岸绿树成荫,当年为了爱情,我追寻着美丽动人的红鲤妹来到这里。我们在明净如镜的河里生儿育女,恩恩爱爱,快乐地生活了许多年。可不知什么时候开始,原来清澈见底的河水一天天变黄,变黑,变得臭气熏天,满河都漂着白色的泡沫。我那些健健康康的儿女们,不知得了什么怪病,开始烂腮、掉鳞。由于全身奇痒无比,它们忍不住总是死命在尖利的河石上蹭,直蹭得鳞片一块块脱落,鲜血淋漓,最后翻着鼓胀的肚皮相继死去。每当夜幕降临,河面上总飘荡着我银鲤妹伤心的哭声,凄惨悲哀,久久不息,让我听了肝肠欲断。最终,我的银鲤妹哭瞎了眼睛,什么也看不到了。在一个雾气迷蒙的清晨,她终究没能逃脱悲惨的命运,被一张渔网兜头网住。在被提出水面时,我听到她撕心裂肺的哭喊。

记忆中的家乡是多么温馨美丽,河水是那么清澈明净。河上有座石拱桥,两边有石级伸进水里,人们都爱在河里淘米洗菜,捣洗衣裳。每到夏天,男人小儿都爱到河里游泳,有胆大的还敢从桥上往水中扎猛子,整个河面都荡漾着快乐的笑声。还有河边浅滩上生长的水姜花,密密麻麻,就像小树林似的。河是我儿时的乐园,我总是和我的小伙伴们在花叶下快乐地穿梭,追逐嬉戏。常能见到小女孩儿挽着裤管来采花儿,那淡蓝色的花瓣搂在女孩怀里,泛着扑鼻的香气。

可这一切都离我远去了,当我肚皮被玻璃划破时我就意识到了这一点。出现在我面前的河流是如此污浊不堪,那刺鼻的臭味让我仿佛又回到了逃离的河流。稍不小心,石拱桥上的垃圾就天女散花般从天而降。无数的蚊虫和苍蝇在河面上"嗡嗡"飞舞。

我极少看到我同类,偶尔见到一两条细小的鱼儿也呆头呆脑。儿时的伙伴也消失得无影无踪,让我异常失望。终于有一天,在石拱桥下的一个石缝里,我见到了我儿时的玩伴白鲤。白鲤全身溃烂,奄奄一息,告诉我说这条河已污染得厉害,由于缺氧,鱼全都死了。我听了黯然神伤,潸然泪下。

在一个闷热的中午,白鲤死去了,它那爆裂的肚子流出发黑的肠子。就在我为最后一个伙伴离我远去悲痛欲绝时,石拱桥上传来惊喜的叫喊:红鲤鱼,一条红鲤鱼。很快我的四周就响起杂乱的脚步声和快活的吆喝声。巨大的恐惧朝我袭来,我落荒而逃。可河水实在太浅了,无论我逃到哪里,我那暗红色的脊背总是暴露在白晃晃的阳光下,很快,一双大手就按住了我,我被拎了起来。

哈,好大一条红鲤鱼。我听到那汉子快活的笑声。我觉得那声音似曾相识,我看到那汉子脸上有一个月牙形的疤。我认识这个汉子,他曾是扎猛子的高手,身轻如燕,落水无声。那时我还小,有一回,在水中我钻进了他的裤裆,痒得他哈哈大笑,把我掏出来一看,说,一条小红鲤鱼儿。顺手又将我丢回河里。那时我很快活。没想到,过了这么多年,我又落在他手中。当年放我的是他，如今抓我的也是他，也许这就是天意。

那汉子将我抱在胸前，高高地坐在石拱桥上，极为快活地笑着。我不再挣扎，心情变得异常平静，我看了一眼天上那炙热的火球，一咬牙，猛地挣脱那汉子的怀抱，从高高的石拱桥上一跃而下，我知道那浅得不能再浅的河水承受不了我这沉重的一跃。

因此，我是一条跳水自杀的鱼。

一只蜘蛛的自白

我是一只"黑寡妇"雄性蜘蛛。

我真弄不明白，你们人类为什么将我们称为"黑寡妇"，这个绰号难听死了！好像我们都是死了丈夫没有男人的雌蜘蛛。其实这是不对的，像我，就是一只身强力壮的雄蜘蛛。

我遍体漆黑，油光滑亮，腿脚修长，身段敏捷，反应极快，我常年生活在热带雨林之中。我不像有些同类，寄居在你们人类的屋檐下、茅厕中，甚至蚊帐内，身上黄不黄黑不黑的，看了都恶心。它们就会在那些地方结上一张可怜巴巴的网，龟缩在那守株待兔，偶尔有一两只苍蝇、蚊子撞到网上，就乐不可支，手舞足蹈。常常遇到你们打扫卫生时，便被一扫帚打落在地，被"叭"地一脚踩死。真是可怜至极，我真为有这样的同类而感到羞愧。

我对苍蝇、蚊虫这类小昆虫是不屑一顾的，从不猎杀它们。

我生活在热带雨林中，食物是非常丰富的，我从不结网守株待兔，我都是主动出击，稳、准、狠，命中率百分之百。我最骄傲的是猎杀过一只山地壁虎，捕食过一只张牙舞爪的螳螂，咬死过一只想置我于死地的长尾雀。

有一次，我正在一棵大树上午休，一只红面公猴（据说是你们人类的祖先）发现了我，觉得我好欺负，用一根草棍挑逗我。当时我正在做梦，梦见我正同一只美丽的雌蜘蛛在花丛中嬉戏，正当我准备当新郎的时候，红面公猴的挑逗打断了我的美梦。我勃然大怒，闪电般扑上去，在红面公猴手指上狠咬了一口。红面公猴痛得尖声怪叫，伸出毛茸茸的手掌向我拍来。我早有准备，一翻身从树上一跃而下。其实我在睡之前早就作了防备，将尾部的丝缠在树枝上，我纵身一跃，尾部的丝便源源不断地抽出。我就像荡秋千一样，从几十米高的树上轻松荡下，毫发无损。

我很羡慕你们人类有个温暖的家，有自己的父母，有自己的儿女。可我从出生以来就孑然一身，不知道自己的父母是谁，也不清楚自己还有没有兄弟姐妹，每每想到这些我就感到非常的可怜和孤独。你们人类有一首歌唱道："世上只有妈妈好，没妈的孩子像根草。"我一想到这就会不由自主地流下眼泪，我决定去寻找自己的父母！

我爬过了高高的山冈，乘一片落叶渡过湍急的河流，进入了古木参天的密林。可我寻找了很长时间，也没有找到我的父母，令我感到异常的悲哀。就在我近乎绝望的时候，我遇到了那只年老体衰的蜘蛛爷爷。

蜘蛛爷爷全身已发白,瘦骨嶙峋,老态龙钟,并且断了两只前脚,走路趔趔趄趄,不时翻着跟头。我看见他时,他已三天没吃东西了,蜷缩在一个潮湿的树洞里奄奄一息,让人看了心酸。我捕了一只虎斑蝶送给他。

蜘蛛爷爷很感激,留我在他的洞穴里住了一个晚上。那晚森林里刮着好大的风,下着好大的雨,电闪雷鸣,万物狰狞。当蜘蛛爷爷得知我是去寻找自己的父母时,他的头摇得像拨浪鼓一般。那天晚上,他对我讲起了他的往事。他告诉我说我们"黑寡妇"蜘蛛是不会有父亲的,我们雄蜘蛛成年后在同雌蜘蛛交配完,就会被雌蜘蛛咬死裹腹,他这两条腿就是当年被雌蜘蛛咬掉的,幸亏他跑得快,要不早死了。

我听了不禁毛骨悚然。

蜘蛛爷爷又说,你现在明白了吧,为什么人类称我们为"黑寡妇"。

可我怎么也想不明白,雌蜘蛛怎么就会翻脸无情呢?你们人类不是常说一日夫妻百日恩吗?整个晚上,我辗转反侧,瞪着双眼,总想不明白这个道理。

第二天,我告别了蜘蛛爷爷,又开始了流浪。临别时,蜘蛛爷爷对我说,孩子,要想活命就千万别去亲近雌蜘蛛,这是我一生的经验,也是我给你的忠告。

带着蜘蛛爷爷的忠告,我又开始了漫无目的的旅程。我没有家,走到哪里算哪,饿了就捕杀一些小动物,困了就找个地方睡上一觉。在孤独的流浪中，我长成了一只健硕成熟的雄蜘蛛，在漫漫的长夜里，我倍感寂寞，开始思念异性，青春的骚动使我狂躁不已，我只能不断地在密林中穿行，来消耗体内的能量和不断产生的荷尔蒙。

  这天，我爬上一棵高大的古树。天，你们猜我看到了什么？一只美丽丰腴的"黑寡妇"雌蜘蛛！她遍体油黑发亮，腿上的毛发在阳光的映照下闪着金色的光芒，她那双水汪汪的大眼睛含情脉脉，摄人心魂。我目不转睛地盯着她，全身血脉偾张，激情澎湃。这时，那只雌蜘蛛也看见了我，她对我顾盼生姿，眉目传情，欲说还羞。我嗅到她身上那诱人的气息，我再也按捺不住心中那长期压抑的渴望，朝美丽的雌蜘蛛扑去。就在我欲将她一把搂进怀里的时候，我猛地想起蜘蛛爷爷的忠告，眼前晃动着蜘蛛爷爷的残腿，我全身吓得打了个激灵，出了一身冷汗，缩回手，飞快地逃离那美丽的尤物。在我逃跑的一瞬间，我看到她眼里流出了失望的泪水。

  其实我并没有逃远，一整天，那只雌蜘蛛美丽的倩影都在我脑海中翻滚。我明白，这辈子我是离不开这只美丽的雌蜘蛛了，我开始怀疑蜘蛛爷爷的忠告了。彻夜未眠，青春的骚动折磨得我死去活来。最后筋疲力尽的我睡过去了。

  当太阳照在我身上的时候，我睁开了眼，斑驳的阳光从密匝匝的树叶间洒落下来，我听到树林中鸟儿的鸣唱，感到这世界变得那么的美好。我精心梳洗打扮了一番，急不可待地朝那只美丽的雌蜘蛛奔去，奋不顾身地朝她扑了过去，我们两情相悦，缱绻缠绵。突然，我感到大腿一阵剧痛，还没等我明白是怎么回事，我的两条腿脆生生从跟而断，低头一看，雌蜘蛛一反刚才温情脉脉的样子，面目狰狞，牙齿尖利，满嘴鲜血地啃着我的两条断腿。我猛然想起蜘蛛爷爷的忠告，转身就逃，可为时已晚，雌蜘蛛掉头猛扑过来，血盆大口一下就咬住了我的脖颈，我听到自己脖颈咯咯折断的声音。

在那一瞬间，我痛苦地想起：黑寡妇，真是一个贴切的称呼啊！

鸿琳，原名刘建军，中国作协会员，作品散见于省内外多家文学杂志，出版长篇叙事散文《翠江谣》，长篇小说《血师》《刘虎从军记》《檀河谣》《东方欲晓》等。曾获第27届福建省优秀文学作品一等奖，福建省第七届百花文艺奖二等奖、福建省第八届百花文艺奖三等奖等奖项。

大佛寺之光

◎ 曾纪鑫

大佛寺到过两次。

第一次匆匆忙忙,那是2004年7月下旬,中国剧作家丝绸之路采风团从新疆经敦煌、玉门、嘉峪关往东一路行来,抵达张掖已是晚上,在市区一家酒店住了一晚,第二天参观的第一站,就是大佛寺。

大佛寺的主体建筑是大佛殿,殿内供奉着一尊巨大的卧佛:佛像头枕莲台,右臂向上弯曲,右手枕于面颊;左臂向下伸展,放在左边;整个身子外向右侧,仿佛面向芸芸众生,眼睛半开半合,目光朝上,凝于右前方某处;整个神态,显得既随意又专注,既达观又严谨,既自然又整饬。大佛寺给我最深刻的印象,就是佛像之大,超出了之前的想象。据导游介绍,佛像长34.5米,肩宽7.5米,脚长5米多,一根中指可平躺一人,一只耳朵能容八人并排而坐。最引人注目的是双脚,十个脚趾头并排平放朝外,竟有两三人之高!

那次的采风行程安排得满满当当,因要赶往下一座城市——武威,在大佛寺看了约半个小时,便匆匆离去。

2018年10月，我又一次来到了大佛寺。

这尊释迦牟尼涅槃像静静地躺在主殿中心，在我眼里仍是那么巨大，充满了一种神圣感。卧佛后面，肃立着他的十大弟子；脚前，侍立一位男居士；头右，站着一位女居士。佛像建于西夏崇宗永安元年（1098年），一晃920年过去，释迦牟尼与出家弟子、俗家子弟依然保持着当初的姿态，空气凝固了，时间静止了，现实消失了，他们似乎超越了过去与当下，超脱了生命与死亡，进入了真正的涅槃之境。静静地观看、感受，觉得他们身上又分明透着一种观照自身、关注世事、探索宇宙、包容万象的神情。恍惚间，悲与喜、空与实、内敛与外向、简单与繁复、超脱与执着、涅槃与新生、刹那与永恒，就这样有机地融在了一起……

佛教自传入中国2000年来，庙宇、石窟遍布华夏大地，所塑佛像更是林林总总。论质地，有金佛、银佛、铜佛、铁佛、木佛、瓷佛、泥佛、石佛等；论形态，有卧佛、坐佛、立佛；论大小，有高（长）达几十米之巨，也有小到几厘米之微……世界第一大卧佛为缅甸的瑞达良佛像，石雕，长54米；国内最大卧佛为四川潼南区马龙山摩崖群像中的一龛，石胎泥塑，长36米，开凿时间为80多年前；张掖这尊佛像，木架泥塑，就长度而言，位列世界第六、国内第二，但就室内泥塑佛像而言，堪称华夏之最。关键的是，卧佛在此一躺就是900多年，不仅阅尽人间沧桑，自身也历经风雨，笼罩着一层神秘而传奇的色彩。

我们常说佛教自东汉末年、西汉之初的两汉之际传入，实际是指传入中原大地，在此之前，中原以西的河西走廊，早就有佛教的传播者与信仰者了。那时，张掖地区的统治者是月氏、匈奴等少数民族，因与汉人长期处于对峙状态，交往不多，对佛教的传播与信奉知之甚少。据《汉书》《甘州府志》记载，汉武帝元狩二年（前121年），骠骑将军霍去病率大军出陇西，过焉支山，千里奇袭，大败匈奴，不仅擒获浑邪王子、相国、都尉及俘虏、首级8000多，战利品还有匈奴休屠王祭天的"金人"，带回后作为"大神"陈列在甘泉宫。这座一丈多长的"金人"，便是匈奴人崇拜的佛像。若以佛教界、学术界认可的佛教传入中国的时间——汉哀帝元寿元年（前2年）为凭，那么在此100多年前，张掖地区的原住民就已广泛信奉佛教了。因此，大佛寺、卧佛像的建造，也是佛教在河西走廊传播1000多年的结果。

西夏崇宗永安元年（1098年）某日，国师嵬咩在他"敛神静居"的张掖居处闻得丝竹管弦之声，不禁循声而出，在其发声之处掘地丈余，获得一批古代窖藏文物，主要就是这四尊古卧佛像，用琉璃瓦和铜制佛龛秘藏，保存完好，光艳如新，栩栩如生。千百年来，河西走廊不断易主，新的主人西夏党项族立国刚满一个甲子60年，那么，这四尊卧佛以及供奉佛像的寺院造于何时？据出土"古记"记载，它们建造于近800年前的西晋惠帝永康元年（300年）。

窖藏古佛像重现天日，在当时的甘州城轰动一时，不少信徒前来观赏朝拜。佛教讲究因果，嵬咩国师决定抓住这一难得的因缘，以此为契机，募资修建一座新的寺庙——卧佛殿。他一边在民间募集资金，一边利用自己的皇族、国师身份，获得国王支持——西夏王乾顺敕建甘州卧佛寺，赐额"卧佛"。经过五年艰辛努力，西夏崇宗贞观三年（1103年），一座规模宏大的卧佛寺终于"横空出世"，既取代了日渐倾圮的旧寺，更让人们忽略了它的"前身"，后人将大佛寺的建造时间定格于重建之初的西夏崇宗永安元年（1098年）。

历史总是充满了偶然与机缘，如果没有四尊出土卧佛，自然就不会有我们今天所见到的大佛寺及卧佛像。令我好奇的是，那四尊出土古佛到底多高、多大，如今置身何处？查阅相关资料，嵬咩国师为求宫廷支持，在他的授意下，其中三尊由张掖僧人法净携带前往西夏都城庆兴府（今宁夏银川市），献给了皇上乾顺。既为"携带"，可见佛像不大也不重。四尊塑像虽同为卧佛，但大小、形态肯定互异，各具神采。可以想见的是，大佛寺这座躺着的卧佛，便以那尊唯一留下的塑像为蓝本建造而成。

可是，这四尊佛像到底由何人所铸，为何秘藏地下？没有确凿的文字记载，只能根据张掖的历史、政治、军事、佛教传播等加以分析、推测。

卧佛表现的释迦牟尼涅槃情景，当与佛教涅槃学有关。印度佛教经典《涅槃经》翻译于北凉后期，受涅槃理论影响，"涅槃宗"逐渐形成并盛行一时。因此，卧佛塑像极有可能受涅槃宗影响"应运而生"。据有关碑刻记载，唐朝以前，张掖迦叶如来寺一位僧人埋藏了一批古卧佛像，尔后去了印度北部的跋提（今名巴达哈商）。这位僧人为何要将供奉的卧佛埋入地下保存？这种情形，一是灾难性兵燹，二是大规模灭佛运动。若遇兵燹，军人一般不会加祸于僧人、寺庙与佛像，特别是佛法盛行之时。那么，为避灭佛运动的可能性更大。据涅槃宗兴盛及碑记所载，可知建造卧佛的时间当在北凉（397—460年）后期与唐朝（618—907年）之前。这期间，发生过北魏太武帝灭佛（始于444年）与北周武帝灭佛（始于574年）。北周武帝毁佛断道，时间长，涉及广，触动深，但他并不屠杀僧侣，还允许部分州郡保留有代表性的寺庙。因此，僧人不必深埋佛像，逃至印度，绝尘不归。据此可以推断，埋像事件发生在北魏太武帝拓跋焘灭佛之时。

拓跋焘曾三次下诏毁佛，先是诏诛长安僧尼，焚毁佛像，全国依此行事；再次下诏王公以下，不准"私养沙门"，否则，沙门自死，容留者诛杀全家；第三次下诏击破佛像，焚烧佛经佛图，不论老少沙门全部坑杀，今后胆敢信佛及塑浩泥人、铜人者，满门抄斩。经过一次比一次更加严酷的禁令，北魏佛教受到毁灭性打击。正是在这一背景下，迦叶如来寺的一行僧人藏好卧佛，匆匆逃离张掖，奔走西域，四散流离，方躲过一劫。其中一位远遁印度，虽置身异域，但他念念不忘所藏佛像。太武灭佛，使得北方中土佛教低迷、衰落，这位僧人估计一时难以回归故里，念兹在兹，担心私藏佛像之事就此湮灭，便刻石《敕赐宝觉寺碑记》告之后世，冀望有朝一日"能以一花一香致瞻礼之诚者，必证佛果，复生天界"……

北魏王朝由鲜卑人拓跋氏建立，在太武灭佛600多年之后，经由拓跋氏的后代——党项族人嵬咩国师之手，四尊佛像终于"破土而出"。这，是否就是佛教所说的世道轮回？

卧佛深埋地底，经过一番长期积蓄、沉淀、酝酿乃至新的涅槃，当其重见天日之时，一时灵光迸现，魅力四射。

巨大的佛像建成了，它是嵬咩国师所掘出土卧佛的翻版与扩大。围绕"卧佛"这一中心，建造了相应的配套设施，新建的大佛寺取代了过去的迦叶如来寺。近千年来，历代扩建、重修不已。如明永乐大规模重建，除主体建筑卧佛殿外，还有牌楼、钟楼、前山门、后山门、大乘殿、轮藏殿、金刚天王殿、弥陀千佛塔（土塔）等九座建筑，大有"九五至尊"的皇家寺院气势。

大佛寺的主体建筑大佛殿，是全国仅存的一座西夏完整建筑。而今，大佛寺尚有古建筑20多座，馆藏文物1万多件，创下了多个中国之最——中国最大的佛教殿堂、最大的室内泥塑佛像，藏有中国最完整的初刻初印本佛经《大明三藏圣教北藏》（简称《北藏》）等。

静静地观看，默默地感受，尽可能地与关注对象融为一体，进入明心见性的参悟境地。

当然，完全沉静是不可能的，导游的解说，游客的熙来攘往，不时冒出的呼唤、喧哗等，都会干扰内心的宁静，将你拉回现实。大佛寺是人类文明活动的产物，加之居于张掖市中心，与尘世自然密不可分。宗教信仰与人间尘世，必须保持一定的联系，

大佛寺之光

否则便难以为继，关键在于"度"的把握。

此次时间相对充裕，我在卧佛前肃立良久，浮想联翩，尔后又参观了寺内的壁画、珍藏以及前院、后殿等附属建筑。

卧佛身后的墙上，绘有一组以《西游记》为主题的壁画，所表现的故事场景，有《取水子母河》《大圣拜观音》《大圣闹天宫》《大战红孩儿》《路阻火焰山》《大闹金兜洞》等十来幅，占了满满一墙。这，也是寺内三组壁画中最引人注目的经典之作。记得儿时，《西游记》连环画是我的至爱，那些孙悟空大闹天宫、猪八戒娶媳妇、孙悟空三打白骨精、孙悟空三借芭蕉扇等故事，让我如痴如醉地沉迷其中。稍长，总算寻得一册原著，为当地农家所藏，也不珍惜，平时包个东西，或如厕没纸，就顺手撕下几页。虽然残缺不全，也能看个大概，总比连环画强多了。直到高中毕业回村当上民办教师，领到一份上级教育主管部门发放的民办教师补贴费，买了一套上中下三册的《西游记》原著，才算真正过足了一把"阅读瘾"。

壁画所绘内容，于我来说再熟悉不过了，不禁兴致勃发。所绘年代，说法不一，有说画于西夏，也有说绘于元代、明朝或清乾隆年间的，传得最多的是元末明初时期。若此说成立，那么壁画要比《西游记》成书早一两百年，吴承恩则直接或间接地吸收过这组壁画的"养分"。

玄奘西天取经，从长安（西安）出发，穿越河西走廊，取道新疆，历经吉尔吉斯斯坦、乌兹别克斯坦、阿富汗等地，最终抵达天竺（印度）。交通不畅、虎狼当道、险恶四伏，稍有不慎，就会遭遇不测，葬身大漠荒野。17年后，玄奘这位唐僧不仅安然返回长安，还取回了印度佛教真经，这在当年，不啻人间神话。玄奘途经张掖，留下了诸多故事、传说，经过不断加工、演变、流传，打上了浓厚的古甘州地域色彩。特别是那些"言之凿凿"的地名，当你身临其境时，不禁心生敬畏，产生丰富的联想，至少不敢轻易证伪。张掖地区在《西游记》中出现的地名，读者耳熟能详的就有高老庄、流沙河、火焰山、通天河、黑水国、晾经台、牛魔王洞、八千里弱水等。壁画所绘故事，互相之间没有连续关系，某些地方甚至不同于《西游记》所述。如主要人物之一猪八戒，一提起他，人们就会想到他的好吃懒做、投机耍滑、贪杯好色，特别是高老庄招亲，婚后的老猪更是原形毕露，弄得高家鸡犬不宁。但壁画所绘，八戒却是一位勤劳干练的好儿郎，洗衣做饭，挑水砍柴，积极主动，样样能干，是一位堪称劳模的励志好青年。并且师徒四人取经途中，挑担前行的不是沙僧，而是偷懒耍滑的老猪，一副沉甸甸的担子压在他的肩上，令人忍俊不禁。这种情形的出现，可能与吴承恩在塑造八戒这一形象时，得考虑书中人物的性格发展与脉络走向——老猪贪吃懒散的性格，也是人性的一种反映，于是艺术加工，塑造成了今天我们熟知的八戒形象，给读者带来阅读的乐趣与快感。

当然，也不排除这组壁画绘于清乾隆年间的可能，即便如此，从中我们也能寻出文化双向交流的轨迹：先是"唐僧西行，故事东渐"，取经故事由河西走廊一传三晋大地，再传中原内地，三传东南沿海一带。淮安才子吴承恩在流传形式——俗讲、故事、传说、杂剧、平话等基础上，终于创作了不朽名著《西游记》。随着《西游记》的影响与日俱增，唐僧师徒四人取经的故事开始回传——向内地及西部渗透，并与当地原有故事、传说逐渐融合。当然，这种属于传播学范畴的"新西游"，其融合也有一个取舍过程。比如猪八戒，不管怎样，他也是张掖的女婿吧，得保留过去美好的形象，或者予以新的加工。这样一来，八戒被描绘成勤劳善良的阳光青年，也就不难理解了。

壁画绘者没有留下姓名，可以想见的是，他们既非享誉一时的名家，也非宫廷画匠，而是普普通通的民间艺人。作为一个群体，他们虽未留下具体姓名，但当我们面对这一幅幅气势恢宏、栩栩如生的壁画时，仍震撼不已。只要是真正的艺术，不论出自何人之手，都能穿越时空，焕发恒久的魅力。姓名并不重要，只是一个符号，经由劳动与创造之手，他们的生命已然融入画中，由此得以绵延、永生……

大佛卧在这儿，保持着固有的涅槃姿态，静静地躺着。岁月流逝，不舍昼夜，他对外部世界、滚滚红尘似乎漠然。其实，近千年来，除少数动荡、反常岁月外，他的身边，总是香火鼎盛，烛影摇曳，红男绿女熙来攘往。面对走马灯似去了又来、来了又去的众生，虽然肤色、面孔有别，但从他们的装束、表情、语言、举止等，就能感知世事的冷暖，推测世道的变迁……

有人根据张掖志书及民间传说，认为元世祖忽必烈诞生于大佛寺。据传，成吉思汗统一蒙古之前，常在甘州以北一带狩猎，将偏爱的小儿子拖雷带在身边。这天，成吉思汗带着皇后，拖雷带着他宠爱的王妃唆鲁禾帖尼一同来到甘州。身怀有孕的唆鲁禾帖尼对大佛寺盛名早有耳闻，于是扮成平民模样前来朝拜。大佛寺果真名不虚传，规模宏大，信众络绎不绝，王妃夹在摩肩接踵的人流中曲折前行、顶礼膜拜，突然感到腹部一阵剧烈的绞痛，原来是胎儿即将临盆。在方丈、职事僧的帮助下，王妃在寺内一间房子住下，顺利产下一子，他就是此后大名鼎鼎的忽必烈！

当然，传说归传说，今日无法考证，不过王妃唆鲁禾帖尼，也即后来册封的别吉太后故世，却安葬在了甘州路十字寺（即大佛寺）。拖雷共有11个儿子，唆鲁禾帖尼为他生了3个，其中两个当了皇帝，即元宪宗蒙哥与元世祖忽必烈。忽必烈为何要将信奉景教（基督教）的母亲葬于一座佛教寺庙？百年之后，元朝末代皇帝元顺帝及其大臣为何念念不忘前来大佛寺祭祀这位别吉太后？诸多难解之谜，无疑为这座千年古寺披上了一层神秘外衣，令人神往不已，恨不能一窥究竟。

正是这位前来祭祀先祖的元代末帝元顺帝，他的画像不像蒙古人，却似一位汉人，准确地说，酷似宋太祖。因此，不论官方还是民间，历来都有元顺帝妥懽帖睦尔乃宋恭帝赵㬎遗腹子之说。

这一说法也与大佛寺有关。

宋恭帝赵㬎乃南宋末帝，当元军围困临安，他随垂帘听政的祖母谢太皇太后、母亲全太后一同出降时，年仅6岁。此后，赵显便开始了长达47年的俘虏生涯，先是被押解到北京，后遣送至上都开平。不久，忽必烈又下诏，命其"学佛于吐蕃"。此吐蕃并非西藏，而指土伯特或唐兀特，张掖为其首府。于是，赵显经过一番辗转颠簸来到甘州。对此，《张掖县志》也有记载："时显年十八岁……全太后同到甘州，驻大佛寺。"

赵显前来张掖正值青年，虽为和尚，但身份特殊，仍准许婚配，娶了一名回族女子为妻，产下一儿。围绕着这名漂亮的妻子，于是就有了种种传说。有说元明宗夺走赵显之妻，收其幼儿为养子，这位养子就是后来的元顺帝妥懽帖睦尔。有说时为周王的元明宗奉旨出镇云南，因不受诏，逃往西北沙漠，正巧与赵显为邻。一夜听得笙歌绵绵，不禁踱出帐外倾听，但见空中现出一团火光，降在不远处的一座帐篷之上。第二天方知，那座帐篷之内昨夜诞生了一名男婴，周王以为那团降落的火光实乃吉祥之兆，此子日后必将大贵，便恳请收为养子，取名妥懽帖睦尔……传说诸多，大同小异，无非这位元代末帝实为南宋末帝之子，所谓"元朝天下，南宋皇帝"是也。但近年有学者考证，此说纯属捕风捉影。

不论事实如何，总之又是一桩疑案，令人扑朔迷离。

清康熙年间，大佛寺又多了一则趣闻与传说。一天，康熙帝来到张掖，游览大佛寺（时称弘仁寺），忽见眼前卧佛占了整整七间大殿，手指粗于人腰，肩膀高达两层楼房，顿觉眼界大开，不禁心生欢喜，令随从文武官员每人吟诗一首。这些人无不欢欣踊跃，皆使出浑身解数，以博龙颜一悦，若受康熙赏识，说不定另眼相待、飞黄腾达呢。康熙听着，时而沉默，时而颔首，时而微笑，真是威不可测。轮到前来护驾的王进宝了，他是甘肃靖远人，家境贫寒，父母早亡，便以乞讨度日。后被甘肃提督张勇招为兵勇，在南羌平叛中作战勇武，升为标下游击。可他从未上学，是一员目不识丁的武将，若论吟诗作赋，可真有点难为他了。众人不禁替他担忧，为他捏了一把冷汗。王进宝自知难以回避，也就趋步上前，跪在地上，硬着头皮，不管三七二十一，吟出四句打油诗："你倒睡得好，万事一齐了。我若学你睡，江山何人保！"虽属无甚文采的大白话，也是一番表白心迹、表达忠心的大实话。康熙听后大加赞赏："众卿今日吟诗，当以王爱卿为冠。"当即传旨嘉奖，并将王进宝提升为西宁总兵。陪侍的其他有才、有识、有志之士，怎么也没想到这等舞文弄墨之事，会让一介武夫抢了风头……

近千年时光一晃而过，卧佛真是见多识广啦，上至皇帝达官富豪，下至平民贩夫走卒，去了来，来了去，转瞬间便消失得无影无踪。

大佛虽经多次翻修补塑，但总体框架没变，仍是西夏初建模样。若说变化，其实也有的，比如虫鼠咬噬、地震侵袭等，这些自然灾害对卧佛来说本属正常，也就不在话下，正如殿前门联所言："不灭不生，法雨慈云天外现；无尘无垢，十洲三岛梦中游。"此岸彼岸，人间梦境，并无差等。

而人为的破坏于卧佛来说，则是另一码事了。远的战乱不提，就拿半个世纪前的"文革"来说，北京一批红卫兵前来张掖"点火"造反闹革命，偷偷闯进大佛寺，在卧佛腹部挖了一个直径一米的大洞，劫走藏在里面的铜镜、铜牌、铜壶、石碑、经券等国家级珍贵文物无数，后来仅追回佛经一卷、小铜佛一尊。

卧佛以木框为架，采用胎塑工艺建造，内有上中下三层，分为11个空间，每层铺有竹编花席以置放宝物。自西夏初建到乾隆年间，卧佛有过五次大修，每次都会放入一些珍贵文物。卧佛肚内到底有多少文物？谁也没有统计过。红卫兵到底劫走了多少，也就无法知晓。十年浩劫，于卧佛来说不过眨眼之事，可里面的珍宝流失了，腹部留下的大洞无论怎么修补，都无法达到以前的效果，留下了一处刺眼的"疤痕"。这印记，于大音稀声的卧佛而言，是否以某种形式告诫后人不要好了伤疤忘了痛？

人为的破坏不仅搅扰了卧佛的安宁，使大佛殿及配套建筑满目疮痍，其危害之烈，远甚天灾。这种强加其上的深刻烙印，是难以磨灭与忘却的。当然，法轮常转，日月常新，当你从后殿步出，也会见到一副门联："一觉睡西天，谁知梦里乾坤大；祇身眠净土，只道其中日月长。"

千年沧桑，不仅外在的物质形态，大佛寺内里其实也透着一股巨变。比如由皇权的高度重视，到官方色彩逐渐淡化；比如由早期的藏传佛教，逐步向汉传佛教演变，此消彼长，时至今日，汉传佛教的因子越来越多，成分越来越浓。

如果说佛像、建筑是物质的，那么经书便是佛教的内涵与教义，物质与精神，二者不可或缺。在护持大佛寺的历代众多僧尼、信众之中，有一位值得后人永远纪念，她就是保护传世经书的本觉尼姑。

大佛寺中，藏有明英宗颁赐的堪称佛学百科全书的《北藏》，这套大型丛书于明永乐十八年（1420年）开始在京城雕版印刷，正统五年（1440年）全部印刷完毕，历时20年之久。《北藏》汇集佛教各宗派经籍、戒律、论藏，18万页，3000多万字。将所有经书从北京运至甘州城内，又花了5年时间。此外，大佛寺还藏有明代高僧、名流用金、银粉书写的20多万字的经书《大般若波罗蜜多经》以及明永乐年间印刷的佛曲等大批文物。

大佛寺的僧尼们深知责任重大，一代又一代，严密地看护着这些国之珍宝。

1937年，日军飞机轰炸兰州，为防不测，大佛寺住持在当地佛教协会帮助下，将所藏佛经全部转移至祁连山深处。后又秘密运回，在寺院一个不起眼的房间砌了一道夹墙，将存放经卷的12个橱柜全部藏入其中。住持将看护藏经的重任交给最值得信任的弟子，当然，知道这一秘密的人少之又少。后来，这一重任便落在了不甚起眼的本觉尼姑身上。

本觉俗姓姚，1901年生于甘州当地一个贫苦农民家庭，17岁出嫁，一年后丈夫不幸病逝。从此看破红尘，持名念佛。1948年，姚氏在永昌一家寺院受具足戒，削发为尼，法名本觉。四年后辗转来到大佛寺，受到住持信任，负责看管藏经殿，保护佛经。

"文革"期间，大佛寺受到冲击，本觉尼姑哪怕遭到批斗，受尽凌辱，她都坚守秘密，从未向外人透露半句佛经之事。1975年腊月二十三日夜，一件不幸的事情发生了。本觉长期住在寺内一间小屋，天寒地冻烧炕取暖时，不慎引发火灾，被无情的大火吞噬。事后清理本觉遗体、收拾烟熏火燎的残房时发现，小屋与藏经殿之间，竟有一条长长的暗道，12个橱柜整齐地排列其间，每个柜子都装满了经书。这些"重现天日"的珍贵佛经，包括《北藏》《大般若波罗蜜多经》等在内，共计1621部、636函、5795卷，全部完好，无一残缺。

漫步寺院，我们会看到一座汉白玉莲座尼姑雕像，这位受人瞻仰的尼姑，就是不负使命、护经有功的本觉。伟大来自平凡，一位朴实无华、默默无闻的尼姑，做出了足以辉耀文化史册的不朽功勋。

佛教自印度西来，在关键的一站——河西走廊留下三座大佛，另两座分别为张掖山丹县嘹高山大佛、武威市天梯山大佛。颇有意味的是，三尊大佛不仅建有三座相对应的大佛寺，且分别为卧、站、坐三种姿势。佛祖站久了，也得坐一下，最后躺着圆寂，彻底放松，进入涅槃之境。无论何种姿势，都是他现身说法的化身。

河西走廊长约1000公里，夹在祁连山与合黎山、龙首山等山脉之间，地域狭长，最窄处仅数公里，因形似走廊，故名。这里地势平坦、土质肥沃，虽有大片绿洲，但多为戈壁、沙漠地带。河西走廊不仅是丝绸之路的枢纽，也是亚、非、欧三大洲贸易往来的重要节点，还是中国文化、印度文化、希腊文化、阿拉伯伊斯兰文化等世界四大文化体系的交汇之地。河西走廊是佛教从印度传入中国的必经之地，而张掖，又是河西走廊的中心，三座大佛，张掖拥有其二，足见其地理位置、文化地位之重要！

张掖有"塞上江南"之称，是大漠中的"鱼米之乡"，河西走廊的军需、供应、补给等，离不开张掖的丰富物产。"不望祁连山顶雪，错把张掖当江南。"这里，至今仍保存着一座距今600多年的明代古粮仓，通风抗震，坚固耐用，可储粮770万公斤。现存廒房（仓库）9座，54间，仍能使用。

可见大佛寺建在张掖，卧佛在此一躺千年，并非偶然。所谓"一城山光，半城塔影，苇溪连片，遍地古刹"，便很好地概括了古时张掖经济繁华、文化兴盛之貌。

此次参观的时间相对充裕，但仍随团而来，时间一到，就得转身离去。大巴车启动，从窗口望去，最醒目的便是高挂寺院门楣的匾额，"大佛寺"三字由赵朴初先生题写，古朴、典雅、厚重。我一边默默告别，一边就想，他日得闲，当再次前来，待上个大半天。如有可能，静静披阅本觉尼姑保存下来的《北藏》及《大般若波罗蜜多经》金经，体验无边佛法，在广袤西北高远蔚蓝的天空之下，庶几可以洗去尘埃，明心见性。

曾纪鑫，一级作家，《厦门文艺》主编，中国作家协会会员，福建省传记文学学会副会长，厦门市作家协会副主席。出版专著 30 多部，作品被报刊、图书选载、连载并入选《大学语文》教材。代表作有历史文化散文《千秋家国梦》《历史的刀锋》《千古大变局》，长篇小说《楚庄纪事》《风流的驼哥》，长篇人物传记《晚明风骨·袁宏道传》《抗倭名将俞大猷》，论著《迟熟之果·中国戏剧发展与反思》，选集《历史的面孔》等。

光阴颂（诗十首）

◎ 马建荣

光阴颂

在光中，必有阴影的部分
它让事物站立起来，并显得清晰
在光中，也将丈量出人间冷暖

光将失去它的阴影，当你躺下
光也将失去它自己

无论昼夜，我们
赞美光，也赞美它的其他部分

2021 年 4 月 24 日　湖东小院

谷 雨

从春天到夏日

只是一场雨的距离

离开牛背的鸟儿
正在枝头为农事高谈阔论

老父亲赤脚走在湿滑的田埂上
奋力抛下了第一把秧苗

家乡的雨水，一路颠簸
来到门前默默看着我

在春天，每一场雨都有自己的名字
今天，我叫她"谷雨"

2021 年 4 月 20 日　谷雨时节

今日小满

今日小满，五月的大雨
突然降下来的时候
我们已经知道了。午后的池塘
经受不住那么多的恩赐

荷叶青翠，每一片只接一滴雨水

多出来的部分，逐一卸下
一滴水，却格外的明亮晶莹
我想起了我的父亲母亲

在雨中，面对满池不停弯腰的荷叶
你不能不，逐渐谦卑下来

2021 年 5 月 21 日　湖东小院

端午赋

江河在落日中川流不息
悲欣交集的情怀在心中流淌
每一个真正的诗人
都是胸怀"国之大者"
每一首诗里，都有诗人太多的寄托

那个形容枯槁的老人，傲骨铮铮
曾替苍生牵挂着古老的家园故国
千年一叹的桃符，一直在路上

粽香里始终藏着诗人的忧伤
他将用一粒米，喂养天下父母
再用一生，去祭奠他的祖国和梦想

2021 年 6 月 14 日　端午

芒种，或大象向北

大象向北。手忙脚乱的人类
在这一年多来，已然有点找不着北

大象向北，更北的北方忙着收获
该再种下一些什么，南方雨水充沛

大象向北。隔着一个季节
女儿与我之间，不说大象向北

大象向北。屋檐下的燕子
一再固执地垒窝，始终不肯北归

大象向北。第三只豹子从内心出走
暴风雨过后，在芒种的故乡走失

大象向北。谁在惦记谁的孩子
自然之子啊，大象向北

2021年6月5日 芒种之夜

写给四月

四月,终日繁花似锦,难以言表
把思想与春风同时放平
许多声音,像鸟鸣,从天堂涌出

四月,允许谁站在冷暖之间
一边放飞理想,一边安抚情怀
把更多的桃花,放到下一场雨中
与故国家园一起期待

四月,要安心做一个看花的人
让每一枚树叶,在空中自由起舞
要让自己说话的语调
略低于树木

2021 年 4 月 1 日　湖东小院

清明志

四月的桃花就要开完了
上山的路上多了几分悲伤
无论幸福快乐还是忧愁困苦

成为回忆都将令人悲伤

说离愁别苦的人，已像桃花一样坠落
新长出的桃叶，黝黑发亮
更接近天昏地暗的夜色
也让每一个看见墓志铭的人
更加悲伤

四月的桃花就要开完了
清风让出了一块空地
在我和故乡中间，安放着
另一些悲伤

2021年4月5日

大地总能接纳所有的雨水

天空有时任性，云朵也是
五月总在每时每刻变换表情
像考试前的孩子
心有忐忑，有时还有暴脾气

午后的这场暴风骤雨
似乎说明了一个道理

世事无常，但天地可鉴

一切要来的，终究会来

万物各有各的修为和归宿

天空有天空的广大无垠

大地也总能接纳所有的雨水

伫立窗前

我只一心看住自己的风雨

    2021年5月29日　天元花园

在梅雨初晴的时候

在梅雨初晴的时候，我有一个心愿

我要宽恕所有的鸟雀，它们的喧闹

让我睡眠不足且略觉凉意

我要宽恕每一片树叶，它们背着鸟雀

把自己的绿色又加深了一层

我要宽恕一尘不染的天空

它们在一夜之间，把我推向了更远

我要宽恕这雨后的一切，包括空气

它必定是偷了女儿的糖果

一大早就让我嗅出了一丝清甜

我还要宽恕自己

我不该在这时候想起我的老父亲

让自己在刚刚放晴的日子

又暗暗地在心里独自下起了雨

2021 年 5 月 31 日晨　天元花园

六月已经出发
——寄语学子

屏山下，曾经在风雨中凌乱的新芽

被陶园的阳光一一接纳

蝴蝶不能赞美每一朵花

但春风可以

大地不曾吝啬耕种

时空依旧轮回各自的序章

六月已经出发

所有的树木都长齐了枝叶

少年啊,你在途中的身姿令人感动
你将记住的,是你路过的
每一个信任和每一声叮嘱
以及不断矮下去的山峰

> 2021 年 5 月 13 日　屏山下

　　马建荣,闽西人,曾在驻闽部队服役,中央党校在职研究生。现为福建省政协常委、福建省社会主义学院副院长。出版作品若干。

济南短章（五首）

◎ 高 云

趵突泉

躬下腰身　拥守着你的汹涌
诗歌不再羞赧与高傲

激荡你的磅礴力量
深情缅怀曾经遗忘的热泪

这个清晨
或许就是每个日子的某种想念

众人谈论千里之外的黄河
我们却与你一同吟唱凛冽的秋风

漱玉泉

避开李清照的神情

四周寒冷　苍茫

卸下一身疲惫

只有诗人的一纸祭奠

倾泻的雨水

滋润一片土丘

柔软的飘荡

在水一方

万竹园

坐在井口的边缘

看着那一点一滴消失的村路

用许久的时间

怀念有形或无形的疼痛

此时　不谈什么风格与品位

是谁抽空了心灵

从那里经过
瓢泼大雨漫过了我的记忆

大明湖

四面荷花三面柳
风情万种

一城山色半城湖
超凡脱俗

喧嚣的雨声
抵达洁白的肌体

时光在这里搁浅
缠绵的传说却从这里开始流浪

千佛山

最好不要喧哗甚至低语
跟随一朵莲花的运势

这里的白天与黑夜

如一双手掌在翻覆之间

悔意已经远去

虔诚之间才有了些许的感叹和追问

一座山

一座宁为一朵莲花的山

2018 年 11 月 15 日于济南

  高云，福建省作家协会全委会委员、福建省民间文艺家协会理事、福建省文艺评论家协会会员，曾在《福建文学》《台港文学选刊》等报刊上发表过大量诗歌、散文、报告文学、小说和文艺理论等作品。

诗五首

◎ 年微漾

在云冈石窟

千山凋敝，白雪茫茫，零星的鸽子
飞出夜晚。是湿漉漉的夜晚
和冰封的夜晚，如同一个身穿黑袍的
供养人，在漫长的无明中
将佛像擦洗。经历过许多年月
这里已是人迹罕至，鸽子在佛的臂弯
生儿育女，朔风吹动铃铛，那响声
取代宗教的契约。哦，所谓信仰
不过是为一种命运，营造了轮廓和背景
走在晋北的土地上，我和我的妻子
像早就料到会如此，一丛丛枯草
咽下我们的跫音，也吞吐过落日与朝阳
这人间，这尘世，被我们凌驾过的
微小事物，替我们保管着丢失的仪式

夜宿五台山

砍下一个人的脚，不如藏起他的路
令他无处可去，只好就地安居
这山间处处是道场，马儿仰头吃败叶
獐子俯身啃衰草，五百年前修塔的匠
灯下重刊经文的僧。世上时日无不
风起云涌，最大的智慧是两两相对
而又互为静止。星辰照耀菩萨顶
的士司机加价未果，淡季里奶娃的
旅店老板娘，和下楼添煤的北方男人
一家佛器店早早锁了门，一位小和尚
蹲在公路边，他的鞋底进了沙子但沙子
始终倒不出——沙子就是他的俗姓

那天夜里无比寒冷。翌日清晨
地上落满了大雪，一些脚印清晰可见
哦，已经有人走在了我们的前面

过豆村佛光寺

河水又冻紧几分，将大寒送过对岸

行走在上面，能看清自己

在尘世的惶恐。一整天都在刮着风

松树摇晃，往院墙上倒出唐代的影子

经过了一千多年，今人和古人

到底有何异同？不过都是些

行走着的残破的泥胎，在大殿上香

礼佛和跪拜，无数身影重叠

如同斗拱，把虚无架高。在北方

我见到一个人，他出门许久，距镇上

还有三十公里，距省城十二摄氏度

距他的死期，只剩一百零三天；在北方

我拍过一张照片，大地辽阔，荒草如烟

天空蓝得有回音。妻子与我相互依偎

像廊庑上的一对檐柱，我们都有着木头

坚韧的品性，也怀揣一颗在火中私奔的心

在定襄夜发太原

喇叭声长，寒夜骤短

在定襄小车站，挤满了等待换乘的人

一位小伙子刚与准岳父

喝过三场酒

此时蹲在马路边，吐得像条狗

他的女友拍着他

眼神是欢喜又心疼

一路上，整车人听他吹牛

不忍打断

直到半小时后，他才沉沉睡去

车厢重新恢复了安静

能听见被命运追赶的声音

多么奇妙啊，那一刻

所有人的命都缠绕在了一起

善良的人们，要去到太原

又过了许多年月，愿他们忘却愤懑

与悲情，如同清潭戒掉云影

雪夜寻沧州铁狮子

大地无所事事，除了下雪

宽广的省道边，仅剩一家烧烤店

那里供应毛豆与啤酒

还有大蒜、鸡翅和香菜，米饭生硬

女店主声音好听。听说从此地

去看铁狮子，尚有十里来回

沿途路过发电厂，但空无一人

旧州镇的孤独，在高压线上哗哗作响
继续往前走，还是无人可邂逅
铁狮子，就站在它的轮廓里
铁锈几乎搬空了它的身体
我已经快忘记，自己为何坚持
要找它，只记住了每个脚步的提醒
我是在抬头间，突然意识到
我们互为真身与倒影。那天夜里
天地之间只有一人，与一狮
至少半吨的雪，落在了我的身上
但在今天回想起来就好像
北方星火四溅

年微漾，1988年出生，福建省仙游县龙坂村人。

短诗一束（四首）

◎ 李岱霖

故　乡

冬日的恋人是雪花

雪花是云掉落的泪光

云是风儿呼唤的远方

远方是依稀的星光

心光是若隐若现的故乡

故乡即他乡

很庆幸还能有那种感觉

失望　难过　和愤懑

在平静与安稳的皮囊里

感知与心跳裹挟着血液汹涌澎湃

在每一处骨肉相连的地方

星移斗转唤醒着一种声音

从远古划过天际穿过地脉而来

不　不是平静　不是安稳

是对平和的渴望　对安宁的向往

怎寻岁月静好　何来地久天长

这是我的故乡　亦是我的他乡

梦·境

海洋沉睡在天空的梦中

树根沉睡在大地的梦中

冰雪沉睡在冬日的梦中

你沉睡在谁的梦中

梦里的花香

透过绿叶的网

穿过森林的雾

来到长满麦穗的田

那里有稻香的气息

那梦中的香气

随着风飘落在露珠的晶莹里

露珠从清晨的睡梦中醒来

听见鸟儿的歌唱

那是初夏的声音

英伦之夏

七月的英格兰
融化了北极圈的严寒
拂去了赤道的酷热
留下了温和怡人的篇章

交汇的碧蓝化为绝美的穹顶
云层遥遥相望在蓝色幕布下
石子栖息在小溪的摇篮中
牛羊懒懒地徜徉在青草绿的梦里

古老的城墙锁着中世纪的密码
寂寞的颜料浸染百年画框
简·奥斯汀笔下的浪漫流淌成河
哈伍德的歌声在彼岸唱响

你说曙光在最遥远的东方
夜色铺成的路很长
自由寻觅着启程的海港
大西洋是我的行囊

李岱霖，生于福州，港本英硕，文史专业，热爱创作，在各地的杂志刊物发表过诗歌和文章。

名里清风

◎ 潇 琴

一股清凉走过，如竹影下的微风，似蝴蝶的翅膀扇动，或是席卷乾坤的呼号，或是植根于草地的静默。千百年以后依然如不朽的流水。

悬鱼太守——羊续

东汉的清风穿过你的衣袖，你像河里的鲤鱼一样清雅自在。繁重的公务让你瘦影如竹，府丞正派的焦俭送一条"礼鱼"，想红润一下你那有些焦黄的脸。他想，就一只或许你能收下。

左右为难的你命下人把鱼挂在庭檐下，并写下："太守羊续，再不吃鱼。"

你知道，鱼太腥，味大。鱼刺不小心扎穿了咽喉会要命的，特别是对那些狼吞虎咽的人。

鱼死了，风干了。只有苍蝇愿意叮它的缝。

有人好奇，你是怎样让一条污浊的河流干涸在鱼的肚子里，让它湿不了你的裤脚？

我知道，对付这样的"礼鱼"，你如烹小鲜，根本就不在话下。

有人面水而立，不偏不倚，春秋万年，有人顺水而下，大浪淘沙，拍死在沙滩上，变成了一条风干的"礼鱼"。

天黑拒金——杨震

多少苟且者，在自己的酒杯里注入装不满的贪欲？

多少见不得光的灵魂在夜幕下被贪婪偷猎？

阴暗也许看不清灵魂，却能感知和确认一个人的灵魂。

而你即使在黑夜里，也要坚守一颗皎洁如月的心。

你走在东汉的路上，风尘仆仆，赴任途中经过昌邑，县令王密来拜访，怀金十斤相赠。黄金闪闪发光，那本该是阳光的颜色。你说："故人知君，君不知故人，何也？"王密没听明白你的责备之意，说："天黑，无人知晓。"你意味深长地说："天知，神知，我知，你知，何谓无知？"

王密这才明白过来，羞愧不已。

你明白，贪欲会让灵魂脱胎为鬼，换骨为蛆。无疑是背上自己沉重的坟。

日月轮复，你抚动着两袖清风，续写着为官的良知。

以廉为宝——子罕

谁不爱晶莹剔透的玉？然而君子爱玉取之有道。

你为春秋宋国司城，你知道好玉如无价之宝。

有人得玉献宝，你说："您以宝石为宝，而我以不贪为宝。如果我接受了您的玉，那我们就都失去了自己的宝物。倒不如我们各有其宝呢！"

你是真正的智者，你明白，世上有多少香玉，走进了杂草腐朽的天堂；世上也有多少不为瓦全的碎玉，刺痛了沾满罪恶的欲望之手。

妥协于诱惑，不是你的哲学。

看似冷漠的玉石性格，让我理解了它的如玉品质。

叹天下杂草丛生，野火无法烧尽。然而，有燃烧的大火，才有散去的乌烟。

你活着，走着，想着——我是谁？像庄稼一样朴实，像玉一样干净无瑕，渗透一股清凉，以廉为宝，是人民永远的福祉。

一贫如此——张浚

像一只永不回巢的鸟，如此决然。

凌云之上，托不起你沉重的悲哀。大地洒满你的困惑，你依然思考着粮食、柴火和马草，不与争禄者为伍。

因与奸相秦桧政见不和，被诬告与乱党牵扯，贬往湖南零陵做地方官。几经官场事，心，已是沧桑的海。

几箱书随行，字里行间无法解密你的人生。半路被检查书信和破旧衣物，高宗惊讶叹息："想不到张浚贫守到如此地步！"

怜悯徒然而生。

得得的马蹄声急急回响大地，追赶着南宋大臣张浚——赏赐黄金三百两！

在皇帝眼里，忠诚很贵，值黄金三百两，但一盘棋如何下更重要。

那盘根错节的官场左右着生存之道。

穿过寒枝烟树，心如明镜，昂首蓝天，俯首大地，你是百姓永远的敬仰！

第一"裸官"——曾国藩

清道光二十八年（1848年），38岁的你已是内阁学士兼礼部侍郎，一身清白伴随着惊世骇俗的故事。

你为堵住政敌的悠悠之口乃至打着饱嗝的恶言诽谤，你遵守进入国家银库彻查账目的规矩，身为理学大家，不顾官家威仪世俗的眼光，严冬里当众脱个精光，裸着身子走进国库清点现银，查清了国库亏空真相。

一脱惊艳，如昭然若揭的神来之笔，裸露了你的灵魂，也裸露了你的孤独。

这一脱道光皇帝慧眼识忠诚，你的仕途从此更是平步青云。咸丰帝即位不忘你"一脱"之举，将大清帝国五部的大权都交给了不惑之年的你。

明君无声地告诉天下，清廉不该是逆淘汰的伤！

人们好奇你的为官之道,欲探九年连升十级的官场玄机。

然而,只有记载的名字清正字端和无关奢侈有回声的四壁。

一裸效天下,只为一缕清风拂过!

唐朝第一清官——陆贽

你出淤泥而不染,笑谈功名利禄。

年仅十八的你,为唐代宗大历八年(773年)进士,中博学宏辞科。担任华州郑县县尉。然而扑面而来的官场"潮流"与你格格不入,你收拾一囊落寞回家。

未来的路很长,你似乎已将它走短。

寿州刺史张镒认为你是奇才,临别赠钱百万,你不受,只收下一串清风吹拂过的茶叶洗心。

即位后,你派大臣巡视天下,感念德宗的知遇之恩,竭忠尽心。

在朝中你直言谏诤,然忠言逆耳。你多次检举贪官,陷入十面埋伏。

无须弹奏琵琶,你已知绷紧的弦。

公元792年,你任宰相,唐朝面临崩溃,你指陈时弊出善策,力挽狂澜。你常与敌方藩镇官员交往,却一尘不染。唐德宗嫌你"清慎太过",怕不随波逐流影响朝政,便派翰林学士顾少林口传密旨:"你多少贪点!"这成为千古笑谈!

你为官清廉却被诬告,贬为地方小官。逆淘汰自毁长城,唐朝由盛而衰。

你的清名却在历史的长河里蜿蜒！

潇琴，中国作家协会会员，中外散文诗学会副主席，福建省作家协会全委会委员，泉州市校园文学研究会主席、书画创作委员会主任，泉州市文联主席团成员，泉州市作家协会顾问。出版长篇小说及散文集10多部。曾获全国、省、市颁发的文学奖及征文奖50多次。有作品译为英文等。作品收录《新中国六十年文学大系》《中国散文诗一百年大系》等100多种选本。

梅　韵（组章）

◎ 郭永仙

山梅独语

只轻启红唇，我便感受到温暖如春；总会有一些坚强，成为民族精神寄托。梅的生命力量与坚忍清雅个性，凸现出中华品格。

僻静的山园，随年而长，横斜清唱，年复一年，那几朵浅浅的笑，已足够令寒冬生辉！而影影绰绰的花苞，正是絮语，亦如宋词的长短句。

雪是一袭好衣裳

冰雪只想试一试自己的寒，放眼野旷，已有草木枯了身。只有红梅，心中暗道：来得正是时候！

瞧瞧看，诗人毛泽东写的"已是悬崖百丈冰，犹有花枝俏"！是呵，正需要冰雪来衬托呢！

有白相托，红得干净而高雅！这是圣洁之红，是生命的血色！是青春的放怀！

这是一杯红酒，饮下，这个季节便没有寒冷。

虚幻成一首朦胧诗

月光下，夜色是一只魔手，调出一杯蓝色鸡尾酒。寒夜不再寒。在淡香中穿行，这就醉了……

有些花影荡漾成涟漪，似乎听到轻微的波纹声音。此刻，月光认真地将银色点燃，梅花的五片花瓣上，亮起柔和的银光。谁都无法逃离银色的追踪。

深重的墨色，将蓝压低，而凹凸有致的苍老之态，勾勒出一棵梅在人间修炼的姿态，这样的老，便胜却无数美！

一首朦胧诗，不必看透，读了，心中有激动就够了！

风来过，其他都不重要

我看见风的身影，凌乱步态，显然是醉了。舞动的水袖，却像流水般涌动。不需要音乐伴奏，这样虚空之步，正是魔舞。

黝黑的老枝，藏着唐宋笔法，沉重而老苍。不需要更多色彩，黑白之间已将人生说白……

细碎的白梅，对话黑色，这是思想者与思想者的交锋，黑白之间，看似极简，却是深不可测；这是一副精致的围棋，风是唯一的观棋者。

就想吹乱场面的情态，只有黑白不动声色……

阳光是一次捧场

此时，不管是初照还是夕阳，用柴火一样的颜色照亮，那些酒窝儿都会叫人心生暖意。

想起曾经的火笼，想起荒原上的篝火，想起夜行中的火把，都是这样的色彩。风的摇动，空间散落着一片片金银的宝气。梅花还是梅花，只不过有了富贵的色态。那些隐隐匿匿的小圆点，都是一只只诡谲的眼，梅花还是梅花。

慢慢品呷，便有宋徽宗工笔的风采，这种色彩，正是皇家留言……

郭永仙，中国作家协会会员、中国散文诗学会理事、中国散文学会会员、福州市作家协会常务理事。已出版散文诗集《真情岁月》《心灵流泉》《御风而去》《开启一坛陈年的酒》，散文集《醉在壶里》《今生遇见》；连续10年入选《中国年度散文诗》等选本。

梅　韵（组章）

江南水乡最撩人

◎ 赵　畅

　　有人说，江南天生就是一幅巨大的中国水墨画。是的，这是因为江南水乡泽国的禀赋让其水墨淋漓，令其妙趣横生，以至时时都浸润着文化的韵致，处处都呈现着历史的质感，事事都洋溢着审美的精魂。

　　打开这幅中国画的画轴，走进画的意境里，那一排排粉墙黛瓦的老屋，一棵棵随风裁剪的翠柳，一座座守候千年的堤桥，诱惑并引领我去追寻、感触久藏于心的江南梦境……

"广陵"听琴声

　　江南的水，柔情时浅水淙淙，坚硬时深水幽幽。说到底，江南的水，也是有着鲜明个性的，它既有柔性、温和、优雅的一面，但更有刚强、韧劲与执着的一面——这般情感因子、精神元素，如切如磋，如琢如磨，间或也渗透于人的血管、蛰伏于人的脾性、熔融于人的脊梁，终让我们或敬畏之，或感佩之，或扼腕之。

有一天，我慕名走进了上虞一个叫广陵的小村。而正当为难觅嵇康踪迹发愁之时，竟然隐隐约约地听到了从一户农家小院飘逸而出的《广陵散》曲。

一段尘封的历史，竟在一个偶然的时节被悄然打开，我心跳骤然加速。倾听这天籁之音，透过音乐的质地，仿佛打量到嵇康那双弹琴的手。那不乏坚韧的手指，以刀的削刮之势在弦上行走，一挖一刮之间，音的灵魂怦然铿响，分明透出历史的影子。于是，我穿越千年的烟霭，去勾起跨越时空的那份凄美，去体味嵇康的悲哀、怨恨和痛惜。是啊，嵇康那份凄清哀愁、那份壮怀激烈在中国特有的伴着寒冻晦涩的风里竟流动了千年，带着些美丽的隽永的韵味在中国人的心里流动了千年。

嵇康，字叔夜，生于三国魏黄初五年（224年），谯国铚县（今安徽宿州）人。因祖籍会稽上虞，住东关广陵村。史载嵇康"早孤，有奇才，远迈不群。身长七尺八寸，美词气，有凤仪，而土木形骸不自藻饰"，"长好老庄"，"常修养性服食之事，弹琴咏诗，自足于怀"。人以群分，物以类聚，在"摆脱约束、回归自然、享受悠闲"，研玄学、议政论的旗号下，随着领军人物嵇康振臂一呼，"竹林七贤"便呼之而出。他们谈天，如长江流水滔滔不绝；说地，如黄河泛滥一发不可收拾。无酒不成诗，村夫农妇见之，以为天人下凡。

嵇康及其六贤，信老庄，尤崇庄子。他们与竹林物化真趣的景象，用庄子化蝶的故事来比喻，似最恰当不过的了。而这便是人们常说的魏晋风度、正始之音，说白了，亦即将审美活动融入生命全过程，忧乐两忘，随遇而适，放浪形骸，在本体的自在中安顿一个逍遥人生。

嵇康，其时作为一个有着特殊身份的人物，既与曹室姻亲，又是仕族领袖，自是成为司马氏集团征辟、拉拢、怀疑、监视的对象。本来说，嵇康只需"忧乐两忘，随遇而适"就算了，可扎根在其思想底层的儒家传统不免隐隐作怪，社会责任感与道德感不时揪着他的心。于是在外在的旷达狂放与其内在儒家思想发生激烈交锋之时，其人格的裂变必然导致其人生命运的惨烈。

无须赘述什么，只要窥其些许言行，便可推测其命运的必然走向……

史书记载，在洛阳城外和会稽广陵时，嵇康都开过铁匠铺子。每天一大早，他就在大树下打铁。手中的铁锤，击向火红的砧上，火花四溅，叮当叮当的节奏，响彻了邻近的村庄，使其余的世界，包括那个时代的寒冷时间，皆显得寂静无声。《晋书》上说，嵇康"性绝巧而好锻"。其时，嵇康给乡邻打铁是不收钱的。一顿随意的酒肴就好了——然后，他又回到他的叮当叮当的节奏中去。打铁，或许是嵇康的另一种弹琴方式，音符是自由的，不固定的，如砧上火花的随意飞溅，但有着某种稳定而清晰的节奏。其实，在嵇康打铁的诗意中，奇妙地隐含着一曲《广陵散》。

打铁既然是为了图个快活，那么，他的铁匠铺子该是不想让人知道的。"团人"向秀深知他的脾性，所以每每来铺子打铁，总是悄悄而来，只顾埋头拉风箱。嵇康打铁，那借助于劳作,将生命与土地连接为一体的诗意象征,是多么健康而自然。当然,人们并非一开始就听懂了叮当叮当的节奏,或许至今仍没有听透。嵇康如此迷恋并不洒脱,亦不高贵的铁匠生活,更多怕只是一种象征姿态,以显乱世的卓尔不群。其实,这何以不符合他特立独行的叛逆气质?

有道是,广陵,并非难觅之地。嵇康在此,岂能不被人找到?某一天,当朝宠信的贵公子钟会,"乘肥衣轻,宾从如云",突然来到铺子前。钟会自是博学多才之人,先前曾将《才性四本》文稿塞于嵇宅门缝而求教于他,约是学术以及更多政治上的分歧,嵇康竟置之不理。而今地位变了,又带着当年的积怨,之于嵇康,是祸是福甚是难料。然而,嵇康的所作所为,到底令在场的人们为其捏一把汗。不是吗?嵇康顾自锻炼,不交一言。待钟离去,则问:"何所闻而来,何所见而去?"年少时就"浮华交会"的钟会,原以为自己的玄学思想能和面前的思想领袖发生共鸣,却万万没有想到会受到如此嘲讽,自然心怀嫉恨。于是答曰:"闻所闻而来,见所见而去!"钟会是走了,嵇康这刚肠嫉恶,不与世俗合流的禀性,却让自己再也无缘生命中的宁静,而从此走向了衰败。他的这番对话实在是违背自己"越名教而任自然"的政治观了。

性格决定命运,嵇康的不幸怕是一种必然。当好友、魏晋名士山涛举荐代官时,他似乎再也按捺不住心中的怒火,不再顾及朋友的面子,愤然写下了《与山巨源绝交书》,其愤慨的程度,其口无遮拦的嬉笑怒骂,从片言只语中即可窥其全豹:

"也许你这个厨师不好意思一个人屠宰下去了,想拉一个祭师做垫背吧……你如果来勉强我,则非把我推入沟壑不可……您如果想叫我与你共登仕途,其实是在逼我发疯……"不啻于此,信中嵇康"每非汤武而薄周孔",并且揭穿"礼"的虚伪,"法"的荒唐,完全公开了与司马氏利益集团之间不可调和的矛盾。

令嵇康进一步走向深渊的,则是"吕安"之案。事情的原委是:嵇康的另两个好朋友,是兄弟俩。哥哥吕巽,弟弟吕安。吕巽奸污吕安妻,反诬告吕安虐待母亲,不孝顺。吕安引嵇康为见证,嵇义不负心,愤然而起,既出庭作证,又挥笔作《与吕长悌绝交书》。信写得极为悲愤,一边怒斥吕巽诬陷无辜、包藏祸心;一边后悔自己以前一直劝吕安忍让,觉得自己太对不起吕安了。

让嵇康始料未及的是,前后两封绝交信,都先后落到了小人钟会手里。为此,钟会在司马昭面前力谮嵇康:"嵇康,卧龙也,千万不能让他飞起来,陛下统治天下已经没有什么可担忧的了,但我只想提醒陛下有必要提防嵇康这样傲世的名士。陛下知道他为什么给山涛写那样一封绝交信吗?据小人所知,他是想帮助他人谋反,而山涛反对未能成功,他便恼羞成怒与山涛绝交。陛下知否,过去姜太公、孔夫子不是也诛杀过那些危害时尚、扰乱礼教的所谓名人吗,现在嵇康、吕安这些人言论诡谲、举止异常,又诽谤圣人经典,这样的人,任何统治天下的君主都是容不了的,陛下如果太仁慈,不除掉嵇康,可能无以醇正风俗、清洁王道。"原本就只是一般的私信,起初,司马昭也不当回事，在他看来，一个"不孝者的同党"和一个把"官场仕途说得如此厌人"的文人该受何种处罚，实在难以定论。钟会可谓乖巧之小人，他揣度司马昭之心，极尽造谣中伤、颠倒是非、混淆黑白之能事，其进谏谗言，终于令司马昭心中有了处置嵇康的答案。

真正令嵇康惹下杀身大祸的，则是嵇康放胆拿王凌、毋丘俭和诸葛延等三次在淮南起兵反司马氏的触目惊心的时事，纵笔写下的《管蔡论》。其名义上是替被周公、孔子视为大逆不道的管叔、蔡叔翻案，骨子里是为王凌、毋丘俭和诸葛延的"叛反"鸣冤，乃是影射司马氏父子阴谋篡位的行径。毫无疑义，嵇康明显把讥讽矛头指向了司马氏集团。至此，司马氏集团又怎能坐视呢？司马氏可以容忍阮咸、刘伶辈的狂放，可以容忍孙登、皇甫谧辈的隐逸，却绝不能容忍嵇康的性烈。

嵇康的死，很惨烈，亦很从容。刀杀嵇康的刑场设在洛阳东市。刑场上，烈日下，他想起了早年在白塔驿舍（在今绍兴市陶堰白塔村）中练琴，有一天夜里，忽然来了位自称古人的老翁，坐琴旁与之共谈音律，言毕，索琴而弹，"其声商缓，似宫臣逼君晋谋魏之象也"。曲终，言称此曲名为《广陵散》，面授而叮嘱不要再传于他人。接着"指其葬处"，飘然而去。以后，有个叫袁孝尼的人知道了这个曲子的下落，曾多次请求传授都被拒绝了。现在自己离杀头的时辰已经不远，难道这个千古奇曲就这样永久地断绝了吗？忽然间，闹声四起。猛抬头，只见刑场边黑压压的一大片人。原来，他们是闻讯专程赶来替嵇康请愿——请求朝廷赦免嵇康之罪并请其来担任自己导师的三千太学生。面临此境此景，嵇康感慨万分，正当被押上断头台时，他"顾视日影"，对身边的监杀官说："行刑的时辰还没到，让我弹一个曲子再走吧！"未等允诺，便向哥哥嵇喜"索琴弹之"。

丝丝入扣的琴声音韵，无不流露出悲愤难抑之情。仿佛那手指一下击碎了昆仑，击碎了泰山，托起了一轮硕大的明月。滞涩处，则似乎凝聚着山的力量、水的力量、历史的力量。于是静于静止之中，忽地音从指间溅出，顷刻间扫尽炎嚣，雪融燥气，弦上跃然波波贞洁、浩浩清气……竹林萧萧，在最后一曲绝响中，随着刀起头落，嵇康终于与山林融为一体，成为一头放达于林间的麋鹿。我无缘一睹当年嵇康这悲壮惨烈的场景，但我想象，在场的太学生其躯体定然会如古琴，其血脉经络亦定然会如一条条琴弦。触摸中，血脉之弦怎能不同频共颤？每每想到此，我会自觉和不自觉地做出古琴的姿势，将颤抖的灵魂伴着一缕清风明月，飘然远去……

鲁迅先生对嵇康很同情、很欣赏、很敬佩，特别是对于其死因，分析得很透彻。他尖锐地指出："非薄了汤武周孔，在现代是不要紧的，但在当时却关系非小。汤武是以定天下的，周公是辅成王的，孔子是祖述舜尧，而舜尧是禅让天下的。嵇康都说不好，那么，教司马懿篡位的时候，怎么办才好呢？没有办法。在这一点上，嵇康于司马氏的办事上有直接的影响，因此就非死不可了。"断头台上抚琴长叹的嵇康，确切地说是死在自己叛逆的"傲"骨上的。这从他临刑前的喟叹里就能看出来。那个时代像他一样"龙性难驯"的士人都逃不了身首异处的宿命。或许不只那个时代，整个文学史就是一部铮铮铁骨埋没荒野的历史。倒下的总是时代的先行者。一旦他们的血从闪光的锋刃滴下，那么滋润的就不仅仅是一个时代了。

嵇康一死，"竹林七贤"的其他六人便作风流云散，"竹林之游"亦因此而绝，这当是后话。须赘述的是，嵇康刑场上一言"《广陵散》于今绝矣"，多少让人耿耿于怀。其实，所谓"于今绝矣"，并非指曲子本身，而只是反映嵇康临刑时的激愤之情罢了。琴曲《广陵散》经明代朱权编印的《神奇秘谱》（1425年）得以保存，一直流传至今。只是不知道怅望沧海桑田，透过千年琴弦，嵇康还能否找到几个当年的知音？

从广陵村返回，仰望天空，隐隐约约地从云缝里看见一只苍鹰，于烟水苍茫处飞翔起舞，而那舞台之大、背景之远，还有那翅膀之沉、鸣叫之哀，都留在了我的心里，我相信那定然是嵇康在弹奏那曲心爱的《广陵散》。

走近"小仙坛"

有青瓷的地方，就必有江河、丛林以及瓷土，这是古代越窑青瓷选择古窑址的前提。只有具备了运输、柴薪、原料这些基本条件，青瓷生产才能水到渠成。其中，靠近江河则是最为重要的条件。是的，曹娥江两岸曾经是当年上虞"从山麓到山巅处处是窑场，夜而远望，火长火短，一片莹然通明"最直接的参与者和见证者。

2014年，上虞"禁山早期越窑窑址"入选"全国十大考古新发现"。须知道，正是这一次的考古发掘，取得了重要收获：上虞地区是成熟青瓷的起源地，而成熟青瓷的出现又以小仙坛窑址产品为标志。

来到小仙坛瓷窑遗址，附近是一条神奇的山谷，底部开阔的山地里那绿油油的草皮与附近青冉冉的山林相呼应，大都给人以苍翠欲滴的感觉。而附近一泓水面，恍若历史的拷贝，只需一按阳光的按钮，曾经的人物、曾经的故事、曾经的场面便尽情流泻……

我知道，这拷贝的底色定是与周围环境相协调的黛绿，因为这里曾经是从东汉中晚期成功烧制出成熟青瓷的肇始地——我叹服古人的聪明和智慧，他们是那样完美地将大自然中的绿色与人类心中最美好的希望交织、交融在了一起。有人将这里出土的青瓷片放置在显微镜下，于是诗意奔涌而出："出现在人们心扉的总会是旷远的丛林和阳光下一望无际的湖水，往前走，林子越来越近，道路越来越隐蔽，周围一片绿色，凉凉的风里有艾草的香味……"

小仙坛瓷窑遗址，位于上虞区曹娥江边上浦镇石浦村，其有小陆岙、小仙坛、大园坪三处窑址组成，是上虞东汉瓷窑分布的密集地，东西相距600米。出土的叠、钟、钵、壶、洗、碗、盏、罐、碟等器物，其釉面具有较强的光泽感，经过科学测试，其瓷胎质量好，烧成温度达到1200摄氏度以上，且吸水率低，胎体烧结好，抗弯强度大，已经达到了成熟青瓷的标准。于是乎，小仙坛窑址被认定为迄今为止发现的世界上最早的青瓷窑址，是成熟青瓷的典型代表，成为全国重点文物保护单位，便是那样的水到渠成、瓜熟蒂落了。

当20世纪60年代，小仙坛瓷窑遗址被人们发现而掀开神秘面纱的一刻，那定然是令人震撼、让人怦然心动的一幕。被岁月尘封了1000多年的一丛丛、一堆堆的残瓷碎片，袒露在阳光下，自向今人展示着古老的秘密。古窑静默，瓷片无声，却在我们的凝视中铮然作声，1000多年前的劳动号子，仿佛正伴随着那些原始的工具发出叮当之声，在江南大地上回荡……小仙坛瓷窑遗址便不再是一个单纯的让人欣赏的风景，它已成为一种精神的象征。每个人都可以在这儿找到某些寄托，某些冲击和鼓舞，这大约就是它内涵的丰富性和包容性吧！

瓷土是土，却又不是土。它们有灵性，有思想，当然具备的还有经历。在成长为一件器物之前，它们在长长的岁月里风化，只是偶然或是必然的，会被某一双手捧在手里，抚摸、捏制，并且由着自己的感情来随手赋形。于是，无形的卑微的陶土便以一种艺术品的形式出现，延续了土的生命，又赋予了土的新生。

伫立于成堆的残瓷碎片旁，我总是浮想联翩。它们每一件都经过了复杂的工序，经过了多少人的手，费尽了多少人的心血。它们似乎一文不名地躺在这里，记录着曾经的失败。想起大宋官窑的制瓷精神就是，一年只生产36件，其余全部砸碎。这种精神，自让大宋官窑的"残品"死得其所。然而，唯"残品"中不断累积的瓷魂，始出珍品。小仙坛瓷窑遗址中的残瓷碎片，又何以不记录着当年窑工们一次一次的失败、一次一次的反思？又何以不彰显着一种坚韧不拔、百折不挠的制瓷精神？是不是可以这样说呢？正是这一块块碎片，垫起了小仙坛瓷窑遗址登上中国成熟青瓷高峰的基础。

小仙坛令我产生无穷遐想的，自然还是那出土的完整的瓷器和碎片。尽管历经1000多年，却依然莹洁剔透，在它们温润沉静的光泽中，能幻化出东汉窑工们的种种生活情状，甚至他们的悠扬歌声和悲欢表情。我相信，其时人们爱恋青瓷，既是出于生活之必需，更是为了表达心中的理想。在他们精心制作的青瓷中，有对生活的热爱，对梦想的祈望，也有对幸福的憧憬。因为"物质生活的生产方式制约着整个社会生活、政治生活和精神生活的过程"。

是啊，受浓郁的地理人文环境的熏陶，使得青瓷在釉色、纹饰、造型、艺术风格等方面，无不映射出水乡泽国的地理特征。作为水乡泽国，上虞拥有汹涌澎湃的大海、奔腾起伏的江涛、微风细纹的湖波、潺潺流淌的青溪、宛转曲折的河流……水是上虞标志性的地理构成要素，是其特色和灵魂之一。生活在这里的人们，饮食起居莫不与水相关。于是，将对水怀着极大兴趣和依赖的这种美好情结，自会反映在青瓷的制作上。就在小仙坛瓷窑遗址上出土的瓷片中，水波纹是其主要纹饰之一，其线条之流畅、图案之巧妙，让人叹为观止。是的，看惯了水波荡漾的上虞先民，从此拥有了自己的永远不败的花，那是瓷上盛开的青花，有着比时光还要悠长蜷曲的浪花。

如果说，东汉的窑工们把水所具有的柔和、清秀、淡雅、宁静的性能特征融于青瓷的艺术风格中，形成青瓷特有的柔和、淡雅、宁静的审美感的话，那么，这种艺术境界又何以不是当时人们所追求的生活趣味和精神境界？我总以为，在每一件青瓷作品之中，哪怕是每一块碎片，定然有东汉窑工和自然的对话，有万类生灵之间无声的交流，有无穷无尽的天籁和声。它同时透露给我们一个准确无误的信息：我们的古人，是浪漫的，是富有想象力和创造才能的。我想象，当天上的月亮被一层薄薄的云雾遮映时，那恰似一件小仙坛瓷窑遗址上釉过了的挂在天上的青瓷，她收藏了属于小仙坛瓷窑时期的历史，洞察了那个时光深处的秘密，她更是一枚充满了乡愁的徽记。

在考古发掘中，考古人员发现了一枚在大园坪青瓷器底部镌刻的"谢胜私印"的方形印章，为东汉出土瓷器中首次发现，其人文价值不可估量。微阖双目间，我仿佛看到谢胜于晨曦初露时，汲起江水，从容捏泥，要不了多少工夫，瓷胚在谢胜手中成形。如果说，这洁白的瓷胚，等待着色泽布满身躯，在人间完成一个不肯褪色的梦的话，那么，谢胜的盖印，似乎在自信中平添了一份对于青瓷展开生命的期盼。因为接下来的时光，便是谢胜以朝圣般的心境，等待窑门的打开。我相信，当满满一窑通体翠绿、荧光锃亮的碧玉展现在他眼前时，布满血丝的眸子残留着察看窑火的余焰的谢胜，一定很享受这一"刹那"，他也一定感受到自己早与天、地、神，与土、水、火融为一体。

我曾想，或许谢胜是一位大师，否则，他怎能有私印？谢胜是幸运的，因为他的私印，让后人记住了他这位制瓷大师。比之谢胜，更多的制瓷匠怕是默默无闻者。你想过吗？1000多年前，有多少匠人在这方土地上辛勤劳作？个别的舍家弃子来到这里之后就从此音信全无，以至有人累死、病死在这里。让我们唏嘘不已的是，创造了伟大艺术的匠人，竟连个名字都未能留下。他们是否想过流芳千古？或许有，也或许没有。然而，我们不能否认，他们在创造艺术。没有他们，便没有谢胜；没有他们，谢胜就是孤独的行者。记住谢胜，也让我们同时记住他们。

……

青瓷之美好像陌上的采桑女子，带着一朵朵燕子的啼声，带着桃花梦雨，是那么清新，那么灵秀。每当人们骄傲地说到水之魂、云之魅、山之魄、石之髓的结晶的越窑青瓷，我都会情不自禁地想及上虞的小仙坛瓷窑遗址。要知道，这是一个宣告中国成熟青瓷到来的时代。或许，当年上虞的先民们并没有想到，在满眼青翠的季节，一窑一窑地烧出温润纤秀的青瓷的时候，无意之间，他们掀开了中华古国文明璀璨的一页。想一想吧，假若没有成熟青瓷的诞生，中国的制瓷历史不就得改写吗？

最忆"女儿红"

有人说，明眸皓齿的江南少女操一口吴侬软语，美目盼兮，巧笑倩兮，依顺汩汩而过的流水摆着浣衣的姿势，哼着浣衣的小曲，在夕阳里温柔地笑，这不知会看酥多少人！看江南"浣少女"，固然美不胜收，然而品江南"女儿红"则莫不让人陶醉。事实上，这用上等江南湖水制作，融入江南民间智慧，嵌入江南工匠精神，又与江南"女儿"情投意合的"女儿红"，又怎不让人欢爱有加呢？

初次听到"女儿红"这个酒名时，我就醉了。"女儿"之于父母，自是疼爱有加，之于天下父母，亦未尝莫然。一个"红"字，既喻"女儿"之美，又点黄酒之色；既添觥筹之趣，更寓事运之泰，一个多出人意表的雅名呵！难怪散文家陈幸德先生兴致勃勃撰文曰："我相信'女儿红'肯定是绍兴老百姓取的名，如同相信他们为女儿常取梅呀，兰呀，柳呀，菊呀，莺呀，燕呀，云呀，霞呀一样，也有超乎人间烟火气息的意境追求。"

有一天，我慕名来到位于中国经济最活跃的地区——长江三角洲之一的绍兴东麓的上虞区东关街道——绍兴女儿红酿酒有限公司，在参观了大罐浸米、机械化蒸饭、榨酒及蒸酒的一系列工艺，尤其在听闻引进"黄酒配糟混合发酵工艺"令黄酒品质骤升，通过技改，而今公司年生产能力已然达到5万吨的消息后，我情激扬，我心飞翔。是啊，作为中国驰名商标、首批中华老字号，只有不断创新，改进工艺；不断投入，做大规模，才能永葆青春，独领风骚。

"越酒行天下"，娉娉婷婷的"女儿红"，成为越酒之中的一枝独秀，自是与美丽的传说为伍应运而生的。晋时，东关（现在浙江上虞境内）有一裁缝，其妻孕，特酿好酒数坛贺得子用。才知一索得女，裁缝气恼，埋酒地下。18年后，女儿长大，才貌双全，裁缝将女许与得意门徒。洞房花烛夜，起出埋藏18年之陈酿宴宾朋，味甘洌，色橙红，席上骚人赞口曰："佳酿女儿红，育女似神童。"自此，会稽（今浙江绍兴）一带形成生女儿必酿"女儿红"，他日婚嫁时开坛宴请宾客的地方习俗。

频频举杯，浅浅啜饮之时，油然忆起"女儿红"姣美的传说，我每每情不能自已。这江南青山绿水特酿的"女儿红"，得越人之睿，享地域之利，穿千年之时，从中不是融进了历史的流脉，浸润着文化的积淀，透视了生命的"物化"？站在时空交错的平台上，追随着"女儿红"赐予的一泓酽酽的醉意，我极目远眺，遥想远忆，看到了王羲之"一觞一咏，畅叙幽情"的良辰美景，体味到了陆游"船头一束书，船后一壶酒"的无限意趣，触摸到了誓不落阮籍、刘伶之后的徐渭"放浪曲蘗"的豪爽烈性，涵泳到了陆游"红酥手，黄縢酒，满城春色宫墙柳"的离愁别恨……

从远古"山猿酿酒"到"空桑秽饭"之偶得天然的感悟，再到由"蘗"而"曲"的人工发酵的创造，"女儿红"独得神韵，尽受其惠，于是得以因艺显声，因声扬名。无论王侯将相、文人墨客，抑或平民布衣、凡夫俗子，无不垂青"女儿红"。谢安后裔、著名电影导演谢晋，对家乡的"女儿红"则更是情有独钟。想血气方刚的当年，他非七、八斤"不过岗"矣，生前八十挂零的他逢年过节到老家小住，免不了要从地窖里取一坛"女儿红"，与家人好友对酌一番。席间，兴之所至，谢导俨然说剧情般地絮叨道说"女儿红"动人的故事及其饮酒趣闻。从眉飞色舞、手舞足蹈的举止里，从脸庞微微泛红的映衬中，谢导显得是那般的年轻倜傥、忘俗快活，更兼醉意朦胧，不知不觉中，大家一齐进入了幽远、浩邈的超逸境界。

有其父必有其子，当年从美国纽约大学学成返归的谢导之子谢衍，闻知"女儿红"这个美好的典型的东方习俗，便摆脱不了乡情对他的召唤。初回桑梓的那天夜里，他喝了三杯"女儿红"，醇醇的"女儿红"，竟令谢衍做了一个恬恬的"女儿"梦：他有意与浙江著名作家沈贻炜联袂，拍一部电影《女儿红》，他要让全国知晓家乡的"女儿红"，让全世界知道中国的"女儿红"。茌拥着家乡父老乡亲的厚望、深情，他们一路同行，不敢懈怠，于是拨开"久久的等"，冲出"频频的问"，电影《女儿红》终得以今日"开坛酒香浓"。家乡举行的首映式上，《女儿红》的轰动，似始料未及。是啊，点点滴滴的"女儿红"，圆了谢导父子俩的梦，又何尝不圆了家乡人的梦？

"摇起了乌篷船，顺水又顺风，18岁的脸上像映日荷花别样红。"每当唱起《九九女儿红》这首金曲，我便会忆起前些年我赴美考察的难忘一幕。有一天，我在洛杉矶一家大商场里游逛，走至酒柜一侧，那摆在醒目位置上青瓷坛装的"女儿红"突兀在我眼前，此时此刻，身临其境，那是怎样的一种诗意呵！正当我喜出望外之时，一位美国少妇在与我"哈罗"以后，竟信手将"女儿红"往手推车上放，一放就是八瓶。哇！我投以惊羡的目光。少妇笑吟吟地告诉我：她丈夫爱喝"女儿红"。一口地道的中国话，一腔纯正的普通话，着实令我吃惊。没容我自我介绍，她指着青瓷瓶说这釉色似"海洋绿"，并赞叹一青一红配伍，相得益彰，妙不可言。说着说着，她吟诵起唐代诗人陆龟蒙的诗句来了："九秋风露越窑开，夺得千峰翠色来。"边诵边走，欲说还休，在"拜拜"声中，她悄然离去。在异国他乡，竟能逢"女儿红"知己，不就是"女儿红"的福分？"掀起你红盖头，看满堂烛影摇红"，我们的"女儿红"不早已"洒向那南北西东"了吗？

　　这天生丽质的"女儿红"，这千古宜人的液态琥珀，令观者动容，让饮者叹绝，盖与民俗淳朴、礼教崇隆、学源绵远、文风鼎盛有染，所谓"名酒出于名郡，共相焕发"是也。然而，有道是"女儿红"琼浆玉液、舒徐水灵、酒香馥馥、芳溢齿颊，赢得无数石破天惊的妙用，千载同调的情致，鄙人区区小文又何以道得尽其百般风韵、万般柔情呢？

越剧最缱绻

　　在人们的眼中，江南自是一个山温水软、柔意绵长的感性之地，它仿佛婉约宋词里的意境，杏花春雨，黄鹂婉转，燕语呢喃，充满一派才子佳人式的浮华景象，有一种浓得化不开的质地。但我以为，江南如果仅仅只有粉墙黛瓦、翘角飞檐，而没有华丽的越剧，那么，不管多么美轮美奂，历史多么久远，那上面沉淀的，注定只是单调的时间。然而，越剧到底没有错过江南青睐的机遇，其正是在这般轻盈灵动里怀胎、分娩，并以其特有的智慧和韧性，彰显着江南丰沛激越的文化血脉，在苍茫历史中，凸现了江南文化的柔韧，演绎了江南的另一种凄美。

有人说，如果是液体，那越剧就是妩媚的水；如果是植物，那越剧就是水边的柳；如果江南是一艘典雅精致的画舫，那越剧分明就是咿呀的橹声和旖旎的水波。是啊，令人缱绻悱恻、至性至情的越剧，恰如一江春水在"俏丽、跌宕"的河床中已然走过了115个年头。

真正喜欢上越剧，那是缘于一出叫《血手印》的越剧戏。其时，作为一名应大学同窗再三之邀而初次观看越剧的观众，我并不知道戚雅仙与毕春芳已是大名鼎鼎的流派人物。然而，从不情愿到被吸引，从应付到入迷，只是因为对"曲非细腻曲流畅，情真意切声犹哀"的越剧悲情花旦戚雅仙的戚派唱腔产生了共鸣。其饰演的王千金一出场便以悲调开腔，一段《花园会》便把王千金当时"纵有心事万千，更向何人诉说"的愁闷、悲苦心情表现得淋漓尽致。而与毕春芳一段"法场祭夫"，更是把戚派的悲剧情韵推向了极致。因了这样一段越剧情缘，我得以在以后的时光岁月里触摸越剧的心灵轮廓,感受百年经典的无限魅力……

江南山清水秀,人亦如山水般清秀,性格柔婉,有一种阴柔之美。于是,注定了越剧要在这片土地上诞生,水袖要在水泽沼国上舞起。光绪三十年(1904年)清明节前夕,嵊县东王村艺人李世泉、高炳火、钱景松,在村中香火堂前用四个稻桶、两扇门板搭成临时的越剧戏台,穿上从农民家借来的大布衫、竹布花裙,演出《十件头》《双金花》等。然而,就是这唱书艺人第一次在嵊县本地登台演出,加之此时的越剧只用笃鼓、檀板按拍击节,的笃之声不断,便令越剧有了一个简朴的名字,曰"小歌班""的笃班",以别于绍兴大班(绍剧)。新生剧种在古老剧种面前,虽戏班小,剧目少,唱腔单调,可其也有属于自己的优越性——演出不拘条件,能送戏上门,深入山庄小村演出,且戏班人员少,好接待,不计较报酬待遇,更兼一出出动人故事是如此贴近大众日常生活,一个个故事情节是那样贴近大众心理,一桩桩故事演唱是那般贴近大众日常趣味。于是乎,在"天时地利人和"里,越剧便难以遮掩其勃勃的生机而葳蕤茁壮。当地民谣说"小歌班,吊脚板,男人看了懒出畈,女人看了懒烧饭,自格小囡忘记还",越剧的魅力由此可见一斑。

如同物种进化一样,"落地唱书"默默地在时光的轮回中,在其适宜的土壤中,不断发育、滋长。在嵊州越剧博物馆展厅的玻璃橱窗内,一张泛黄的《申报》让我眼前为之一亮。抵近细看，上面写有"1922年8月，以王永春、白玉梅、马潮水为首的越剧戏班进入到上海'大世界'"的内容，这无疑成了越剧进军大上海的有力见证。是啊，从1920年小歌班艺人在上海演出《琵琶记》《梁祝哀史》《碧玉簪》《孟丽君》，到在大世界游乐场演艺挂出"绍兴文戏"牌子；从"男女混演"到女班完全取代男班，从中无不张扬着其勃勃的艺术灵性。而当施银花、赵瑞花、王杏花、姚水娟等"三花一娟"名伶脱颖而出之时，当1938年秋，用"越剧"名称替代"女子文戏"中心之时，越剧便谱写着其将要喷薄欲出的精彩华章。想一想吧，在那样一个时代，传统的中国戏曲要演"时装戏"，无疑是一种"时尚"的举动。

谁也没有想到，当我们的祖辈在剡越大地上收集采撷一个音符，用竹笛、洞箫、琵琶、扬琴、越胡以及那清脆的"的笃板"演奏出来的时候，那清悠婉转的"尺调""四工调""弦下调"竟成了对乡村精神民俗文化最经典的歌颂。曾导演了《百年越剧》《舞台姐妹》等耳熟能详的越剧纪录片的钟冶平导演说："这种唱法主要以当地流行的宣卷调为主，糅合了牧牛调、莲子行等民歌小调，因为用'四工合上尺'当作尾衬，所以当地人都叫它'四工合调'。"越剧的出身虽平俗，却并不影响其在城市另一"T型舞台"上的走红。那车水马龙的人流，那高耸入云的大厦，那在城市一隅发生的种种浪漫连着灯红酒绿，都袅袅婷婷地从音符里流泻出来，只是越剧还保持着自己的本色，时而翩若惊鸿，时而矫若游龙，时而如彩蝶纷飞，时而如霓裳起舞，时而哀怨缠绵，时而慷慨激昂，似乎蕴藏着永远读不完的人生语言，包含永远品味不尽的关于情爱和人生的真谛。

是啊，悠悠剡溪蜿蜒，一群花样少女从田间走出，带着她们的"落地唱书"，闯入大厦错立的摩登城市。飞舞的水袖，摇曳的身姿，柔婉的唱腔，迷住了那些头发花白的资深戏迷，也令听惯了洋腔洋调的时髦青年们为之倾倒。曲调依旧，板胡依旧，除却了或多或少的土味儿，从此，越剧便有了她新的生命与魅力。同样不能忘怀的，还有"越剧十姐妹"。1947年初夏，为反对旧戏班制度，筹建剧场和戏校，发展越剧，尹桂芳、袁雪芬、范瑞娟、傅全香、徐玉兰、筱丹桂、竺水招、徐天红、张桂凤、吴小楼十人举行联合义演，同台演出越剧《山河恋》，一举轰动上海，"越剧十姐妹"的美名也因之不胫而走，并为越剧艺术底色涂抹了艳红不灭的光泽。而由袁雪芬领衔主演的《祥林嫂》，则似乎更是解开了魅力越剧一个蕴藏多年的"梦"：越剧，本身就是一个不断汲取姐妹艺术营养、不断吐故纳新的过程。不是吗？诚如嵊州越剧博物馆馆长俞伟所言："越剧第一次上台演出时，艺人一不会走台步，二不会做身段，'唱做念打'样样不懂，更谈不上'四功五法'地运用了。于是，小歌班演员就虚心向姚剧、绍剧的大班子请教。"是的，越剧正是在向姐妹剧种的学习借鉴中，在努力地模仿创新里，渐渐开启并开创了自己的面目。

越剧是一个拥有敏锐嗅觉的剧种，它深刻把握时代精神和审美风向，没有太多的历史陈规痼疾缚身，在它百余年的历史中不断推陈出新。越剧，也是一种文化基因，它的传承与播撒，造就的便是一方"忽如一夜春风来，千树万树梨花开"的好年景。是的，如果说京剧高雅如贵妇，那么越剧便是江南的小家碧玉。约是刚柔相济的缘故，豪爽的北方人对于婉转的越剧也开始愈来愈迷恋，那确是一种不同于京剧的优柔韵调。中华人民共和国成立以后，其触角由浙江、上海不断伸向全国，各省越剧专业艺术院团最多时有280多个，越剧亦因此被称为继京剧以后的第二个大剧种，可谓名副其实。

如果说越剧是一盏后花园的灯，是以演绎男女情感见长的话，如果说越剧是体现女性至阴至美的一种曲调的话，那么越剧是把女性传统古典的柔媚和现代女性知性的柔韧之美完美地结合在一起了。在"中国英台之乡"浙江上虞，当地一家小百花越剧团演出的越剧《梁山伯与祝英台》，自将祝英台的奔放勇敢表现得尽善尽美——看似柔婉的背后，却充满着对一种独立自由的精神人格的追求，一种对人生对社会的纯粹东方色彩的思辨。

"梁祝"，被周恩来称为"东方的罗密欧与朱丽叶"。作为爱情主题，这是一个超越时空的话题。1998年5月，当上虞小百花越剧团受国家文化部委派，携《梁祝》飞往芬兰参加第二届赫尔辛基亚洲艺术节，其演出受到包括芬兰总统夫人在内的广大观众的欢迎时，那么越剧还只是越剧、"梁祝"还只是"梁祝"吗？

也许，中国式的爱情圣典都是这样，唯有伤悲的分离，才会有幸福和痛苦被镂刻在时间的深处，才会有生死难了的承诺、没齿不忘的期许。"1000多年，时间真的够长的了。人生的酒杯，何以浇却殇情的块垒而空对明月；看春水枉自东流，而独自锥心断肠。知道吗？那道美丽的虹影，是用两个年轻的生命拓印下来的，杜鹃啼血，岁岁年年，它们有理由骄傲地飞翔在万物蓬勃的季节……"每每看越剧《梁祝》，我总是会与一位作家对"梁祝恋"产生相似的感喟。

当一阵阵水样委婉的唱腔、一声声水样妩媚的娇嗔，在江南的乡野市肆间、在江南的谷场河流上悠悠沉浮的时候，那是如水的越剧在水样地流淌。

……

历史上，"五里七里一纵浦，七里十里一横浦"的江南地区，凭借水的流动孕育了灵动、丰沛的水文化，也对江南先民的衣食住行产生了深远的影响。智慧的江南人，更是因之而创造了众多的文化产品，就如越剧一俟飘荡在湖畔水面，也得以成为江南水文化的源头和码头。江南水秀出莺唱，每每听越剧，我总觉声音如水，心情会慢慢被浸润，歌声不空旷悠远，但听后，却是淡淡的空灵。如是听那才子佳人、青梅竹马之曲，细腻而深情的吟唱，仿佛是在对沧桑作独特的诠释，仿佛忧伤，又如领略过的欢快，柔婉的声音是支忧郁的箭，在寂寞夜里，射中每一颗为情或伤或喜的心……温馨轻柔，浅吟低诉中，充满生命的灵动。"挺住意味着永恒，坚守昭示着一切。"以魏晋风骨，唐宋遗韵，明清传奇做底蕴，以名章典故为作料，以世情百态、江南风韵做酵母，越剧经千余年文化积淀，百余年的血酿成的这坛醇厚绵长的女儿红，在矢志坚守者的精心调制里，定然会散发新的芬芳馥郁，迷醉新的一代又一代——犹如江南的水，带着特有的柔曼诗性，定然能开拓出一番"因流动而交流、因流动而自由、因流动而多元，因流动而灵动"的崭新水域。

……

面朝江南，春暖花开。江南的水古老了五千年的神秘日子，五千年的神秘日子也织就了多情的江南。我在如梦如幻的江南水乡里陶醉，我在"小桥流水人家"的乡情里流连。如果说，每一个人都拥有一个江南水乡的梦的话，那么，我相信每一个人的心里注定有一个属于自己的心灵栖息地——不只看到眼前的苟且，还有远方的田野。

赵畅，中国作家协会会员，第三、四、五届《儿童文学》金近奖评委。先后在《求是》《人民日报》《光明日报》《新华每日电讯》《人民文学》《中国作家》《十月》《北京文学》《上海文学》《青年文学》《散文海外版》《散文选刊》《解放日报》《文汇报》等发表散文、随笔1000余万字。先后获中国作协主办的"首届郭沫若散文随笔奖"，《青年文学》主办的"第二届青年文学散文创作奖"，中国散文学会主办的"第六届冰心散文奖"。多篇散文进入"中国散文排行榜"。

天池与伊犁河

◎ 杨西北

一

某年秋天,我来到天池。记得最早认识天池,是在小学的地理课本上,这个天池是在祖国大西北的新疆天山里,是一个美丽的湖泊。对小学生的我来说,这个天池,真如远在天边。本想看到天池,应该有一番激动,但是没有。天池有辽远宽阔的水域,有一两艘游艇在湖中游弋,湖边的山上长着松树,没有什么建筑物,视野开阔。心里冒出两个字:水库。我马上为自己这个想法感到十分内疚,觉得冒犯了天池。为什么会有这个似乎不敬的想法?我几乎瞬间就明白了。我们早上从阿勒泰飞到乌鲁木齐,没有休息就直奔这里。昨天和前天,都在如同仙境般的喀纳斯湖,从观鱼亭上俯瞰喀纳斯湖,五彩斑斓,迷幻之极,虽然没有看到什么"湖怪",内心的震撼仍久久难平。一下来到天池,对比太强烈,便生出"水库"这个东西。

我徘徊湖上。这里海拔1900米,北岸有棵古老的榆树,十分显目,被称为"定海神针",说是可以镇锁水怪。我又想到喀纳斯湖，难不成这些远离尘世的高山深湖都有水怪？天池的湖面波平如镜，传说这湖便是王母娘娘的梳妆镜，王母娘娘可是玉皇大帝的夫人，这里关于她的传说多不胜数。浩阔幽深的天池其实是一个堰塞湖，是古冰川时期地壳运动形成的。即便此刻在我眼中如同水库，也不能放过，得打下点印记，我心想。

我出门，习惯随身带着泳具。看到这个浩大的"水库"，便想到下去游一下。按行程安排，我们在这里要逗留一个小时，我很快盘算了，换装，下水，再换装，有25分钟足够。时值秋天，在这处昼夜温差很大的地方，水一定冰凉。仗着多年的冬泳，这水温我不怕，虽然南方的冬泳属初级的，游它几分钟应该可以。我注意到湖边有保安人员，一定会阻止游客下水，我只有突袭，下水游出去造成事实。如此一想便兴奋起来。

同行者三三两两四散在周围。要告知他们一下吗？我立刻打消这个念头。有人走近，问：想什么呀，是不是想作点什么文章？我吓一跳，连忙说：没有，作什么文章啊。来者说，是啊，没什么看的。

我注意到不远处有个洗手间，决定去里面换装。我转身朝那里走去。

这是一个干净讲究的洗手间，有人在盥洗池边正旋开水龙头冲手。我麻利地褪下衣物，穿上泳裤，将放在隔板上的衣物塞入行囊，掏出泳帽和泳镜。做这一切时，冲手的游客先是好奇地关注，然后生出惊讶的神情。

我抓起行囊准备走出去时，外面传来声音，有人叫我。说走啰走啰。什么？没听错吧？我向窗外张望，只见一行人向不远处的大巴走去。原来大伙觉没什么玩儿，要提前离开。我傻眼了。

下面的事我就不想再说了。我很失态地咒骂了几句，无奈地换回原来的衣服。下天池游泳，就这样给吹了。

二

某年初夏，我来到伊宁。伊宁是伊犁哈萨克自治州的首府，不过伊犁这个名字的名气比伊宁来得大。到这里，我首先想到伊犁河看看。这源自一首很有新疆风味的歌。开篇的歌词是："太阳照耀着昆仑山，伊犁河水弯又长。"童年时，这首歌给我留下深刻印象，我从此向往伊犁河。一天傍晚，我们一行来到伊犁河大桥，在桥上拍了几张照片，我便从桥边的阶梯走下去，来到伊犁河边。

这段河道的岸边是碎石河滩，太阳刚下山，岸上不少消暑的人站立或走动，河里有不少人在戏耍玩水，甚至有一辆运货的三轮摩托开进河边冲洗。水流清澈，但是不深，顶多没到大人的肚子。玩水的多是孩子，有光屁股的，也有父亲带着儿子的，有几个包着头巾的大姐穿着衣服，浸在水中聊天，很开心的样子，有几个壮汉涉着水向桥那边走去，是不是那里水会深一些呢。这里河水不宽，顶多几十米，对面不远处又是河滩，大概正逢枯水期。

显然，在这处河段游泳是不可能的，不过到水中泡泡，也不枉来此一遭。我留意岸上，没有一处建筑物，就是说没有地方更衣。水中这些男男女女和孩子们，也许都住在附近，起水后便走回家中。河滩上零零散散坐着人，我找了一处石头坐下，寻思换衣物的事情，想看看下河人中有没有原地更衣的。

岸上有男女青年谈笑嬉闹，有独坐的男子或女子看着河水发呆。在伊宁数日，到过拉那堤草原，到过赛里木湖，那时可可托海还名不见经传，也没什么养蜂人。这些人中，会有叫阿尔瓦古丽的吗？

闲坐胡想时，始终没有看到有人起岸后原地更衣的，不免有些丧气。我行囊中有浴巾，用浴巾围着身子更换泳衣是很方便的事，南方到江里游泳，男女多如此行事，习以为常。但是这里少数民族聚居，哈萨克自治州，他们有这样的习惯吗？如果没有，便不好破例，还是得入乡随俗。

我站起身，走到河边，踩在一块石头上，蹲下，用双手撩着河水。这是伊犁河的河水，清凉透明，流动着诗行。它是条内陆河，曲曲弯弯，最后西流出国境，进入哈萨克斯坦。

我最终还是站起来，亲友在桥上等着呢。我是在若有若无的暮色中离开伊犁河的，河流连着天际的那边，燃起玫瑰色的晚霞，后来又变成紫红色。

回来后，我有时会想起，人生不如意事总有二三，没有在天池和伊犁河游一回泳，算是其中之一吧。

杨西北，中国作协会员，漳州作协名誉主席，著有散文集《在那遥远的地方》《半个月亮爬上来》《小河淌水》《你就是幸福》等。

忘不了的丹东

◎ 小　山

　　金色的光线倾斜地照在灰蓝色的鸭绿江江面上。

　　我坐在岸边。海鸥不时地优美地飞过来，海洋的味道也从不远的入海口那里飘过来，好闻的气息让我的肺叶舒适地打开。丈夫陪伴我一起凝望着江水和大铁桥，无声地体恤我特别的心情。江水从波光粼粼，到暗蓝色地沉入傍晚。

　　别离20多年了，我再一次回到丹东，这一回，是带着父亲的身影。我坐着的位置，距离著名的鸭绿江大桥，仅仅几步之遥。父亲太熟悉这里了，那些岁月，不知父亲独自在铁桥边站立过多少次。抗美援朝期间，父亲已经在丹东工作了，边境之城忽然唱起"雄赳赳，气昂昂，跨过鸭绿江……"的战歌，响彻云霄，尽管父亲不是参战人员，但那时调动到公安岗位上的父亲，一定在战争的空气中感受到严峻与残酷了。第一铁桥瞬间炸毁变为"断桥"——这个鸭绿江上的伤口，是那么醒目。父亲个性柔和，但我有记忆的那时，穿着公安服装的父亲一向神情严肃，回到家里也不放松；面对儿女们，也极少说笑。在我出生的8年前，父亲在这里得知失去了第一个儿子，因为工作忙、路途远，在老家跟妻子生活的4岁的儿子突然病故，他赶回老家时，儿子已经埋在了山脚下。痛苦万分的妻子，跟随他到丹东定居了，然后才有了两个哥哥和我。地名叫安东的这个城市，我出生的第二年改为丹东。不久，父母亲在丹东经历了"文革"，父亲一次次地受审查，母亲领着我们离开丹东。3年后，父亲也离开丹东，回到了家人身边。冤假错案平反后，父亲才得到公正待遇，但父亲没有再回到丹东的工作岗位上。

这次我来丹东没有乘火车，是丈夫自驾车带我来的。我们进城的第一站，就依靠导航系统直奔父亲的原单位丹东市公安局。我为父亲"回去"的。公安局的大门已改换到原建筑身后的大街上，再加盖的新建筑非常气派地面对繁华的江城大街。第一眼我就知道这个大门不是当年的。我费了些心思，围着新旧建筑物转来转去，仔细地查看墙体和窗户，最终确定了五经街上公安医院的门廊，是过去父亲进出的地方，日式建筑风格的旧楼还在结实地使用中，一站在五经街的街边树下，我便仿佛回到了记忆中。当地的丹东老人帮我确认了记忆中的地址。之后，午饭都没有来得及吃，我又让丈夫继续开车，搜寻自家过去的老房子位置。穿过一条一条街巷，我们找到了元宝区珍珠街。可是，找老房子的念头是滑稽的，丹东市新世纪的变化和全国的城市节奏一样，到处都是全新的商业街建筑，新楼林立，现代感十足，哪里还会有20世纪五六十年代的居民房屋影子呢？幸亏锦江山和元宝山原地不动，自然地理坐标可以使我大致识别过去家园的方位——我在心里已经知足了。于是，我们驱车到了鸭绿江边，找一家饭店填饱肚子，入住到新建的一个民宿里。休息了一阵子，喝足了随身带的福建白茶，当疲乏的身体充满能量后，我和丈夫缓缓走向了江边。

我真的好像带着父亲的眼光，重新看着鸭绿江。第二座大铁桥岿然屹立，跨越两岸，对面的朝鲜新义州清晰可见。距离我上次来丹东的这20多年间，丹东的变化太大了，街边的旅游酒店和商店明显增多，作为旅游城市，这不足为奇。我吃着丹东美食嘎鱼、炒叉子、黄蚬子，翻阅一本当月的《三联生活周刊》，赫然的标题——《在丹东，万物皆可烧烤》，让我吃惊。父亲那时有烧烤料理吗？父亲那时有月亮岛夜市吗？都没有吧。那时，虽然有虎山长城、大鹿岛、绿江村这些地名，却没有开发成著名的旅游胜地，想必父亲不会去观光，所以，我也不想以旅游的姿态前往这些打卡的地方。我只想看到父亲待过的地方，走走父亲曾经走过的地方。这是我缅怀父亲的方式。

昔日的江城丹东，是辽宁省多么发达热闹的区域啊。中华人民共和国成立不久，轻工业崛起于边境，丹东的丝绸纺织业国内外远近闻名，富有特色的柞蚕丝绸缎产品成为支柱产业，因此，丹东在被称为"英雄之城"后，又被赞誉为"丝绸之城"。人们的记忆中抹不去的，还有牡丹牌照相机、孔雀手表、白翎钢笔等国产名牌，这些品牌商品都是丹东的知名企业生产，曾盛行一时，为丹东争光。地处东北边缘，丹东却从未落后过，一直上升的经济地位使得丹东成为中国最大的边境城市。城中有山水，不远处就是黄海，环城有江水丰沛的鸭绿江，因此丹东很像温润丰饶的江南城市，冬天不冷，夏季不热，至今都是宜居之城。

如今的丹东人面孔上，依然保有一种独特的从容不迫。我们漫步江畔人行道上，呼吸着清新的海鲜气味，丈夫分辨着迎面而来或者在我们前面走着的人哪个是丹东人、哪个是朝鲜人，兴致盎然。他感叹丹东居民的淡定安然，那种平静的表情甚是吸引人。今天的丹东人穿着，不过于时尚也没有土气，久已浸润出来的城市气质，个个都安之若素。饭店招待我们的女经理，长相很像日本影星栗原小卷，笑脸明媚，说话时却很朴实；经营民宿的小夫妻，在我们面前从头至尾没有显露格外的热情，仅仅是恰当礼貌的待客之道，让人内心很是舒服。丈夫兴之所至，给远在福州的丹东朋友发了一条丹东街景和人流的视频。

夜幕降临后，我们沿江走了一万多步，回到了住处。洗漱后，丈夫很快入睡了，我却睡不着了。我轻轻起身，坐到窗户边上，拉开窗帘，注视着江水。又感觉鸭绿江在月光下像柔软的绸缎了……一些关于父亲的记忆再一次浮现，我的眼泪涌出，簌簌而落——父亲离世后，似乎从没有离开我，无论在哪里，眼前的景物让我感受到美丽时，我都会很自然地想起父亲。我总是用他的眼光又认真看看，莞尔一笑，仿佛领会了父亲所领会的，一如他生前我们之间的默契。这是我一向与父亲心灵相通使然吧，每次和父亲说话，我都不必多言，几个字说出，甚至只说了半句话，父亲的目光都能读懂我的心思。少言寡语的父亲，在我这里也总能找到共鸣，彼此之间心领神会的时刻太多了。

我知道，父亲的光辉岁月是在丹东度过的。他 24 岁就到了丹东工作，而且是在自己满意的岗位上，父亲的青春一定是在丹东焕发过神采。老时光留下的那些黑白照片，让我看到了年轻父亲的俊朗——在同事们中间，或者在我母亲身边，他的大眼睛里都有一种清澈的明亮。在丹东，他被选送到西安进入中央公安学院学习一年，大雁塔前留影的青年父亲，是那么精神抖擞。负责公安局档案工作的日子里，父亲的严谨与细致作风，被领导和同事们看好。20 多年在丹东工作，成了父亲不尽的回忆，以致我考上大学时，父亲提议让我报考法律专业，继承他的事业。他喜爱的公安生涯，可想而知。如果不离开丹东市，我想，父亲的晚年会更符合他的心愿生活吧。父亲喜欢有文化气息的地方，一生酷爱读书，80 岁了还喜爱写书法——应该说，城市生活的条件更会让他的兴趣得到发挥和伸展。而在山村里的中晚年时光，父亲始终是落寞寡合的，缺少相应的交流，他内心有些枯寂。所以，我每次回到父亲身边都格外心疼他，会和父亲彻夜交谈，从而使父亲敞开心扉，也因此我知晓父亲的许多悲喜得失。儿子们很爱父亲，但我是唯一的女儿，体恤他的心可能更为敏锐。

老年的父亲，多次想重回丹东看一下。因为路途遥远，因为家里人各种忙乱，始终都没有让父亲实现这个愿望。我到南方定居 20 多年了，每次探亲匆匆几日，也未能带着父亲坐火车来丹东。父亲两年前去世了，我留下了深深的遗憾！

在我的学生时代和工作岁月中，每次填报简历，我都工整地写上出生地丹东的字样。就连我的高中同学闺蜜都讶异，我何以非要写丹东呢？由于我在山村里长大，从山村走出，理所当然应该标明乡村身份似的，可我偏偏一再强调自己出生于城市的这个事实，显得有些矫情吧？可我不管别人怎么想、怎么说，都无法忘记丹东作为我生命的起点，我的一切，从这里开始。

时光飞逝如电。后来，在我的童话创作进入新里程的时候，我用一篇童话《小补丁》定格了这一记忆：童话《小补丁》设定的故事主角，是一小块儿丝绸，来自轻工业城市的一个丝绸店。店主小老板制作华美的旗袍时，一剪刀下去，领口多余的一角绸料落地成了"小女孩"一样的小补丁，不久，这块"小补丁"被命运之风带离了城市，漂泊到山村……一波三折的"旅程"，悲伤与怜悯之爱，造就了小补丁有血有肉的生命。

这篇选入《2011年中国最佳童话》一书中的作品，创作灵感完全真实地取自我的童年经历。这个"轻工业城市"，指的就是父亲和我魂牵梦萦的丹东！

感恩丹东给我父亲精神饱满的青春。

感谢丹东，对我出生后幼年的抚育。

2021年8月31日写于沈阳

小山，本名贾秀莉，中国作家协会会员，编审。主要创作童话和诗歌作品，出版图书10种，童话《虎》获冰心儿童文学新作奖大奖，童话《羊收到狼的信》获福建省政府百花文艺奖一等奖，童话《云孩子》获福建省启明儿童文学奖一等奖，作品入选50多种图书及年度佳作选等。

三叔公焙制龙眼干

◎ 朱谷忠

　　故乡莆田后庄，坐落在萩芦溪畔一片椭圆形的平畴上。溪畔种植着成百上千棵龙眼树，如螭龙般在空中蜿蜒、盘旋着。一年四季，树叶常青，无论从哪个角度看去，每一片龙眼林又像一座座天然的绿色帐篷，浓黛盈盈的树梢叶隙，逢到农历七月半左右，便显露出如铸如塑的龙眼果，一簇簇、一串串，闪烁着黄金般诱人的色泽。

　　龙眼，即桂圆，又称龙目、圆眼、骊珠等。明代文学家宋钰白在他的一首《桂圆诗》题句云："圆若骊珠，赤如金丸，肉如玻璃，核如黑漆，补精益气，美颜润肤。"接着又盛赞道："外衮黄金色，中怀白玉肤，礧破皆走盘，颗颗夜明珠。"李时珍更在《本草纲目》中述及："龙眼性平、无毒，主治五脏邪气，安志厌食，久服强魄。"但这般好果，却不易保鲜，因而自古以来，莆田就有将龙眼果制作成龙眼干的传统技艺。明代方志世家何异远在《闽书》中对此有过记载，说莆田"因有龙眼之利，焙干而行天下。"

　　小时候逢龙眼丰收之年，见村前屋后都是成串丰盈的龙眼，我曾问过大人："这么多龙眼，吃不完怎么办？"大人说："吃不完拿去街上卖了。"又问："卖不完怎么办呢？"大人说："那就做龙眼干了。"我还是不甚明白，继续问："龙眼干怎么做？"这时大人手头正忙，便瞪了我一眼，没好气地说："问这么多做什么？去园顶三叔公的焙房看看就知道了。"

大人说的园顶，离家不足半里，是一块隆起的溪地，它坐落在龙眼林的顶头，故叫园顶。世代以焙制龙眼干出名的三叔公，每年都在龙眼成熟后搬到那里的一间草房里住下，一边忙着收购龙眼，一边又雇请村里五六个壮实的汉子给他做帮手，在一间土格子垒成的焙房里日夜制作龙眼干。那焙房紧邻草房，门面完全敞开，朝向土路，由人进出，十分显眼。

在我的记忆里，园顶三叔公的焙房很少有小孩能进去，因为在焙制龙眼干的日子里，那里忙忙碌碌、进进出出的都是干活的大人，一个个都忙得头上冒烟；若在那边游戏追逐或弹琉璃球，都会被大人叱喝道："还不回去！这里是玩的地方吗？"挨了骂的孩子，只好一溜烟跑了。

但我有些例外，一是我家与三叔公沾亲带故，二是我与三叔公的孙女阿香同在一所小学读书，我头几次去焙房看三叔公焙制龙眼干，就是阿香带我去的。阿香人极其聪明，懂得焙制龙眼干，使我心里佩服得很。记得第一次与她进焙房前，她叫我把鞋子脱了，说赤脚进去反而干净。我一看，果然三叔公和几个正在干活的人都赤着脚。那时年纪小，看焙坑上铺着一层被木耙掀动的龙眼滚来滚去的，散发出一种呛人的姜黄味，有些受不了，便不觉得有什么好玩的，但阿香却在旁很认真地告诉我："你要用耳朵听龙眼滚动的声音，听久了，听熟了，以后就知道什么时候龙眼干已制作成了。""啊？用耳朵听就知道龙眼干什么时候会熟？"这有些神奇。但我哪里听得懂，倒是看见三叔公用手抓起一颗龙眼，在手里搓揉了一会儿，又放耳旁摇了几下，也不知他听出了什么，只见他一边吩咐手下的伙计把火加大一点，一边又领着另一个伙计开始翻果。折腾了半天，又拿起一颗龙眼在耳边摇着，一会儿说："加火！"一会儿说："翻果！"好一阵，脸上才现出几分神秘的笑意。说实话，直到多次去过焙房，到后来自己也不觉长大成人了，才真正悟到三叔公手摇龙眼听声的奥秘：原来龙眼在经过几次完全掌握火候的烘焙后，从外表看还很难判断内部肉质是否成形，这时得不断地挑拣一些颗粒，以手摇的方式放在耳边聆听，并以火候、天时为依据，以龙眼内核滚动的声音为准绳，确定龙眼干制作成功与否。阿香后来还告诉我，其实那也是一种平常人听不清、道不明的声音，只有像三叔公这些极富经验的焙制人才能听得出来。我也几次尝试去聆听这种声音，觉得传到耳畔的，隐约像雨打芭蕉的声响，又像管弦丝竹断续的余音；有时候，听上去感觉是一粒黏土在蠕动，又像田野里倏然滑过的一声布谷的叫鸣……最终，哐嗒一声，正是龙眼干内质发出的成形的声音。

话说回来，在三叔公焙制龙眼干的园顶走动，印象最深的是三叔公手上的老茧，两只手起绽的茧子起码有六七个，一个个又粗又大,但正是那样的一双手,却能敏捷地抄起剪刀,剪下梗长仅有一毫米左右的龙眼粒,又以手捞沙,渗入鲜果中,左右拌搅,上下翻动,使果皮变得光滑溜圆;还以手细致地测温,在热烘烘的焙床上东测西量,使手心手背完全被粉尘和姜黄涂抹,像一块残破的烙饼;有时,长期摩挲的手甚至鼓起血泡……那时我就不由得想道:这世上的人,当他们品尝着甘甜的龙眼干时,有多少人懂得那制作过程中一长串繁复而艰辛的技艺?都说"兴化桂圆甲天下",那外观圆润且富有营养的龙眼干,一粒粒,一袋袋,其实凝聚着像三叔公这样一代传统手工制作人,多少淳朴的智慧和汗水。

  时光的脚步匆匆。去年夏天,我应约回乡采写龙眼干传统的制作技艺,再次见到了儿时的玩伴阿香,好像只一转眼,曾经年少的我们都已添了斑白鬓发。叹了几声,聊了许久,话题还是集中在已近失传的正宗龙眼干焙制门道方面。在我的要求下,阿香带我再次来到了园顶。此时的溪边园林,一片寂静。当年的草房和焙房早已不复再见,三叔公也在多年前离开他挚爱的土地,令人格外怀念。值得欣慰的是,溪畔仍栽种着一片新老交替,繁茂绿翠的龙眼林,午后的阳光穿不透浓密的叶子,只筛下缕缕半透明、半淡紫的薄光,轻灵如纱,恬淡如烟。我们在林中走动着,话语仍离不开三叔公。阿香说她祖父一生辛劳,专心技艺,诚恳待人,尊天守地,三乡五邻的人都敬重他。陡然间,我们还想起他说过的一句话:"脚下只有沾泥,手上才有事做。"这朴实的话中深藏的含义,是多么叫人深思。

再次打开有关龙眼干传统制作工艺的话题，阿香脸上似浮出一丝苦笑。她说："现在不比从前了，不少人用工业化的生产方式制作龙眼干，虽然解决了市场需求，但你也知道，龙眼干的精品出在手工定制啊，用你们作家的话讲，那是一种有情感，有心思，还有温度的制作方法呢！"我点点头，眼前不禁又浮现出当年三叔公焙制龙眼干的情景——

剪果：暑天时，摘下充分成熟的龙眼，用特制的弧形果剪，把果粒从果穗上挑剪下来，每一粒的留梗长度只在一毫米左右，分拣装入竹筐。

浸水：将装着龙眼的竹箩放在流水中浸泡洗尘，约一刻钟后把竹箩提起，小心轻放地上。

摇笼：把洗净之果倒入特制的摇笼（全部是竹编，两头肚大，中间腰小），每笼装果七八十斤即可，再掺入半斤细沙，4两姜黄，把摇笼架在树干或木架上，由三叔公和另一人各抓住两边摇柄，开始上下左右对摇，使果实在笼中翻滚摩擦。约一个钟头，见果壳渐变棕色即停。此种方法也叫沙摇，能使果皮变得光滑圆润，便于焙干。

烘焙：把摇过的龙眼果倒在焙坑上，用板条分隔，分上、中、下三层。三叔公一声令下，焙坑下开始点火，燃料以木炭为主，或用龙眼树干辅助。火势全凭眼睛细察，温度须以双手测试。烘焙8个小时后，把干果翻动一次，之后再添火，烘烤5个小时左右，闻香味浓淡适度，摇果核响声轻重，才适时起焙。

再焙：待起焙龙眼干全部变凉之后，重新倒入焙坑再次焙烤12个小时,再起焙。此时剖开果壳,见果肉均呈栗褐色,尝之,香甜可口。

整个过程,大约需要3天。这3天内,五六个人轮班值守,但三叔公每隔2个小时左右都得入房观察,检查火候,手测温度,闻嗅果味,时时不敢掉以轻心。这期间,火势腾挪的声音,果壳碰撞的微响,烟与姜黄的气味,糅合着,飘散着,四周似乎也氤氲着白色的雾气,显出了几分迷蒙和神秘。直到龙眼干装入一个个木箱运出时,所有的人,脸上才会露出灿烂的笑容……

想到这的时候,恰好溪边有一阵凉风吹过,一下子把我从回忆中拉了回来。阿香笑着对我说:"你怎么啦?想起过去了?"我叹了口气,说:"是啊,我在想着三叔公当年焙制龙眼干的情景,一晃多年了,时间过得太快了!"

是啊,岁月流转,但总有一些人、一些事令我们依旧萦怀。只是眼前这一片果林里,倒显得格外静谧和淡定,好像什么事都不曾发生过。

朱谷忠,原名朱国忠。中国作家协会会员。著有《乡野情歌》《红草莓的梦》《朱谷忠散文选集》《走八闽》等10多部。现为福建省作家协会顾问。

烟火气的葱兰

◎ 欣 桐

似乎季节的更迭，常常是一种植物开花，或是从一片落叶开始的。

绵软的秋风，吹得路人已换上了薄衫子。今年秋的信使，仿佛是窗台上的那三盆葱兰。几时葱兰悄悄地开了，一朵两朵三朵……顶着洁白的花瓣，长长的茎就是叶，风中摇曳的小花，一开就簇拥成团，映在已有锈迹的铁栏杆上，远远地看，如同一幅剪影画。

葱兰是一种生存能力极强的植物，不仅耐旱还抗高温，所以，在南方的海岛，葱兰成为乡下石厝人家的一种日常——初秋时节，围墙上、院角边、水井旁，甚至废弃的老厝旁都会开满花。可能是一个缺角的陶罐，破了的搪瓷盆，或是一个塑料桶，这些都是栽花的容器。

有一回在乡下看到一户人家门口，居然用石臼栽了葱兰，那笨拙的石臼本是海岛人家，遇到节气时用来捶打地瓜制作美食"时来运转"的工具，乡下人家都搬到城里去了，这石臼上的葱兰，可能是屋主人当作药用栽种的，因为，在海岛上葱兰是治疗小儿惊悸的良方。

乡村的主妇们是生活的实践家，她们可能不懂这种植物的名字，在乡下都称它为"惊风草"。葱兰别名叫"玉帝"，能成为一味中药，因其性苦，具有平肝熄风，镇痉止痛的作用，主要治疗小儿惊风、疳热等功效。

所以，在渔村，盛开的葱兰，更多时候并不是用来观赏，而是源于生活所用。

如果谁家的小孩惊风了，为了快速降温，邻里乡亲往往就会在自家花盆里摘几根"葱花"，煎水，加一点糖给小孩喝下，然后再用新鲜的葱花捣碎成汁，在小孩的太阳穴上揉搓，在汁快干的时候换新的，很多病恹恹的小孩就这样变得活蹦乱跳了。

这个时节，走在平潭渔村，葱兰如同地瓜和花生一样普通，种子落在哪，就在那里生根繁衍。很普通的植物，似乎很难唤起人们的注目，唯有一些爱美的女生，肯为她停留脚步。

葱兰或许是寂寥的，就像走在雕栏玉砌的大观园，跟在凤姐儿、宝哥哥、林妹妹、宝姐姐后面的一串小丫鬟，忙忙碌碌却没有什么存在感。只是定睛一看，倒也有很多聪明伶俐、细眉细眼、容貌不俗的姑娘，嫁个好人家应该是个会过日子的巧妇，就像备受凤姐赏识，伶牙俐齿的小红吧。

小红是贾府管家林之孝的女儿，怡红院的三等丫鬟。

在《红楼梦》中那么多的丫鬟，小红与贾芸是一个最美好的结局，他们的爱情不是镜中花水中月，是建立在谋生的基础之上，二人都是先谋生，后谋爱。芸红二人，一样来自底层，一样挣扎着向上，一样被异样的眼光冷观，一样充满着追逐凡世的热情和生命力，爱情的种子必将在他们务实的努力下蓬勃生长。

葱兰或许和芸红二人一样谙知生存的道理，只需一点土壤，几缕阳光，无须打理，花期一到，它就静静地开满了花，因为有实用的中药之效，成为乡村驿路让人心生爱怜的植物……

晚上下起雨来，我走在窗台前，凝望着雨中翠绿的葱兰，有些恍惚，离开家乡数十载，童年时我曾在老家的院墙边种过好几盆葱兰，与童年挚友小芳和三妹一起种下的，匆匆几十载，每个人的生活都经历了风风雨雨，我的朋友可还像年年绽放的葱兰一样安好？

当相思树的花开满这十月的小城里，这样的夜晚，独自一人在家，我把葱兰的故事写在素白的纸上，想念故乡，还有老父老母……有些惆怅淡淡袭来，愿明年葱兰花开时，我能回故乡，与他们一起，呷酒摆龙门阵，于夜色中细细诉说曾经关于葱兰和光阴的故事……

孤兰生幽园，众草共芜没。虽照阳春晖，复悲高秋月。
飞霜早渐沥，绿艳恐休歇。若无清风吹，香气为谁发。

偶然读到李白写的一首诗，名为《古风·孤兰生幽园》，这写兰的孤寂，似乎来得太伤感，根本不像是那个豪放不羁的李白所写。原来，此诗大约作于李白应诏入长安的第二年秋天，此时由于高力士等人的挑拨污蔑，唐玄宗开始疏远李白，从而使李白渐渐感受到冷遇的凄凉。

或许，李白也如我一样，在流浪的岁月里，在秋风乍起的驿馆里，怀念起故乡的兰花……而他的故乡在四川，也是我的故乡……

欣桐，本名余小燕，中国作家协会会员，鲁迅文学院福州研修班学员。平潭时报社专副刊部主任，平潭作家协会副主席。著有散文集《指尖起舞》《萤火流年》《坛中日月长》，平潭民俗文化专著《行走海坛》《海坛掌故》《平潭行旅》等。

逆水船

◎ 练建安

一

闽西7月，色彩斑斓，山谷间层层梯田，粘稻粗壮、金黄，只待下月就可以开镰收割了。粘稻叫"八月粘"。

这是个鸟雀的欢快节日。山田里，鸟雀们似乎突然听得了什么动静，飞蹿半空，在另一处田间落下。它们不怕田头那些虚张声势的稻草人。

申时，红日西斜。达德看到，稻田上空清新而透明，悬浮着百十只飞翔的红蜻蜓。

达德是我家族人物。民国《武邑志》记载："清光绪二十八年，乡试中式。"

此时，达德背负行囊，行走在杭武交界的上丁径的山路上。他要参加每逢子、卯、午、酉年每三年一次的乡试。这个考试由福建布政使司主持，考试地点设在福州城，具体时间是八月九日、十二日和十五日。这就是秋闱了。

达德必须在天黑之前赶到上杭县城。第二日继续出发，辗转达到汀州府，汇合同仁，取道连城、永安，经沙溪过南平，入闽江顺流而下，走尤溪、古田、闽清、闽侯，抵达福州城，住宿安民巷汀州会馆，准备应考。

谱牒载，我远祖为"岐山侯"。不过，考查方志，却是世代务农，多代挑担。达德公25岁中秀才，连考三科，皆名落孙山，遂半耕半读。闲暇时，捡起祖传的担杆落脚，来往汀江边挑米挑盐。

汀江流域与东南沿海的商品交易，俗称"盐上米下"。米，大致为木材土纸山货稻米；盐，是海产品的统称。

达德幼失怙恃，与年迈多病的老嫘驰（祖母）相依为命。此番赶考，正是老嫘驰再三催促才成行的。眼看秋谷登场，家里缺人手，他不想再考了。老嫘驰说，三满啊，俺昨晡发梦，你考中了，敲锣打鼓的，好热闹哟。

今晡凌晨，老嫘驰焚香祷告，惊动了抱窝的老母鸡，咯咯啼叫。老嫘驰着惊，重重跌了一跤。

老嫘驰歪斜摇晃，端来一碗热气腾腾的河田米粉，卧两颗荷包蛋。天色明亮，一缕阳光透过木窗射入屋内，灶间空气中飘浮着颗粒灰尘。达德怔了一会儿，动起竹筷。

达德走在出村的石砌路上，孤零零地往上杭方向去了。他不敢回头，他不忍看到老嫘驰矮小佝偻的身影。

半山亭内，达德遇上了他的少时玩伴石桥妹。石桥妹是粗汉，挑担为生，兀自和一群挑夫歇脚。达德趑趄不前，想闪开。石桥妹叫住了他，三满，长袍马褂的，赶考呀？达德羞红了脸。

有挑夫说,三满呀,你力气大,还是挑担稳当呀。达德支支吾吾的。石桥妹从自家的藤饭包里掏出一颗咸鸭蛋,塞在达德的手里,说,圆圆满满的。达德鼻子一酸,道声谢,扭头出了茶亭。

山行大半天,口渴,山弯有一泓清泉。达德蹲身掬水,喝了几口,忽听背后清脆乡音:"甘泉清冽,痛饮可也。"达德回头,就看到了一位二十出头的翩翩公子,绫罗绸缎,折扇轻摇,身边是一个挑书箱的书童。达德起身拱手:"兄台也是前往上杭城吗?"公子说:"早听闻临乡有达德仁兄,也要赶考,莫不是阁下?"达德嗫嚅:"不敢当,凑数的。"公子大笑:"在下罗耀文,也凑个数。"

罗耀文是个神童,8岁妙对惊倒业师,10岁熟读四书五经,13岁考中秀才,为全邑案首。怎么也科场蹭蹬?罗家豪富。传说,林木连山,多过武邑人家饭桌上的竹筷。

他们结伴而行。一路上,罗秀才兴致很高,吟诗作对。达德只是憨笑,不敢多言。

书童挑担,落在最后,见达德灰布长衫有几块长条形补丁,也吟诗了,道:"不知细叶谁裁出,二月春风似剪刀。"达德知道这是大唐越州人贺知章的诗句,前两句是"碧玉妆成一树高,万条垂下绿丝绦"。《唐诗三百首》就有。秋七月,也不是吟柳的时节呀,什么意思?罗秀才喝道:"顽童,不得无礼!"书童嬉笑。折扇重重地敲打在头上。书童哎哟一声,噘着嘴。达德额头渗出汗珠,见状,苦笑。

傍晚,他们来到了水西渡。这是汀江中游的黄金水路码头,

逆水船

船帆云集，沿河岸摆满了客家风味小吃。罗秀才在"邱记兜汤"的竹棚前停住，拣一张擦洗的木纹雪白的干净条凳坐下，高叫三碗牛肉兜汤。

新鲜牛肉片，以地瓜粉勾芡，入滚水煮熟，佐以姜丝、葱花诸调料。牛肉片悬浮于肉汤中，"兜"住了，是为兜汤。

店家很快就将三大海碗的兜汤端了上来。罗秀才对达德做了个"请"的手势，埋头呼呼喝开了。

书童不敢与秀才对坐，肉汤"兜"在手中，站着喝。

达德皱眉闭目，做头痛状，一手伸入暗袋，摸捏着铜板，迟疑不决，喉结上下搐动，满头大汗。

罗秀才喝完一碗，抬眼见达德一动不动，说："达德兄，喝吧，给个面子，不就是一碗汤嘛。"

当达德慢慢地喝光那碗兜汤时，罗秀才也恰好喝下了第二碗。结账，走人。罗秀才直起身，撑得步履虚浮。

夜宿临江客栈。

清晨，篷船逆汀江上行。

达德原拟沿江走山路。罗秀才说，包租的船，空余也是空余，同赴乡试，路上好有个伴。

船行江上，秋水清浅，船速略为迟缓。罗秀才与达德各自温书。到饭口了，达德婉言谢绝了罗秀才的盛情邀请，说是要自开伙食。达德躲在船尾，吃起薯包子和咸鸭蛋。他说，咸鸭蛋好，圆圆满满的，讨个吉彩。

夜宿七里滩。

深林寂静，江流有声。

月色透入船舱。达德感觉到大家都熟睡了，爬起来，打开包袱，取出一个小土罐，将里头的豆腐渣细心地塞入咸蛋壳。

罗秀才耳尖，睁开了双眼，侧转身，蜷缩在被窝里，鼾声起伏。

天亮了。汀江薄雾茫茫。船开了，继续上行。

书童熬好了大半锅河鱼米粥，遵东家之嘱，盛上一碗，递给达德。达德摇摇头，伸手探向包袱，却摸出了鹅卵石，窘了，再摸，就摸出了那颗咸鸭蛋，笑着说："多谢小哥，俺就好这一口。"罗秀才笑笑，叫书童不必勉为其难。

篷船出杭川官庄，就到了临汀的羊牯寨，过鼋鱼湖、白头潦、梅栖角，靠近羊角溪。此时，又是落日黄昏了。

罗秀才放下闲书《梁野散记》，说："船家，就在此地歇息过夜吧。"

"状元郎，万万不可。"

"为何？"

"有山匪。"

"哈哈，朗朗乾坤，怕什么山匪？"

"他是游山虎。"

"白额吊睛虎又如何？船家，莫不是短了你船钱？"

船头师傅这就不好多说话了，招呼船尾师傅将篷船停泊在枫树河湾。

落日熔金，枫叶似火，江水清清浅浅，沙洲上连片芦苇，荻花随风起伏飞扬。

空中一行秋雁。

"晴空一鹤排云上,便引诗情到碧霄,分明是唐诗,为何叫《秋词》呢?达德兄有何高见哪?"

达德苦笑:"在下不才,不识其中玄机。"

说话间,上游一只大篷船疾驰而下。

船头师傅双膝颤抖,说:"来啦,来啦……"

"砰!"两船碰触。

剧烈摇晃,篷船稳住了。

来船舱里,钻出一条大汉。

大汉说:"哪位是罗大少爷呀?俺家寨主有请。"

罗秀才挺身而出:"俺就是罗某人。"

"寨主有请。"

"可否归途拜访贵寨?赶考哪,兄台见谅。"

大汉提起铁竹篙,猛力插入江中,提起,竹篙尖上,挂着一条泥鳅。

"见面礼。你莫要嫌弃。"

铁竹篙往前一递,抵近罗秀才的胸口。

汀江多险滩,洪水期,风高浪急,载重船只时或出事。民谚说"纸船铁艄公",意为撑船师傅功夫高强,坚韧如铁。其实,铁艄公手中利器,就是这把铁竹篙。

往年,艄公竹篙在激流中撑击水底石礁或岸边石壁,竹篙头开裂,一裂到尾,其势破竹,竹片断折,危急万分。有聪明艄公想出办法，打制铁箍，套入竹篙头，铁箍尖为尺把长铁钎，形同尖刀。

现在，这把尖刀，在罗秀才的胸口。

岸上，传来孩童哭喊"鹞婆鹞婆"之声。

鹞婆，客家话，就是猛禽鹰隼。

秋日稻田，有家禽觅食。鹰隼盘旋俯冲，叼走了一只大公鸡。

"啪！"

飞石破空，快如闪电。

"啪嗒。"

鹰隼栽落大篷船头，在大汉脚前挣扎。

大汉目光停留在达德身上。

达德斜倚舱门，虚握右拳，似笑非笑。

倒转铁竹篙，点水，大篷船离开了。大家看到，两边船舷，左右各自伸出九支船桨。

罗秀才擦了把冷汗："船家，快，快走！"

船头师傅掏出烟杆，慢悠悠地说："游山虎的人，不会再来啦。"

"为何？"

"他就是游山虎。"

二

夜宿枫树湾。

逆水船

初十二，宜祭祀、裁衣、合帐、冠笄，忌掘井。

晨，汀江白雾茫茫。

民谚说，春雾雨，夏雾热，秋雾凉风，冬雾雪。民谚还说，白雾晴，灰雾雨。这是一个凉风天，也会是个大晴天。

晨雾里，篷船逆水缓缓上行。

昨日历险，罗秀才不知是达德出手相救，他只看到山匪的大篷船突然退去，迅速消失在视线中。为什么？他百思不得其解。他想起了浩然天地正气，邪不压正。

达德还是老样子，吃薯包子，搭配咸鸭蛋。闲暇时，就躲在船舱的角落温书，一本旧书，翻了又翻。

朝阳映照江面，沙洲芦苇蓬蓬勃勃。

罗秀才诗兴大发："蒹葭苍苍，白露为霜。所谓伊人，在水一方。溯洄从之，道阻且长。溯游从之，宛在水中央。"

罗秀才声情并茂的吟唱，没有得到应有的回响。回答他的是船家艄公划水的哗哗声："哗……啦。哗……啦。哗……啦啦。"

罗秀才觉得兴味索然，掀开竹帘，踱入船舱。"兄台看《金瓶梅》吗？"达德羞红了脸，亮开书皮。"哦，《百家类纂》，倒是制艺必读之书。不出去走走？"达德摇摇头。"在下携有《四书集注》，要看吗？"达德还是摇头。罗秀才笑了："兄台不会是被山匪吓傻了吧？"达德咧嘴一笑："那个大汉真的是山匪吗？"罗秀才拍拍达德的肩膀，顺手牵条靠背竹椅子，走出船舱。

罗秀才坐在船舱外，看沿江风景。

顾祖禹《读史方舆纪要》记载："天下之水皆东,惟丁水独南。南,丁位也,以水合丁为文。"道出了汀江名称的由来。

汀江发源于武夷山脉南端宁化县境内木马山北坡,流经宁化、长汀、武平、上杭、永定五县,在广东大埔三河坝与梅江、梅潭河汇流后称为韩江。韩江穿行粤东山地丘陵及潮汕平原,注入南海。

千里汀江韩江,六成流经闽西,沿途百十条大小溪流相继汇入,得此助力,更是波澜壮阔。

光绪壬辰进士、长汀人康泳《漫斋诗稿》有诗《由汀往潮舟中作》："盈盈江水向南流,铁铸艄公纸作舟。三百滩头风浪恶,鹧鸪声里到潮州。"

汀江多险滩。古志记载,从汀江回龙至永定峰市的百十公里水路,就有险滩七十余处,特别有字号的就有:龙滩、乌鸦颈滩、濯滩、白石滩、栖禾滩、目忌滩、七里滩、大磴滩、小磴滩、锅峰滩、三潭滩、伯公滩、剪刀铰滩、上埔滩、下蓝滩、乌虎滩、歧滩、高枧滩、张滩、高车滩、马滩、拖船滩、上徐滩、下徐滩、奢钩滩、大沽滩、长丰滩、新丰滩、南蛇滩、小沽滩、大池滩、穿针滩、马寨滩、小池滩、折滩、虎跳滩、猪妈滩、棉花滩、吊滩、竹篙滩。

罗秀才听闻过许多汀江险滩的故事,"南蛇相会"最为奇异。

南蛇渡位于汀江下游,在上杭县下都乡豪康村往西北。南蛇渡口下游百丈以外,便是汀江著名险滩——南蛇滩。这里,江面看似平静,却暗流湍急,深水处有巨石盘伏,酷似南蛇,

逆水船

"南蛇渡"因此得名。这里时常出现怪异现象，此时碧空明朗、万里无云，陡然间，狂风大作，波涛汹涌，浪高达数尺，逆涌而上如万马奔腾。片刻之后，巨浪消失，狂风也停止了，江面恢复平静。这就是"南蛇相会"，又称"南蛇作浪"。南蛇渡是设有圩场的，乡人赴圩，就要在这里搭船过渡，谁也不知道什么时候南蛇相会，一旦发生，后果堪忧。当地老百姓就集资在岸上建了一座龙文馆，期望庇护安全。

《上杭县志·山川志》记载："汀江南蛇渡，滩下有巨石似蛇，勿一日当夏午盛暑，天无片云，陡然浪高数尺，逆涌而上，舟悉离异，人争惊呼。"道光己亥科上杭举人薛耕春作《南蛇渡歌》云："青天无云浪忽翻，滩波逆上狂风助。"

汀江险峻，其大规模的通航，是宋嘉定六年（1213年）以后的事。地方史志记载，宋嘉定六年，汀州知事赵崇模奏请漳盐改潮盐，整治汀江航道，潮盐经峰市转上杭。宋端平三年（1236年）长汀知县宋慈整治汀江，炸石辟七滩，汀江上游可通航至回龙。明嘉靖三十年（1551年）汀州知府陈洪范炸开回龙滩，至此，汀江全线贯通。

汀州龙门到上杭县城的一段水路，为汀江上游。濯田河、南山河、涂坊河、刘坊河、铁长河、郑坊河、七里河相继流入。

两岸村落，竹林掩映，升起了袅袅村烟。

大清朝龙旗飘摇，内忧外患，闽粤赣边，有多股强人聚啸山林。那游山虎，不过是其中的小喽啰吧。面对险恶，自家凭借浩然正气，斥退强敌，实属侥幸。书童弱小，船家力薄，这些都是情有可原的。那个达德，表面看来是身强力壮，却是如此胆怯，躲在后面不敢出头，见义不为，圣贤之书读到哪里去啦？也罢也罢，人各有志，不必勉强。可是，覆巢之下，又岂有完卵？

罗秀才思绪缥缈，难以抑止。

"哗……啦。哗……啦。哗……啦啦。"

船头师傅摆动铁竹篙，极有章法。罗秀才注意到，左左右右，与船尾师傅配合得严丝合缝，找不出半点破绽。

这个很有意思。

这船头师傅，人称邱佬。上杭"邱半县"，极言邱姓人多，并非说邱姓人丁为全县人丁一半。此犹如武平称"钟半县"。叫邱佬的，多了去啦。

大哥早在半个月前就预定了"泰顺"行的这家篷船。不料，老熟人"旱水獭"临时身体不适，就换了邱佬为船头师傅。这个邱佬，常年行船潮汕，也是前几天刚刚返回家乡。他的家乡话，一点也没有变，讲得呱呱叫。

邱佬是精细人。

昨日，罗秀才写好书札，着书童收拾。

罗秀才的"文房四宝"中，特别得意的是一支产自浙江吴兴县善琏镇的正宗羊毫小楷笔，有黑子，尖齐圆健，书写极为顺手。一般人叫湖笔，罗秀才却称之为"湖颖"。他告诉书童，这"湖颖"大有讲究，其毛取自山羊颈腋之下，一头健壮山羊身上只有四两笔料，带"黑子"的，不过一两六钱。唐大诗人白居易说"千万毛中拣一毫"。罗秀才说，工欲善其事，必先利其器。博取功名，就全靠"湖颖"仁兄鼎力相助啦。

今晨，书童一改常态，显得忧心忡忡。他的目光在篷船内外扫视，似乎在寻找什么。船头师傅邱佬问他找什么，书童说，没什么，很少坐船，看个新鲜呗。

做饭了，邱佬叫来书童往泥炉添柴，悄悄地把一个笔套塞入书童手中。书童高兴得差点跳将起来。他丢失的物件，正是"湖颖"笔套。笔套虽小，护笔关系重大。罗秀才若知此事，还不用折扇敲破他的脑袋呀。

经此事，书童就甜甜地叫唤邱佬为阿邱伯了。

船行浅滩。江水清澈，时或有红叶载沉载浮。江底多沙石，堆拥两岸。有一群河鱼顺流而下，日光下，闪闪发亮。这些鱼，是倒刺鲃。乡人叫鲃子，游速快，难以捕获。

邱佬高喊："鲃子哪！"

船头、船尾顿时铁竹篙一齐挥舞，击打水面。忙活了一阵子，总算是有所斩获。

达德看到，邱佬的竹篙铁钎上，插着三条鲃子。不错，是三条一串。

看似毫无章法，却是一箭三雕。

此乃强敌。

达德一手伸入了暗袋。

邱佬话语带笑："状元郎，当昼喝鱼汤哪。"

当昼，闽西客家话，就是正午。

罗秀才说:"贪食误事。快快开船!"

船行江上。

红泥炉,炭火,铁锅。

河鱼,豆腐,葱花,姜末。

又开饭了。

达德躲在船尾,津津有味地吃他的薯包子和咸鸭蛋。

他好像是真的特别好这一口,吃食的动作幅度很大,咂嘴出声。

书童说:"少爷,要送吗?"

罗秀才笑笑:"各人有各人的口味,免了吧。"

就餐毕,篷船又出发了,一路无话。

入夜,篷船停泊濯田。

濯田是汀江上游古镇,有濯田河汇入汀江,此河长达百二十里,大小支溪一百六十条,密如蜘蛛网。

船家守船,达德推说不习惯住店,也留下了。书童挑书箱,随罗秀才上岸,入住客栈。

次日,补充给养之后,篷船上行。

水路漫漫,过兰坊、巫坊、义家庄、肖屋,三洲遥遥在望。

"哎哟,少爷,不好啦,紫玉光不见了!"

紫玉光是宝贝,徽州歙县贡生曹素功"艺粟斋"徽墨极品。其坚如玉,其纹如犀,一点如漆,万载存真。相传康熙皇帝南巡时,康熙帝特赐紫玉光名号。罗秀才托人重金购得一锭,珍如拱璧,单等乡试派上大用场。

罗秀才扔下书本，急忙问："你说什么？"

"少爷，紫玉光不见了！"

罗秀才顿时感到一阵眩晕。他想起了五天前的事，武邑县城老友李半仙给他起了一卦，判曰："凤凰过小河，此去多风波。金榜不题名，失却紫玉光。"李半仙神算，闻名闽粤赣边。问他如何解释，李半仙神态严肃，说："天机不可泄露也。"罗秀才不敢造次，一再叮嘱书童，宁可失去万两黄金，也要看紧文房四宝。不料，怕什么来什么，紫玉光不见了。

邱佬明白事态严重。行规有言，船不漏针，店不失货。客人宝贝在自家篷船丢失的消息，一旦传扬出去，这汀江韩江上下千里，就再不会有他邱佬的立身之地了。于是，邱佬发狠，提出搜船。

篷船是你家的，你爱搜就搜吧。

晓事的都知道，那是项庄舞剑，意在沛公。

谁是沛公呢？

里里外外搜查，梳理了多遍，就是不见紫玉光的踪影。

"金榜不题名，失却紫玉光。"这不是胡说八道吗？达德很不以为然，移步坐在船头看书。

"达德先生，达德先生。"

"哦，是船家，有事吗？"

"可否让小的，看看您的包袱？"

"瓜田李下的，确实说不清。你先过来搜身。"

"不敢。不敢。"

"过来。搜！"

达德站立船头，张开双臂。这邱老还真是个细心人，达德浑身上下，连发辫也被精心摸捏了两遍。

一无所获。

达德说："打开包袱吧。"

邱佬疾步上前。

打开包袱，有一套换洗衣服，十余两碎银子，一把铜钱，两本书，一颗咸鸭蛋，一个土罐子。

"船家，休得无礼！"罗秀才见状，大为不悦。

"状元郎，跳入汀江也洗不干净呀，您就可怜可怜俺吧。"邱佬带有哭腔。

达德说："是俺让他搜的。不碍事。清者自清，浊者自浊。"

邱佬说："达德先生，可否让我查看一下土罐？"

达德说："为何？"

邱佬说："随便看看。"

达德说："不可。"

邱佬说："俺非得要看呢？"

达德一字一顿："你试试看。"

邱佬倒退两步："不敢，不敢。"

罗秀才拊掌大笑："达德兄哪，不要与船家一般见识，不就是一锭微墨吗？什么紫玉光不紫玉光的，胸中有墨水，下笔有文章。不过，在下倒是愿意出价百两纹银，赎回此物。"

达德收拾好布包："百两纹银吗？"

罗秀才喜上眉梢："正是，决不食言，有银票在此。"

达德推开罗秀才持银票的双手，说："寒生眼拙，恕不奉陪了。"

说完，达德瞅准一块江心礁石，跳上去，三跳两跳，上了江岸，片刻不见踪影。

罗秀才看呆了，喃喃自语："这位兄台，真人不露相，看样子还会一点功夫呀。"

三

达德走了。

罗秀才有些失落与感伤。他之所以拿出百两银票，是想借此"引蛇出洞"，种种迹象透露，船家最为可疑。他深知达德此人淳朴，不该是"偷盗"之人。他那土罐子装有豆腐渣，是他的面子，绝不可戳穿。不料，达德误会了。其实，汀州城罗记木纲行，尚有一锭同款紫玉光。李半仙断语提醒了罗秀才，五日前，他就留了一手。

篷船开拔，逆水上行。

"你有情来呀俺有意啊，毋怕山高啊水又深哪。山高自有喂人开路呀，水深还有喂造桥人哪。"

船头师傅邱佬唱起了山歌，嗓子实在不咋的，颇为刺耳。

罗秀才说："船家，你喝酒啦？看看人家船尾师傅。"

确实，船尾师傅撑船技艺娴熟，吃苦耐劳，一路上，赤脚葛衣大斗笠,沉默寡言,安安静静的,你甚至感觉不到他的存在。

邱佬赧然一笑:"好,好啊,不唱啰。"

过小潭、陈坑、河田、桥头坑、大塘背、排里、河龙头,很快就要到达汀州城郊的石燕岩了,汀州卧龙南屏山遥遥在望。

这一河段,临近汀州城,下行船排渐渐增多。邱佬挥动铁竹篙,小心翼翼地回避来船。

一只装载土纸的篷船顺流而下,它的船头师傅对邱佬打了个"噢嗬"。

长路难行,途中寂寞的人,会忍不住打一个"噢嗬",以求得同行者响应。

"船家,你可认得此人?"

"不晓得。"

"怪人。"

"怪人。"

日近黄昏,篷船越往上行,沿岸树木越是繁密,而船排越是稀少。

石燕岩下,篷船停了下来。

邱佬蹲在船头,掏出旱烟杆,装上一锅,火镰取火,吧嗒吧嗒吸烟。他不走了。

罗秀才问:"为何不走了?"

邱佬吞吐烟雾,不理睬他。

罗秀才:"说吧,要加多少银子?"

"嘭,嘭嘭。"

逆水船

邱佬只顾将旱烟杆敲打船舷，清理烟灰，还是不理睬罗秀才。

罗秀才提高了嗓门："你们想干什么？"

"罗大少爷，你说呢？"说话的是船尾师傅。也不知道什么时候，他悄然来到了船头。

船尾师傅取下斗笠。罗秀才看清，他长着一张清秀的脸，目光炯炯。

船尾师傅伸出一只拳头："罗大少爷，猜猜看，里面是什么？"

罗秀才："无聊。"

船尾师傅："怎么会是无聊呢？"

罗秀才："无聊之极！"

船尾师傅摊开手掌，掌心赫然有一锭徽墨——紫玉光。

"狗贼！"

书童扑上前去。

邱佬摇动铁竹篙，拍在他的肩窝。

书童不能动弹了。

"阿邱伯，您，您……"

"想活命，你就闭嘴。"

罗秀才的前额，冒出了冷汗。

船尾师傅说："大少爷，俺有一事请教，有人说，徽墨，徽墨，坚硬如铁，是不是啊？"

罗秀才说："其坚如玉，其纹如犀，一点如漆，万载存真。"

"哈，哈哈。"

船尾师傅笑了，握拳，运劲，张开手掌。

紫玉光化作一堆粉末。

江风吹过，粉末飘散，带着阵阵馨香。

罗秀才脸上大变："你，你是谁？"

邱佬吸足了烟，站起，走过来，说："状元郎，朗朗乾坤，你是不怕游山虎的，他就是。"

船尾师傅说："可笑啊可笑，世人皆知鹧婆寨的威名，可是，谁又能料到，临近汀州府的石燕岩，也是俺们家的山寨呢？大少爷，烦请移步，请吧。"

石燕岩林木深处，有偏僻石洞。石洞深广，重重设卡。罗秀才和他的书童，黑布蒙眼，反绑双手，被"礼请"到了这里。

揭开黑布、松绑，罗秀才险些跌倒。

邱佬说："状元郎，贵府是武邑首富，连山林木，赛过武邑百姓饭桌上的竹筷。您的亲大哥在汀州城就经营打理了罗记木纲行，上半年就有十五批木排下潮州，收入不下两万两纹银。俺也知道您要到福州城赶考。兄弟们不是要吃饭嘛，俺不误您的大事，就向贵府借一万两吧。这也是俺们家寨主的意思。您看怎么样？"

罗秀才沉默。

游山虎说："修书一封。此地往汀州城，快马来回，也不过半日行程。钱到放人。误不了你们赏月聚会。否则，道上的规矩，你是懂的。"

武邑考生于七月十五日聚会汀州会馆，赏月吟诗。然后，结伴同赴省城。这些情况，看来，也被山匪打探清楚了。可见其蓄谋已久。

罗秀才说："家家有本难念的经哪，大王可知罗某家事？"

游山虎冷笑："岂能不知？你家老爹早年在两江做官，致仕还家。你并非嫡出，是庶出。兄弟两人，大姊远嫁梅州。你大哥怕老婆，你那大嫂的娘家系本县名门望族，泼辣得很。你是罗氏家族状元郎，是要光宗耀祖的。你大哥大嫂纵是对你有小九九，也断断不敢让俺们撕票，开罪族人。俺们要一万两，不算多。"

罗秀才长叹一声，答应写信。

书信是由邱佬与书童同骑一匹快马送去的。书童的作用，是证实事态的严重性。入夜，掌灯时分，汀州城武邑木纲行的深宅大院里，罗总理客气地接待了邱佬这个山上来的特殊客人。他看过老弟的来函后，入内室与妻子商议，商议的结果是近日现金不足，先付一半五千两，恳求放人，下月派人上山，补足余额。罗总理说，若是鄙人言而无信，得罪了大王，八百里汀江水路，就是处处陷阱。生意，就不要做了。

这老大的用意多半是借刀杀人，独吞家产。邱佬佯装不知，当即收下五千两银票，留下书童，趁月色快马加鞭赶回石燕岩。

游山虎验看银票，觉得其中有诈，押解罗秀才，率一干喽啰即刻转移。

石燕岩山脚，是大山坳。

月色朦胧，山风飕飕。

游山虎似乎听得动静，人马急停。

"啪！啪！"两块飞石打中罗秀才左右膝盖。

"哎哟！"罗秀才尖叫一声，扑倒在地。

忽听弓弦声连声骤响，箭似飞蝗，从四面八方攒射山坳。

箭响，叫喊声。

叫喊声，箭响。

狼藉遍地。一切都平息了。

火把齐明。汀州府快班铁捕头率上百名捕快持刀围聚山坳。

达德飞奔，抱起罗秀才。

火光中，罗秀才流下了热泪。

练建安著《客刀谱》记载："闽粤边界有两村，世代通婚。正月初三日，上午亲家，下午冤家。上午两村互访，庆贺新年。下午，酒后各自返回，隔河飞石大战，多有伤者。此习俗沿袭数百年。盖源于此地兵凶战危，家族结寨自保，苦练武功。又谓两族祠堂为虎形象形，虎象相争，不斗不发。"

达德为飞石高手，禁止出场。

练建安，中国作家协会会员，福建省传记文学学会创会副会长，《台港文学选刊》主编。出版《八闽开国将军》《千里汀江》等专著，获中国新闻奖副刊编辑奖、福建省重大文艺创作项目库最佳剧本奖等奖项。

山海为怀

◎ 陈章汉

山雍雍兮鉴水而慧，水穆穆兮觐山而苏。山水的这种投合与共融，在山海之间，更见其壮怀激烈。望中的平潭岛，是陆地的延脉，也是大海的花边。山与海的骄子，注定要以山海为怀。

这个"怀"字，让我想起汉服。什么叫"关怀"？"汉典"的解读是：爱在左，同情在右，中间一排布扣，别名就叫——关怀。在海峡间穿缀的大小岛屿，不就像美丽的布扣，把天地、日月、山海、古今、冷暖、春秋，统统"关"进"怀"里，靠近脐眼，也贴近心脏。

心安处，即是家。在东海之滨偏安亿万斯年的海坛，是精卫填海的"五色石"中的小小个案，对岛上生民来说，却是他们命里的全部。山海把他们的原乡拥进怀里，他们也把山海连同美丽岚岛，一并搂入怀中。包括海上的片羽片帆，包括岛上的一沙一石。

此类故乡情结的投影，最有滋味也最不可捉摸的，是被称之为"掌故"的一宗。所谓掌故，用"汉典"语言表述，可说成：

文脉所掌的经典诸事。其所涉及的至少有：文脉、诸事、经典之属。要掌握此间的子丑寅卯甲乙丙丁，不是恶补所能解决，必得亲力亲为，或亲闻亲见，长期濡染，执意钩沉。

作家欣桐，竟敢执此事之牛耳。未斗其胆，先潜其心。四川姑娘，没咬什么牙，就整个嫁到海坛上来。斯文与命脉的可持续发展，在这岛上一揽子解决了，可谓七分悲壮，三分决绝。这不，《萤火流年》《指尖起舞》先后问世，《平潭行旅》方入襁褓，《海坛掌故》又将临盆。古今多少事，都付笑谈中。欣桐不敢笑谈。恰就这"古今"二字，她可是紧握不放——"往古来今""灿古烁今""贯古通今"。玄妙在此，玄机也在此。怯怯小媳，只有匍匐的份，焉敢等闲视之！

往古来今者，指平潭历史。没有厚实的古，哪有丰稔的今？于是东家进，西家出，寻寻觅觅，以人为鉴。

灿古烁今者，指平潭文化。没有精彩的古，哪有辉煌的今？于是字里找，行间求，孜孜纥纥，以史为鉴。

贯古通今者，指平潭精神。没有兼容的古，哪有起蛰的今？于是风里来，雨里去，风风火火，以心为鉴。

记者兼作家，有着双重的难度。倘做得好，也就有双份的斩获。欣桐累于斯，也乐于斯，至少毕其功于两役：钩沉，弘扬。所谓"新闻眼"，必得一是一，二是二，忠于事实。所谓"文化眼"，则是一何尝一，二岂止二，形而上别出机杼。在具象与抽象的两端，欣桐疯跑得辛苦，拿捏得卖力，其收获也便可圈可点，见其"双栖"功力了得。如此的陀螺转，却愣是瘦不下来，把她急的。最怵有人当面夸她：海坛伙食不错。

在长风荡荡、内涵无限的山海怀里，成人、成业、成文、成家，那是何等的福分！反过来，能以山海为摇篮、为怀抱、为境界的参照，心灵必加倍的壮阔，人生必分外的豪放。披阅欣桐的文字，你会读出海天的那片柔蓝，也会察及山石的那份坚执。文如其人，庶几见得。而唯其刚柔相济，天人合一，文脉传承，生态平衡，方才载得动如许春秋几多梦。不是吗？

（本文为《海坛掌故》序言）

陈章汉，1947年生，福建莆田人。1982年毕业于福建师范大学中文系。曾任《福建青年》杂志副总编辑、副社长，福建省写作学会副会长，福州市文联主席、党组书记。中国作家协会会员。著有散文集、特写集、美学随笔、文化随笔、生活随笔、报告文学集、长篇报告文学、长篇儿童文学等，另有电视作品、诗赋作品、歌词作品、书法作品等。曾获全国优秀社教电视专题一等奖、国产音像制品特别奖、优秀广播节目一等奖、外宣作品金桥奖特别奖、教育类图书一等奖、金钥匙图书一等奖，并四度获福建省百花文艺奖，五度获福建省优秀文学作品奖。

克 拉

◎ 唐 希

"克拉"是一条狗的名字。二十几年前，在闽赣交界的乡村里，我替它取了这么个洋名字。

记得下乡头几天，堂嫂外出归来，不知不觉中跟回了一只小灰狗。小狗沿着屋侧的小斜坡半爬半滚地从村道上来到门前的土坪上。松鼠灰色的小狗娃娃不停地围着堂嫂的双脚打转转，跑几步打一个滚，短短的小腿让圆滚滚的肚皮贴着地面。一双黑溜溜的圆眼睛抬起头乞求似的望着人们。我伏下身友善地伸出了手，小狗认认真真地舔起了这双陌生的手。堂嫂见它可爱便分了点熟地瓜皮给它吃，从此不再离去。饭后，厚道的房东黄大婶抱着小狗与堂嫂一起来到村里，挨家挨户地问，谁家丢了小狗娃？没有。穷怕了的黄大婶信了民谚"猫投穷，狗投富"。难得出个好兆头，于是说好了她与嫂子两家人合养这只狗。

乡村的狗从来没名没姓。它投到了下放干部的家就必须有所不同。我翻出肚子里的臭墨水要给它取名字。不知怎么的特别喜欢苏联小说《叶尔绍夫弟兄》里一个娇小女工程师的名字——伊斯克拉。在俄语中是"火花"的意思。于是小狗就成了村里唯一有洋名字的狗。

没几天，我迁到村西头自己插队的生产队里住下，偶尔有事才到兄嫂家。每回听到我的声音，"少儿狗"伊斯克拉总是三步并做两步摇头摆尾上下跳着向我跑来，用舌头舔着我的手和脚，特别爱寻找烂泥田里蚂蟥吸过的伤口，有一次居然从我脚上舔下一只暗藏着的血红的大蚂蟥。它爱用牙咬我的裤管，极度高兴地表现着它的热情。只有我放下手中的事儿，抱抱它、摸摸它，它才会渐渐地平静下来。

千百年来，乡村人都用一长串"噜……"声来呼唤自家的狗。房东大婶却一改旧习，学着用洋名叫它，可舌头总是转不过弯来，于是将"伊斯克拉"喊成了"克拉"，落得个简明嘹亮的效果。

那年头山里很穷，没有肉骨头让它啃。通常农家的狗只是在主人喂猪时以偷袭的方式抢几口猪泔，在听到女主人的"噜"声时，赶回家去舔小主人的屁股。我们设法给克拉备了一个专用的碗，尽量带点好吃的东西给它，试图用茶水灌它喝，希望它能改一下乡村狗的陋习。可是每一回我抚摸它，看到它张开的口中牙缝里黄色的残留物，便感到一阵难受。我知道它是改不了的。

尽管生活艰苦，克拉依然茁壮成长。有一天，我蹲在草地上看嫂子养的小番鸭。突然感到身后似有一阵风在骚动，一团热气冲我而来。回头一看是一条大狗将前肢架在我的肩上长长地伸出舌头要舔我的脸。啊，是克拉。几月不见当刮目相看。

它长高了，伸长了，换毛了，连嗓音也变了。而且有了"姑娘狗"的性别特征。长长的腿，细细的腰，紧缩着的肚皮，鼠灰色的短毛油光发亮紧紧地贴着修长的身躯，出落得一个"狗美人"。村里自作多情的公狗们常常会围着木屋转来转去。"少女狗"克拉在与它们嬉戏追逐的同时常常会龇牙咧嘴地发出不情愿的叫声。房东大婶也很逗，每当这时她会举起扫把或扁担冲将出来。自命风流的公狗们夹着尾巴跑了。克拉便会朝天大吠几声，是得意？是嘲讽？还是惋惜这未了情？

秋天，黄大婶的女儿回娘家，带回了一只深棕红色的老公狗，蓬松的长毛下有一张威严的脸，不热情却很稳重。看得出来克拉对它非常信任，且一往情深。在朝夕相处的几天里黄大婶没有用扁担打断它们的姻缘。冬天克拉生下了三只小狗，一只松鼠灰的、一只花的、一只棕红色的。

哺奶期的克拉非常邋遢，零乱蓬松的皮毛失去光泽粘着食物，耷拉着一排乳头，眼角还挂着眼屎，见了我只是低低地摇几下尾巴算是没情绪地问个好，连碰也不敢碰我便自知没趣地回到柴火堆旁的窝里去。我喜欢克拉的孩子们。想起了房东大婶与嫂子合养的话，很想一个月后讨一只去养。

不到一个月正是墟日，克拉突然出现在我的住房楼前的田地里，躁动不安地叫着，远远地冲我的窗口发出求救般的哭泣。村里家家户户养狗，狗有自己的领地，克拉进不来。在众狗的狂吠中克拉依依不舍地夹着尾巴回去了。原来，那天房东大婶偷偷地将三只小狗抱到墟上卖了，为了给黄大伯买药。

从此，克拉对谁都不热情，变得冷漠。连叫声都带着沙哑。冬闲时我借得一支鸟枪领它去散心。没经过任何训练的它，一见我发现目标便会蹑手蹑脚地贴着草丛前进。可惜我不是猎人，不是驯兽师。我无法教会它什么。

在春寒料峭的一个早晨，下放干部集中开会布置春耕工作。克拉不见了，几天没回来。有人偷偷告诉我，克拉被房东家杀了，大概是大伯的病要狗肉来医。

那年头，克拉的洋名字并没有给它带来与众狗不同的好运；它的到来，也没能改变黄大婶一家贫困的生活……

（原载《家园》1995年）

唐希，1947年生，福建福州人。曾任《生活·创造》采编与设计人员，《榕树》编辑部主任，《家园》杂志副社长、副主编、执行主编，福州市作家协会副主席，福州市摄影家协会副主席。著有小说《告别知青路》《梦游》《一个女知青的四个本命年》等。

说　刀

◎ 练建安

　　现在昂首挺立于你面前的是一把沉重的锈迹斑斑的青龙偃月刀，从它剥落的铁锈中，你会感觉到一种威慑心魄的力量，这力量是冰冷冷的杀气。没有人告诉你这把刀是谁的，也不知道它打哪儿来，为什么流落到这里。没有人告诉你它血腥的历程，因此它显得更加血腥。你只知道阳光使它拖下一道浓浓的阴影，黑夜寒星使它拥有一道游移的光芒。

　　青龙偃月刀也够沉重了，它的造型更具八面威风。青龙者，能大能小，能升能潜，穷则深藏九渊之中，达则飞腾九天之外；偃月者，吞吐日月，一呼一吸之间即大海扬波山崩地裂风云变色；刀者，杀伐之利器。

　　关云长的青龙偃月刀，据说有82斤重，一怒之威，如泰山崩于前。在它面前，想象着威加于身，纵使你胆气过人，也不得不感觉到巨大的压力，乃至恐惧。

　　质、造型、重量是一个方面。另一方面，是青龙偃月刀的斑斑锈迹、缺口的刀刃、不规则形状的血腥花纹，一望而去，你的瞳孔会强烈地收缩，血液循环和心跳大大加快，你会听到心房中似有百十架战鼓的敲击声，你不可能制止双膝的发抖，手却未必会发抖，但会不由自主地紧握，试图在空中抓紧一些什么，这是一种本能的反应，更有甚者，双手抓出了水。由此可见，拳头捏出水的人，大凡受恐惧等紧张情绪的影响。

这很正常，这把刀的本身和它的历程明确地告诉你，烈火焚烧锻打，金鼓、旌旗、杀伐，无数的大好头颅在刀下滚落。刀，本身不说话，它的说话是电闪雷鸣血肉横飞，它的存在不能不杀气弥漫，没有杀气的刀，当然不会是一把好刀，甚至不能叫刀。

但如果你熟悉它，那么，你也许会很激动，心头掠过一阵又一阵的激流，就如同在异地他乡遇见一位久违的好友。刀啊刀，横刀挽落日，气吞万里如虎，万马千军中，斩上将首级如探囊取物。人与刀，何妨共上高峰，于万顷松风之中，于皓皓月明之下，大江东去矣悠悠千古，花间酌一壶酒如何？

这把刀，就算是你敌人的兵器，你也有数番的感慨，因为这兵器，这刀，再锋利，再刑杀，再神威，都是题外话。这刀啊，是你和你的敌人生命的一个组成部分，是你和你的敌人生命的绿洲，汗水、鲜血、生命、荣誉、信仰、尊严等等都化入其中了。刀啊，是生命中的壮丽诗行。

你会用你的眼光——柔和的眼光去爱抚它、拥有它，与之融为一体，与之同生死共患难。你会感到恐惧？不会的，因为此时你的思绪已经飘得很远很远。这一战，是虎牢关温酒斩华雄；这一战，是过五关斩六将千里走单骑；这一战，浸透了赤壁满天的烈焰；这一战，乃单刀赴会；这一战，没有战，华容道不战而夺三军将帅之志；这一战，水淹七军擒于禁斩庞德威震华夏；这一战，吕子明白衣渡江，关云长败走麦城，在风雪弥漫的旷野，虎落平阳——奈何？关云长大吼一声，手持青龙偃月刀，挥动出最后一道弧线。

你在这双向默默的交流对话之间，把这青龙偃月刀的每一组信息每一个细小的符号都印在了心底。我们都是普通人、常人，我们需要的仅仅是平淡的生活，但是，有些时候，在有些场合，普普通通的一把刀握在歹徒的手中，他喝令我们交出所有的钱物，欺我辱我，如何处置乎？慑于刀的锋芒，我们可能会选择退让。这把刀，我们一点也不了解它，于是我们感到恐惧，于是我们可能不得不退让了。但是，对于真正的英雄好汉，一把刀，怎能令他屈服？威武不能屈，这威武，又何止是凡铁兵刃，很多时候，是毁灭性的力量。在这种力量面前，英雄好汉只是冷眼斜视挺直胸膛嘴角上挂一丝令敌人胆寒的轻蔑一笑，所谓"关刀剃头，又痛又快"也。说到底，凡人肉体是抵抗不了钢铁快刀的，所谓刀枪不入则近乎神话，咔嚓一声的结果只能是人头落地。英雄好汉永远不会为刀所御，只是因为有顽强的意志力和高人一筹的御刀术，知刀而御刀，知敌而不惧。

刀为何物？刀是一种更具砍劈功能的凌厉兵器。武侠名家古龙一句"风铃中的刀声"，令人思接千载。作为"百兵之帅"，古兵器谱中有陌刀、腰刀、手刀（戒刀）、柳叶刀、环首刀、苗刀等，每一种类又因其质地、形状、长短、轻重细微的变化而变其形制。不作战场厮杀兵器的刀，则更形成庞大的"刀族"，

说刀

如柴刀、菜刀、剃须刀一类。

闭目玄想,乍见亘古之时浩浩高原长风中闪过一道夺目的光环,这是共工们手中的石刀之光。西周之时,史载是长戟戈矛青铜剑的天下,青铜刀则在劈砍过程中过于坚脆而纷纷坠地。在七雄并起楚汉相争逐鹿中原的烽烟中,铁刀横空出世,成为骑兵集群急驰冲击的利器。战国时期铁器的大量出现,终于使刀完成了一次质的飞跃,此后盛行于世。

曹植《宝刀赋》云"陆斩犀革,水断龙舟"。魏蜀吴三足鼎立千军万马的杀喊声中,闪烁着奇幻的刀光。史载:章武元年(221年),蜀帝刘备令蒲元造刀五千口;黄武五年(226年),吴主孙权造刀一万口;咸宁元年(275年),晋武帝司马炎造刀八千口。可见,三国时期军备竞赛的一项重点项目,就是造刀运动。

干将、莫邪、欧冶子铸剑为神剑,蒲元铸刀则是神刀。大师铸剑,过程极其神秘。据《吴越春秋》记载:先是"采五山之铁精,六合之精英,侯天伺地,阴阳同光";然后是"断发剪指,投之于炉中,使童男童女三百人鼓囊装炭";剑成,可千里取敌首级。制刀圣手蒲元也有他的绝活,过程是:"受法于金精之虚,以水火之齐,五精之陶,用阴阳之侯,取刚软之和",又"砺以五方之石,鉴以中黄之壤,规圆景以定环,摅神功而造像";其淬火之水极其考究,当以蜀江之水,汉水则钝弱不任淬用,而蜀江爽烈为大金之元精;如此,刀成,举刀断装满铁珠竹筒,应手虚落。

剑有名剑，如干将、莫邪、纯钩、湛卢、盘郢、龙渊、龙泉、鱼肠、巨阙诸剑。刀有名刀，南朝陶弘景《刀剑录》云："关羽为先主所重，自采武都山铁为二刀，铭曰万人。及羽败，惜刀，投于水。"想必青龙偃月刀也属二刀之一。又载："张益德初受新亭侯，自命匠炼赤珠山铁为一刀，铭刃曰新亭侯蜀帝之大将也。"滕陵错横刀、金错半垂刀、金错刀、劈把刀、金错屈尺八刀、百辟刀亦为传世名刀。

在想象中，剑总是与深山白云、峨冠博带、江湖策马、明月清风等等意象联结在一起。而刀，则是纵横捭阖、痛快淋漓，与大漠孤烟、碧血黄沙、战旗猎猎有着不解之缘。如果刀存在于乡间田舍市井街衢，也显得更加直截了当，更加锋利，更加果断。刀的威势，如同空气，无处不在。有道是"巷口短兵相接处，杀人如草不闻声"。想象中，杀人如草的短兵，正是刀。《三才图会·器用》载："关王偃月刀，刀势即大，其三十六刀法，兵仗遇之，无不屈者，刀类中以此为第一。"偃月刀为陌刀之一种，凤嘴刀、眉尖刀、掉刀等大开大合的长柄刀亦为陌刀。古战场上出现的陌刀阵又是如何呢？《旧唐书·李嗣业传》记载其陌刀部队所向必陷，《新唐书·哥舒翰传》则有叛将安禄山部曾以"陌刀五千副阵后"的记载，其冲锋陷阵的结果当然是"渔阳鼙鼓动地来，惊破霓裳羽衣舞"。

刀，大有大用，小有小用，从战场到厨房，无处不用。

刀在一些文人墨客眼中，似乎永远充满了诗情画意、生机与活力，对于刀的仰慕与眷恋如同对于袅袅婷婷之美人，两情缱绻，卿卿我我，还有些肉麻，比如"美人赠我金错刀"，比如"露鲜花剑彩，月照宝刀新"，比如"吴刀手中鸣，剑气严秋露"，又比如把青龙偃月刀说成是冷艳锯。这大概是纤弱书生的至阴至柔对于至阳至刚的渴求与平衡。

刀，我们必须了解它、熟悉它，现在我们面前有无数种形形色色的刀，我们去挥动它、使唤它，让它在我们的汗水中浸泡、侵蚀，百炼钢化成绕指柔，让它成为我们手的组成部分、手的延伸。此时，乍见一把刀砍来，你只有游子返回故乡的亲切感，你平静如水，你的瞳孔、心跳、双膝、双手正常极了，在此基础上，你可以轻松地避开刀锋热情的亲吻，如果你乐意，你可以让它亲吻它的主人。你的妻子在厨房杀鱼，活蹦乱跳的鱼顷刻间鲜血淋漓，纤纤丽人在操演日常的血腥杀戮，此时，你却可以在旁边轻轻松松地喝啤酒悠然自得。因为，这刀是菜刀，这人是你的老婆。你在农家庭院中挥刀劈柴，木柴应声开裂，杀伐之声惊动四邻，如此威猛的情形下，你的妻子却可以在一边顾盼自若风情万种地纳鞋底补衣服做针线活，因为这刀是柴刀，这人是她的丈夫。

熟悉兵器，认识它、挥动它、理解它，这兵器包括刽子手阴气森森的鬼头刀、屠宰场血腥的屠刀，它们形成的杀气，在你行家的目光下，逃逸了，不存在了。其实，兵器永远是次要的，但在你不了解它的时候，却是敌人形成杀气的重要源泉。

事实上，敌人是最重要的，纵是湛卢巨阙诸上古神兵，在一些人手中只不过一块凡铁，而飞花落叶在一些人手中也是杀人利器。杀气的形成不在兵器的本身而在于使用它的敌人手上，但很多时候，我们感到杀气的存在，大多在有分量的兵器本身。假如我们了解敌人本人和他手中利刃的所有细节所有要素，那么，当有一刀向我们眼睛劈刺而来时，我们的眼睛根本不屑一眨，我们完全可以吟唱一首古诗或哼上一曲流行歌曲，同时，以闪电一般迅猛的速度，在敌人意想不到的角度回以致命一击，就如同现代影视中玉树临风、手持折扇或剑不出鞘的逍遥公子。

（原载《散文》1997年）

练建安，中国作家协会会员，福建省传记文学学会创会副会长，《台港文学选刊》主编。出版《八闽开国将军》《千里汀江》等专著，获中国新闻奖副刊编辑奖、福建省重大文艺创作项目库最佳剧本奖等奖项。

家乡的路

◎ 黄安榕

　　我的家乡在广东梅县隆文镇一个连地图上都找不到痕迹的偏僻山村。50多年前，当国难当头，白色恐怖笼罩山城，国民党右派为配合日寇的诱降阴谋，又一次掀起了反共高潮时，我的父亲蒲风（革命烈士、著名诗人），因参加党领导的地下斗争，受到通缉，于是在一个漆黑的夜晚，与我母亲谢培贞背着装满诗稿的行囊，投奔新四军，从这里出发。后来，我出生在安徽新四军抗日民主根据地，父母又相继于"皖南事变"后去世，所以，我对故乡的印象几乎等于零。

　　1962年8月，我因搜集先父蒲风的遗作，第一次返回魂牵梦萦的家乡。当时，梅县分管文教的陈秉铨副县长十分重视，特地委派民政局一名干部陪同。我们一起走在高低不平、弯弯曲曲的小道上。艰难的行程，让我们无心欣赏那群山叠翠、田野青青、溪水潆洄的沿途美景，甚至遇见闻讯赶往县城迎接我们、满头银发的大伯母也无意询问，擦肩而过。傍晚，待她老人家匆匆忙忙地再返回故里，泪眼相对，方知我们早已在路上见过面了！自此，我对故乡的路记忆犹新。

改革开放后，远在印尼的堂兄黄任新有了机会返乡，我应邀跟他一起又回过几次老家。开初回去，家乡还是穷得连自来水都喝不上，堂兄当即拿出钱来帮助各家各户安装上自来水管道，让全村的父老乡亲们吃上了干净的水；那时乡亲们免除了肩挑手提之苦，只顾凑些钱来竖起个水泥板，上书"饮水思源"几个大字以志纪念，还顾不上修路哩，于是，家乡的路还是老样子！

随着人们生活逐渐好转，大家对修路的需求才变得迫切。初始，各家只是出些劳动力，捡些石子，挑些泥沙，把高高低低的路面铺平，以免老人和小孩摔倒。对此，村里的年轻人认为照老样子修修补补没有什么意思，要修就干脆加宽拉直，把高低不平的地方再动动"大手术"。他们比比画画提出了改道的方案，后经村委会老人拍板实施。待我第三次回去一看，嘿，一条大道已呈现眼前，再也不是过去那种高高低低、弯弯曲曲的模样了！更令人难忘的是，乡亲们还在路口竖起了高大的"蒲风革命烈士纪念碑"，在路的附近建造了纪念亭，并种满柚子、荔枝、龙眼树成为"蒲风果园"。他们说："要让子孙后代永远铭记和怀念这位新四军团级干部，他是个一生勤奋、为国捐躯的好儿子！"这件事，让我激动了好久好久……

更令人兴奋的是，近几年，随着"要致富、先修路"的政府规划实施到乡镇，在海外侨胞的热心资助下，家乡的路全部用水泥铺了路面，又宽又直，从山村到乡镇，一直通到城里！而且，除了路在变，家乡的人也变了。60年代以前，我们村里的人外出，全靠两条腿走路。后来逐渐用自行车代步。眼下，只有上了年纪的人骑着自行车，而年轻人则是换上了摩托车，并且经常邀伴一起进城回乡，他们前面由一人驾着摩托车开道，后面的几辆排成长阵紧紧跟着，一路潇洒，令路人刮目相看。这不禁使我想起父亲生前写的诗句："春像愉快的太阳，天天渲染我们国土全部。"啊！眼见乡亲们个个把笑容写在脸上，怎不令人向往？要是我也生活在老家，一定也会加入村里的摩托车队，去城里潇洒地跑几回……

（原载《福建老年报》1998年）

黄安榕，1941年生，广东梅县人。曾任福州市作家协会主席。主编《他们在谱写未来》《情系蓝色国土》等诗歌、散文、报告文学集五十余部，合作编著、注释《云海长河》《蒲风选集》等六部。三十余篇(部)作品荣获文化部、省市级优秀成果一、二、三等奖。作品入存"中国·天下名人馆"、中国作家档案信息库。

寨在水边

◎ 陈美者

一

4月。微雨。细小的雨珠洒落山间。漫野的芒抱成一团，杉树纷纷亮出身上的尖刺，偶尔随风送来一阵幽香，那是山苍子。竹林间，时见一些滚圆的笋，顶着两片嫩黄的叶，叶上有水珠，似乎刚刚它们是冒着汗破土而出的。

春娘站在寨仑顶，群山之峰。四周寂静，可以听见雨打绿叶之音。

没人能说清春娘的眼神。斗笠遮盖住了她的表情，她看似平静地站在这细雨中，心里却是风起云涌。就在她站立的这个位置身后，本来是有一个大寨子的。寨主人姓张，张家主要做木炭、茶叶、瓷器生意。明万历四十二年（1614年），16岁的春娘披着大红盖头坐着轿子，在锣鼓声、鞭炮声和欢笑声中被迎进寨门，成为寨中夫人。

而今，她的身后却与周围山野无二，杂树高耸，底下则野草丛生，根本无路。春娘折断一棵杉树，用它披荆斩棘，愣是开出了一条路。脸上粒粒水珠,分不清是汗还是雨。

只有一截石墙还在。

只有春娘知道,那里本是寨子的正大门。

春娘将长杉木立在脚边,她往上抬了抬斗笠,望着那截长满青苔的石墙,眉头不由得跳动起来,明永历十二年(1584)的那个可怕冬日又闪现在她眼前。

红光。火焰冲天。那日,她和11岁的孙子外出回寨途中,发现一片耀眼的烟火和震天的喊杀声。她心知不好,一把抓过小孙子就躲进路边的一个废窑中。那废窑本是烧木炭用的。早就听闻沿海一带有倭寇进犯,杀人、强盗、劫财,没想到此番居然尾随至如此深山。喊杀声愈发逼近,贼人烧完寨子后又分散各处,一路用尖刀在杂草中乱刺,就这样,其中一人,来到了春娘藏身的废窑边。

一道雷电闪过,紧跟着就是瓢泼大雨。贼人在这道闪电中抽回了尖刀,嘴里不知骂着什么,终于走远了。

春娘和小孙子依旧不敢动。待那贼人走出好远,周围真的只剩下雨和草的气息后,春娘方才动了一下,长裙下大腿上的那个伤口还在汨汨地冒着血。刚才贼人刺中了她,她不敢有任何声息,立刻将长裙团起,飞速擦掉尖刀上的血。或许是雨足够大,或许是尖刀本已沾满血,贼人将刀抽回后,并没有发现刀上的新鲜血迹,遂离去。

全寨上下100多人,无一活口。活下来的只有春娘和小孙子。那之后,一场又一场的雨洗掉了鲜血。也是一场又一场的雨,让春娘的脊梁愈发挺拔起来，表情凛然。不然，还能怎样呢？活下来就得有活下来的样子。在恐惧中生长出来的骨头，总是分外坚硬。

但坚硬是给外人看的。夜深人静时，从一片红光中惊醒的春娘常常要一个人拭去自己额角的大粒汗珠。家族惨遭倭寇杀戮时她已然60岁。而时隔两年，她才敢重新踏上这寨仑顶。

春娘在一截一截的石墙间穿走，仿佛被赐予某种奇异的力量，拼命想要抓住一些过往的痕迹，那是她的家和族啊——也仿佛只有不断走动、挥舞手中的杉木，才能释放出她内心的恐惧与悲凉。

最后，她扔掉了手中的杉木。

她再次站立在寨仑顶边，向下远望。脸上已是一片平静。

雨止。风起。

就在春娘转身准备下山时，一阵风忽然掀掉她的斗笠。春娘惊讶地看见，她的那顶斗笠悠悠扬扬地向山下飘去，像一只蝴蝶蹁跹。

春娘看清它的方向后，慢慢往山下走去。

二

戴着斗笠的春娘，用双手捧起一碗酒。

色泽青红，入口极软，真是好酒啊。来人一仰脖，干了碗中酒。

春娘微微颔首,一丝笑意在她脸上闪过,也只有外商才会这样喝青红酒。这种用红曲、糯米、水酿制而成的本地酒,很好入口,后劲却极大。好在他们也只喝一碗。自建寨以来,驿道来往的商贾走贩都知道此地规矩,一块石头换一碗美酒,于是纷纷从梅溪边顺道携来溪石,说是换酒喝,其实也是见她建寨不易,特来相助。

建寨。建一座大寨,重现张家昔日风光,这是那日她站在寨仓顶上迸发出来的想法。这个想法来得如此突然而倔强。恰好那时,风吹走了她的斗笠,引得她来到这一大块平地。她蓦然发现,这是多好的地方啊,方正、平坦,地形呈龟形,还可以听见潺潺水声。别小看这山涧,其实就是梅溪的源头,山势起伏处还有一道瀑布,水珠迸发,凌空飞腾。那么,就是这里了。

一步一步开始。搬来第一块石头,就有了第二块、第三块……那些被溪水冲刷过、形状各异的石头,逐渐越垒越高。高一点,再高一点,春娘请来工人,用大块溪石垒成6.3米高的墙体,上段1.7米还用黏土夯筑,整个寨墙高8米。

遍野的芒,也是极好的材料。将芒秆编织缠绕,再用掺着稻草的黏土糊住,这就有墙了,可建很多间房。木头更不用发愁,漫山的杉树、古树,都可以用。

寨成那日,春娘命人摆出长长的一排酒食,供人随意饮用。鞭炮声中,春娘第一次肯让孙子扶着她。她的眼角有些湿润,握住孙子的手,道:"居亨吾孙,张家,可算又有家了。"

张居亨久久凝望着新落成的大寨。

真是一座壮丽的寨子啊。占地2000多米。寨墙四角为圆弧形，鹊尾脊高昂挺立。最令人感慨的是寨子的防御性功能。墙高8米，一楼墙厚3米，二楼墙厚0.6米，墙上每间隔一段皆有门洞和枪洞。寨中有主楼，沿寨墙一圈，还有60多间偏房。砌墙的石头虽是形状各异的溪石，但正门和后门，则是精选的大块青石，门板则用黄楮木，厚重坚固。

张居亨心里明白，他的这位奶奶了不起啊，不仅建成这一座可以看得见的寨子，更是在子孙心里建了一座永远的家园。

他在她的言传身教下，修身、树德、勤俭、开源。张家在江西瓷器方面的生意被他续上，再次闯出新局面。

康熙五十六年（1717年），梅溪境内有一喜事——兴翁70大寿。兴翁即张居亨，兴乃其字。

绮筵华宴、亲朋毕集、称觞高祝，一幅由多位在职官员联合署名道贺的巨幅丝质寿幛，被快马送来。序中称赞兴翁一诺千金、仗义疏财，乃淳庞纯固长厚和平之君子。

兴翁命人将这幅贺幛高高悬挂起来。寨中大厅，他微笑而坐，他的三个儿子志敏、志功、志周，两个孙子伯绪、伯合，以及其他人等，依次上前顿首拜寿。

三

"还有多远？"

我扶腰，喘着气问前方的张先生。去寨仑顶的路不好走，一路是泥泞的黄土。最后,再没有路了,还下起小雨。

"不远了,就快到了。"不知何时,张先生手中多了一根杉木,他正用这根杉木在前方开路,不断地拗开古藤、斩断尖刺、踏平野草。

没有理由退缩,我抹去额角的汗水雨滴后又跟上。

终于踏上寨仑顶,看到那一截一截的石墙。360多年过去,石墙还有些发黑,似乎仍有被大火烧过的委屈。张家后人,42世的张英海先生,愈发有了力气,他在高大的杉树林间来回周旋,企图找出古寨的四方围墙。

我站在寨仑顶俯瞰,娘寨就在正下方,周围皆是山峰,得天独厚,真像是被一座山捧在手心里啊。何况附近还有一条瀑布。

张先生也平静下来,站在寨仑顶,俯瞰娘寨。

"张家原有族谱,公社化年代,娘寨全村搬到三新村集体大食堂后遗失。现在的族谱是家父张洪新和其他各房一个代表共同整理的,有张孔亮、张必武、张必炎,花了好长时间才整理出来的。"

真是可惜。族谱一旦丢失,再也无法确切还原。后人诸多努力,也只能靠猜测来缝补岁月和风雨留下的缺口。先辈们的披荆斩棘、血泪挥洒以及翩翩风度,只能依稀存在于一代又一代后人的想象与传说中。但有一点确凿无疑,一个女人可以在很大程度上决定一个家族的命运。我手里握着两片树叶,一片是山苍子,一片是古茶树,两者皆有静静的幽香。我就是在这无声的幽香中，仿若看见戴斗笠的春娘，站在寨仑顶。

春娘姓郑，后人尊称她为圣佑夫人，也昵称她为娘娘。她主持建成的寨子被称为娘寨，所在村落亦名良寨村。

雨势渐大起来。4月的雨，无论多么猝不及防，总是可爱的。大滴大滴的雨珠砸落在树林，青绿的大树也好，鹅黄的嫩芽也好，都在迎接这自然的恩赐，那层层叠叠、高高矮矮的绿，共同组成青山不老。

我们在一场大雨中，慢慢下了山。

陈美者，1983年生。著有《活色严复》，散文、小说散见于《上海文学》《散文》《文学港》《青年文学》《文艺报》《中篇小说选刊》等。曾获第二十二届"云里风"文学奖一等奖、首届"大沙杯"国际海洋散文大赛三等奖。

温和的线面

◎ 曾建梅

福州人生病或者坐月子，亲戚会送线面，就跟其他地方送鸡蛋、送补品一样。长长的一把，卷成一小捆，吃的时候往滚开的水里一烫就熟。

真的是"线"面，细若银丝，可穿针孔而过。

走在福州的老街巷，经常可以看到过道或低矮的房顶有人晒线面，竹编的筛子里，一捆一捆，晒干了放进袋子里，用绳子系紧袋口，可以存放半年。去永泰嵩口的古街，出太阳的天气，还能看到街上有人拉线面。在此之前，师傅已经完成了和面、醒面、分条等繁复的工序，等太阳出来，就可以晒面了。先把粗重古朴的线面架子沿街排列，中间隔两人宽的距离，将已经分成一箸一箸的线面取出来，一头架在面架上，另一头擎在双手，弓身向后用力一拉，线面就抻得长长的，匀着劲儿再拉几次，原本筷子粗的线面就变得如银丝一般又细又长。一架一架线面像布匹一般在阳光下闪着光，让人想起乌镇染坊里青蓝色的布帆，只不过这是白色的线条组成的是"白帆"。

拉线面是技术活。力道掌握得不好，粗细不均匀，容易拉断。

师傅看我很感兴趣的样子，把线面架交给我，让我去试。我赶紧推辞，这是多少年练就的技术活，我可不敢哗众取宠。

很多年轻人不爱吃线面，觉得没什么味道。是啊，网络时代，可选择的美食那么多，想吃什么，点一下就送到，谁还会满足于线面单调的口感呢。除非生病或者胃不舒服的时候，被长辈们唠叨着只能吃线面。炖上一锅排骨汤或土鸡汤，线面放进去捞一下，放一点茶油，吃上两三天，胃疼能明显见好。

线面的性格有点像一个温和善良的老人，只是太隐忍了些。

我刚来福州时曾经租住在城市西郊的一个小区，邻居是一对老年夫妇，带着一个小孙女。我们都住在一楼，后门有一个小院，隔一个铁栅栏。经常有楼上的住户把喝完的酸奶盒子或者纸巾随手往下扔，好几次我打扫院子的时候冲着楼上一阵叫骂，但这骂声消散到空气当中没着没落，不过自己发泄发泄罢了。有一两次我气极了要一家一家去敲门，邻居家奶奶就一边笑，一边给我看她家院子里捡的各种垃圾，用福州话说，算了，算了。

她家的院子要大一些，除了中间的草坪，四周留了一圈种菜。小葱、花菜、蒜苗，还有天津白。檐下还放了一个竹笼，里面关了几只母鸡，下的蛋拿来蒸鸡蛋羹给外孙女吃。

我们住的这一片很多是拆迁安置房。当地大兴土木，地皮变得金贵，能盖楼的地方通通被利用起来。老住户们低矮的房子被拆了，像拆掉一个个纸盒子一样，然后在这块小小的地皮上面耸立起高楼，以昂贵的价格卖给涌入城市的年轻人。有人不愿离开，就选择原地安置，住进了商品楼，但生活方式并没有改变。

这一对老头老太太就是这样，他们生活了大半辈子的地方一夜之间从农村变成了城市，但他们还舍不下种菜养鸡的生活。我和先生也都是农村出来的，习惯了邻里之间的热络，跟这一对老头老太太便多了几分亲近。

时常下班回来，见窗台上搁着一小把新鲜的青菜，不用说，那是隔壁老奶奶放的。我们也时不时地把老家带来的柑橘、地瓜、冬笋分一些给他们。

有时候，碰到我们加班，汤圆没人看，就放到她家里，拜托她帮忙照看。老福州人照顾孩子那真是细心，我见她给外孙女煮线面，先把肉泥蒸好，再把线面给剪成一小段一小段下锅煮，等煮好了，用筷子或者漏勺把汤滤掉，剩下的面条就往肉泥里一拌，做成线面糊一样，小孩子一勺一勺吃得很顺口。

我原以为他们家就是两个老人带着外孙女一起生活，没想到有一天去接汤圆时，却发现里屋还有一个年轻的女人，这么长时间进进出出我们居然从来没有照面，也没有打过招呼。我有点好奇，但看老太太闪烁的眼光只好打住。后来听其他的邻居讲起，才知道这是老太太的女儿，也就是小女孩儿的妈妈。据说她先生出国打工好几年了，一走就杳无音信，女儿原本还出来走动、上班，近两年把工作也辞了，整天把自己关在家里，不出门，也不跟人交流，仿佛丈夫的不归是自己的过错。两个老人没有办法，只能和女儿一起默默地忍耐着，盼望着女婿哪一天突然归来。

后来我们搬走了,我还时常想起老太太放在窗台上的青菜。给孩子煮线面时,也会像那个老太太一样,用剪刀剪成一小段一小段再下锅。但汤圆慢慢长大,已经不爱吃味道寡淡的线面了。

我第一次感觉到线面好吃是在单位的值班室。因为人不舒服,天气又冷,肚子痛得不行,只好把午休的折叠床搬出来蜷在上面,充上热水袋,盖上被子仍然觉得冷。门卫老潘一家周末也住在单位里面,到了中午,看我没出去吃饭,就过来叫我一起吃。我没力气,也不想起来,隔着门说,不用了,我不饿。蒙着头继续睡。

一会儿,老潘的妻子,在院里打扫清洁的少英又来了。隔着门叫了好几声,说帮我煮了面,叫我起来吃。很不情愿地起身开门,少英正端着斗大一碗线面站在门口。我接过来,捧着那大瓷碗,双手一股温热。细若银丝的面线在汤里漂浮着,像一团白云,上面还盖了两个煎蛋,是的,两个!煎成金黄、厚实的椭圆形。汤里应该加了不少老酒,浓浓的香气一下子让整个值班室雾气蒸腾。少英说她刚炖了猪肚汤,正好用来泡线面,叫我趁热吃。

我大叫,这么多,咋吃得了啊!少英可不管,说,只管吃,吃下去暖和了,肚子才不会痛。

连面带汤,一整碗呼噜呼噜吃下去,果然整个人热起来,肚子也不那么痛了。以后每次肚子痛我都想着用少英教我的方法，自己也来做一碗猪肚线面，但每次都失败。要么汤炖得不够香浓，要么猪肚煮得太老，要么线面泡太久……总之再没有那天吃得那般美味。

饥饿是最好的调味料，人与人之间的温情更是不可或缺。

说起来老潘两口子在我们单位已经干了小十年了，平时送个文件取个快递，只要说一声，谁的事儿他们都办得好好的，甚至有时候私人小事请他们帮忙，也不加推辞。时间长了，我们都习惯了他们的善良和付出，觉得一切理所当然。

少英性格内向，平常很少跟人说话，但看到我去单位就会拉着我聊会儿家常。她知道我最近报名驾校学开车，每次见面都问我学得怎么样了。她说她儿子也在学车，教练可喜欢他了，总共加起来练了不到三天就考过了，还帮着教练培训学员。她说平常都是学员请教练吃饭，她儿子却是相反，教练还请他吃饭……

这是她难得的话多的时候，儿子这一小小的成就对于她来说是了不起的骄傲。我讪讪地笑着，说自己考几次了还没考过。她非常热心地说，那叫我儿子告诉你诀窍，让你一定能过。她不知道，动手与动口完全是两回事。多说了几次我一听就怕了，赶紧跑。

但是等到下次见面，她一样的热情，一样拉着我聊开车。

她负责我们单位各个办公室的清洁，仿佛是有洁癖一般，见到哪里有一点点脏就赶紧拿着抹布去擦掉。有一次来我办公室，见到地板上有一点陈年的黑渍，二话不说，蹲下就擦。我说擦不掉的，一看就是多年的陈迹了，除非换地板。她偏不信，跑回去拿了一个小刀片，那刀片一端缠了厚厚的布条，一看就是她常用的称手的工具。她固执地蹲在地上，三下两下，把那块黑渍给刮掉了。还不罢休，像上瘾一样到处找寻别处的黑渍，一一刮掉，然后很有成就感地站起来跟我说，你看，就说一定能清理的吧。我除了一直说谢谢，好像也不知怎么表达了。我甚至在想，如果要评选单位里最敬业者，清洁工少英可能是最佳人选，可惜，没有人给一个清洁工颁奖。

线面让我常常想起这些人，他们温和、善良，小心翼翼地活在这个世界上，处处尽着一个人的本分。他们一辈子都没什么值得歌颂的丰功伟绩，永远默默无闻，可能是身边最容易被忽略的那一个。你尽可以毫无顾虑地拜托他们帮忙做这样那样的小事，他们总是会热情地应承，满脸谦卑，你也觉得理所当然，只有哪天，他们不在或是换了别人的时候，你才觉察到他们是如此可贵。

曾建梅，原籍四川，现居福州，《闽都文化》杂志编辑部主任，鲁迅文学院第36届高研班学员，从事写作十余年，诗歌散文作品发表于《诗刊》《福建文学》《广西文学》《满族文学》《文学港》等刊物，出版散文集《爱上一座城》《深喜》，曾获茉莉花文艺奖，广西凌云文学奖等。

台湾纪闻

◎ 陈常飞

夜晚的日月潭没有喧闹，很宁静，人们坐在长条石椅上，乘凉，说笑。几艘游船停泊岸边，桅杆上的旗帜随风而动。灯光将沿岸风景倒映水中，醉了酒似的摇摇晃晃。借月色遥望，几处楼房，灯火幽微；再向远望，群山如绸缎一般飘落水上；向更远望去，黛青色空中浮着一片云海。我倚栏观赏夜景，期待明天的行程。

台湾地理面积不大，然此"弹丸之地"却值得了解、研究。我对宝岛知之甚少，通过阅读《中国地域文化通览·台湾卷》（林仁川主编）、《闽台历史文化探源》（卢美松、陈龙编著）和一些涉台书籍文章，稍知一些关于台湾的情况。欲解古代台湾面貌，或许可以读读东吴沈莹的《临海水土志》，说的是"土地无雪霜，草木不死，四面是山"；还可以看看明代文学家陈第《东番记》中关于那"异哉东番"的描述，其早先的风土人情皆可从中获得印象。

游客入台，当然没有时间去那"东村北街"走一遭，但从台北至南投，再到台中，又赴台南，继而高雄，几乎循台半圈。

此次台湾文化考察之旅，有幸与几位"导游"同行，他们对台湾的历史文化、教育科举、文学艺术等多有研究，在闲谈与讨论中使我受益匪浅。且此行乃"文化考察交流团"，故所参观的皆为文化景点，拜访的是文史学者。数天时间，先后走访了"台北福州同乡会""台北故宫博物院""国史馆台湾文献馆""台中雾峰林家""台南孔庙"以及书院。

台湾城市建筑普遍不高，一眼望去，舒朗的街道，好像一幅"散点透视图"。来台第一站是参观"士林官邸"公园，这里曾为蒋宋夫妇居处，现已辟为生态公园，园内遍莳花木，以供人游观。

初来宝岛之人，会发现街上大小路牌、指示牌以及商业广告等，凡见诸文字，皆用繁体。倘若仔细看，还会发现有的是采用"集字"方法，以彰显艺术效果。中国文字是"形意"文字，相比西方"拼音文字"更具艺术表现力，故有人用"无声的音乐"来形容中国书法文字。中国文字早期以"简画"作为表意特征，从"原始刻划"到甲骨文，再依次演变为大篆、小篆、隶书，乃至行书、楷书，从而构成一部"书法史"，或曰"文字演变史"。前人总结"六书"（象形、指事、会意、形声、转注、假借）为古人造字方法。瘦劲有力的甲骨文、古意淋漓的大篆、整齐流畅的小篆，从中颇能看出早期文字的构字意义与形态，秦代省改篆书笔画为秦隶，其象形意味犹见。有兴趣者，假如细读《石鼓文》《毛公鼎》《峄山碑》《琅琊石刻》及历代法帖等，其所产生的愉悦，定不一般。

文字演变至汉隶、唐楷，其象形意味已消失大半，然尚能通过字体部件推求造字原理及其文字本义。"删繁就简"是中国文字字形演变（或书体演进）规律之一，我们施行简化字，有其一定理论依据。然时间愈久，人们对这些笔画繁多的字体就愈感陌生，于是繁体字就成了少数人关注的对象。我以为，对于繁体字不单仅是识别问题，它是一种文化，它不该仅停留在书法界或文史界中，人们不一定要对它专门研究，但要有所了解，毕竟这是属于我们的传统文化，不能"置若罔闻"。

　　在台湾历史上，曾有几个当地望族在推动"鲲岛"文化与社会发展中扮演着重要角色。举其大者，有板桥林家、雾峰林家、大龙峒陈家、丰原廖家，还有北埔姜家、瑞芳李家、达观洪家以及卢州李家、两岸丘家等，这些家族成员中多为社会精英，他们或致力文教，或投身经济建设，或献身抗敌御侮，遂成地方望族。其功业成就与德行，触动人心。

　　丘氏一门秉承"晴耕雨读、文武传家"传统，培养出众多人才。著名者有丘逢甲，他一生致力于文化与教育。1889年中进士后，曾主讲于台南崇文书院、台中弘文书院、嘉义罗山书院等机构。1897年，任潮州韩山书院院长，其后又在潮阳东山书院、澄海景韩书院主讲。还创办了潮州同文书院（同文学堂前身，该学堂系广东省第一所新式学堂）。又如大龙峒陈家的陈维英（1859年恩科举人），曾任台湾仰山书院、学海书院山长，培育英才不计其数。清末曾任京师大学堂总监督张亨嘉即其学生之一。此次有幸到雾峰林家参访，现在讲讲这个家族的故事。

乾隆十一年（1746），林文察从福建漳州渡海入台，定居雾峰。其后奉清廷之命征剿太平军，平定"戴春潮之乱"。他一生骁勇善战，成为清朝一品封疆大吏，从此揭开雾峰林家在历史舞台上的序幕。1863年，林文察在漳州与太平军开战，身陷重围，孤战身亡，年仅37岁。林文察离去，但他并没有带走清朝的内忧外患，摇摇欲坠的大清国还需要很多人去扶持，当然包括林家后人。其后人林朝栋（曾以道员身份赐着黄马褂）等绍继先人伟业，继续谱写风云历史。此一门中还有林朝崧（台湾诗人）、林资修（台湾汉学界名人）、林献堂诸子，都有功于台湾的文教事业。编写过《台湾园林宅第巡礼》的张运宗先生这样评价林家："若说有座宅第能看尽转折点（台湾历史）翻掀的政治波浪，应该非雾峰林家莫属。"这座林家庄园建筑承载着厚重的历史。

　　那天我们来到台中，到雾峰林家参观。下车时，一座红砖建筑使我们眼睛一亮，地接导游也已在旁等候多时。这里原为林文察家族宅第，经历代修建，如今已成为全台最完整且最精致的传统建筑，规模庞大。其建筑装饰也相当考究，导游颇为自豪地向游客普及古民居知识，介绍这一古典建筑的风格、用材、装饰等细节，如门神的绘画技巧，镂窗上蝙蝠、瓶子等图案所蕴含的意义等。导游滔滔不绝地说着，一面还与游客玩起"问答题"。但这些"老生常谈"，并未勾起大家的兴致，一行人遂自行"考察"。只见故居墙上几张人物宣传板，分别介绍林家历代英杰，形象而又直观……

雾峰林家后裔对其家史烂熟于胸,像一位说书先生,不厌其详地讲述那段"光辉岁月"。我坐在林氏故居中,目光扫过墙上挂着的那些"文物"照片,接着向第三进宅园望去,心想这不是一座普通建筑,其背后有着厚重历史:"太平天国""戴潮春之变""开山抚番""中法战争"……近代以来的许多事件,都有林氏人参与,且已载入青史。从进门伊始,门楣上的"宫保第"三字,就已告诉世人,这里曾经显赫一时。故居厅堂中的两个句子,是清廷赐给林家的殊荣,句云:"文朝资正义,武德戴奇功;大鼎铭昭著,元常纪伟庸。"文句如诗,却嵌入林家"文、朝、资"诸辈人的名字,单从此看,林家对清廷之贡献,亦可"思过半矣"。

台南为台湾南部文教中心,文物古迹甚多。台南地名对我而言并不陌生,两字第一次进入我的视野,不是在哪一本书中,也不是通过某人介绍宣说,而是多年前从事国学教育时认识的王教授。他系台南人士,一生奉行孔子学说,所宣传"读经"教育理论风靡已久,所谓"读经之声遍布全野,中华文化再造不远",是他的追求与理想,影响了许多志同道合者。我与他虽未相识,也没有交流,当时却彻底服膺于他的学术与读经理念,并将其理论践行到底,且不遗余力。此行经过台南文庙,触感而心思此人。

台南孔庙有300年历史,初系福建同安人陈永华向郑经提议兴建。这里曾为清代台湾府学所在,经过数次修缮,愈发神圣庄严。孔庙不同于一般名胜,只因"斯文在兹"。门口红墙边上立一方"下马碑",石碑阴刻"文武官员军民人等至此下马",见之令人肃然起敬。行走孔庙,穿过东西两庑,途见贡案上陈列孔门弟子牌位,读过《论语》的人,想必对那些名字不会陌生;还有对儒学有贡献的学者,他们都有着较高的学术造诣和人格修养,犹如一串串时代音符,谱写中华文明篇章。往来的过客们,感慨这"礼制建筑"的宏伟,欣赏那巧夺天工的设计,还有乐器、礼器库中的各类古物。须知那些琴瑟笙箫,不仅是为某宴会场面助兴演奏,那些笾豆尊簋也不只是先民的生活用品,这些陈设代表着"礼乐文化",它影响中国2000多年,直到现在。孔子有言:"礼云礼云,玉帛云乎哉?乐云乐云,钟鼓云乎哉?"面对这些器物,我陷入沉思。

在文庙中访得一纪念品商店,买下《全台首学台南孔子庙》和《台南孔子庙》二书,聊补自身对孔学的固陋。二书论述文庙建筑及文(器)物等,简明扼要,读之不无少补。儒家学说,一直是传统社会"显学",但它遗失已久。当今社会,这门学问式微,使人难测高深,它与现代人的距离,如隔"万仞宫墙"。

清代,台湾儒学正处在发展时期。官方府学,虽名为"学府",然而实际上只是国家的考试机构,许多学生并不在其中肄业。而繁重的教育任务留下了大大小小的书院。据了解,台湾省自明郑迄清代,共建有62所书院。康熙四十三年(1704年),台湾建崇文书院,五十九年(1720年)建海东书院,"各县先后继起,以为诸生肄业之地"(连横《台湾通史》)。当时台湾的书院,如今保存下来的不到20所。那天我们观摩了草屯登瀛书院，为全台诸书院中建筑保存最完整者，也算是饱了眼福。

道光二十七年（1847），洪钟英等发起募银兴建登瀛书院，洪"自任训导之职"。时由官方督管，并受台湾省白沙书院经费补助。书院招收北投堡成年子弟。其教育目的主要是为科举服务，但亦旨在敦品励学。书院授业者还有洪氏名人，如月樵、联魁、济纯等，皆有一定功名。书院自创办以来育英颇众，有林文察、洪玉麟及文学家张深切、历史学家洪敏麟等，皆为一时俊彦。在院内一间木屋中，挂着"科名录"，榜上写着庄文海、洪钟英、简化成……从中可见当时教育成就。在那间房中，还摆放有一套"执事牌"，写着"云路先登""肃静""回避""钦加五品"……都是书院珍贵的文物。书院中有赑屃碑一方，记载着书院兴废的历史。碑文由台湾省文献委员会原主任简荣聪撰写，他与卢美松老师乃同行"故交"，那天他还热情地接待了我们。

中日甲午战争，清廷战败，台湾割让日本。日据时期，中国传统教育受摧残，书院逐渐衰微，仅存祭祀功能，遂转为"文昌祠"。1985年11月，复名"登瀛书院"，并被列为"古迹"保护。所幸登瀛书院学风延续至今，平日里仍开展教学活动，设有"书法""汉学基础""学古人作诗""诗词吟唱"等课程。正殿门楣一联，传为山长洪月樵所撰："登云有路志为梯，联步高攀凤阁；瀛海无涯勤是岸，翻身跳进龙门。"正殿主祀文昌帝君。这尊主管功名、主宰文运之神，历来受到读书人的尊崇。听说，每年考期将至时，有许多考生都会复印一张准考证，放在神位前，祈求"顺利通过"。今人林翠凤教授语曰："古色宫墙岁月长，蝉声催促读书忙。奎光圣殿虔诚祷，且看明朝翔凤凰。"

在书院里，一位授课老师为我们讲述书院历史："当年建书院时，就把教育的目标挂在大殿上面，叫作'学教敦伦'。""以前书院请一个人挑着字纸篓，沿着各村收旧纸，人们听到'收字纸'的喊声，就把那些写过的字纸交给他。收旧纸人挑回书院后，就在敬纸亭中焚化。每年冬至，再把这些灰烬送到溪里，让其流走。这个过程叫作'送圣迹'，这种活动对台湾的文化、人民的生活影响深远。台湾是世界废纸回收率最高的地方。"大家都饶有兴致地听着。此风由来已久，早在宋代就普遍存在，但时隔久远，许多习俗发生太大变化，敬惜字纸之风已难为今人所理解。

就我所知，这所书院还编写了一些书籍，有《登瀛书院志》《登瀛书院简史·碑记考释》《草屯登瀛书院沿革志》《登瀛传艺·登瀛书院文物神轿志》《登瀛书院》《登瀛书院的历史》等，还有《草屯登瀛书院诗社丛刊》等期刊。其整理院史以刊刻出版之举措，深值现代书院借鉴。书院之为"书院"，应有一定"庋藏"和若干面积之活动场地，此乃"书"与"院"之内涵。藏书系书院"三大事业"之一，倘日后增建书楼，设一"琅嬛福地"，则"登瀛"风景更佳。

某日见到一座建筑坐北朝南，格局甚至对称。照壁上书"九仞宫墙",壁后悬四块石碑,其中一方为"章程碑记",落款"光绪三年桂月"。其后即书院正门,门上悬"孔庙"额(日据时期书院改为孔庙),门边连接一段红墙,墙并不高。由于那天门关着,我绕墙一遭,也不得其门而入,即随众人离开这里。此屏东书院也总算来过。其间,还考察了海东书院、台南蓬壶书院、高雄凤仪书院等。海东书院在忠义小学内,周围环境甚是清雅,青石、荷塘、绿榕张盖,但书院早已不存,幸留一井,其井甚古,井中之泉,名曰"成功"。泉为当时学子生活所用。当年,到福州参加乡试的台湾士子,不少都来这里读书,都曾饮用过此泉。关于台湾书院的故事,还有许多可写,为免冗长,就此收篇。

陈常飞,福州市政协文史委编辑,鼓楼区政协委员,福州市作协副秘书长,鼓楼区作家协会副主席兼秘书长。中国民协会员、福建省历史名人研究会智库专家,福建省作协会员。曾编著《德成书院史话》,主撰《闽山庙会文化》,编译《论语四教译述》,著有《芸窗习咏》《芸窗随笔》,执行主编《吕惠卿研究史料汇编》等书,参与编写《福州鳌峰史话》等书。近年致力于书院文化的研究、宣传。

择 婿

◎ 吴安钦

在朋友圈里，工老师算是个不一般的女人。

工老师是县小学的语文老师。她的独生女虽然长相一般，却是个好学又活泼的好姑娘。刚开始，工老师一直担心的是闺女难嫁，四处托媒，只求找个说得过去的男孩子，趁早嫁了，因为这一年姗姗已经满26岁了。可突然一天，姗姗竟然考上了公务员。这下，工老师认为，女儿身价高了，可不能随便嫁人。工老师对姗姗说："现在我不急了，你一定得找个条件好的！"从此，她下定了心，别的都依女儿，唯独婚姻，必须由她说了算。

工老师在心底拟定下了她的择婿原则。简单说来，男方除了是公务员和在县城必须至少有一处房子等的硬件外，还有一个条件，这男孩应该是个聪明灵活的人。人家问她所谓的灵活的具体内容，她似乎无法准确描述。比如，灵活，指哪一方面，头脑灵活，手脚灵活，还是嘴巴灵活？是其中的某一项灵活，还是全部灵活？就是因为这个"灵活"的条件，姗姗的年龄一直被拖到将近30岁，成了人家眼中一长大就不值钱的"丁香鱼"姑娘了。

当然，外人有所不知，工老师之所以要女儿找一个灵活的男友，原因是她的老公徐先生有些不灵活。说到她老公徐先生不灵活，她用一句话概括就是，太老实了！人家问，怎么个老实法呢？她说，老实到不敢对任何人有半个不字。在单位，领导最信任他，大事小事公事私事都托付他，徐先生不仅不会推辞，还不会跟任何人说过替领导做过哪些事，更不会向领导开口要钱要位置。他虽然年过五十，但在领导眼里，他好像永远是个长不大的通信员，好像比通信员还好用。在家里呢，同样的，老婆让他干什么他就干什么。他上市场买菜，工老师如果交代买芥菜，他绝不敢买小白菜；要他买明虾，他更不敢买斑节虾。安排他去接送女儿的时间，他从来不敢迟到一分钟。他不会赌博，不会吸烟酗酒。这本来是件大好事嘛，有什么不好呢？找这样的老公，真是既踏实又放心，随便将他放到哪儿都不会犯错误呀！可是，工老师却摇摇头说，"不好。太老实了，会吃大亏的。"她举例说明。一次，工老师要他去办个户口手续，从一上班起就开始排队，临下班还没回家。工老师以为他出事情了，便到公安局的窗口探个究竟。结果，她看见徐先生仍排在后面。她着急了，突然想起她一个学生的母亲就在局里上班，于是，她让她学生给家长挂电话。结果真是厉害，这个家长出来找她了，二话不说，接过徐先生的本子，塞进窗口，三分钟就办妥了。又一次，女儿读大学时，他奉工老师之命送些海鲜之类的食物到学校去。因为事先未联系好，结果到学校时发现，不仅教室的门关着，宿舍的门也关着。他在大门口一等就是大半天，也没见到女儿的身影。他很着急，只好不停地给女儿挂手机，手机通是通了，却没有接听。他更是慌张，一直挂到女儿的手机没有信号为止。天黑时，他只好打电话问老婆怎么办。工老师发作：为何不向学校里的老师打听一下？这时，他才去问了门卫人员和几个老师，结果，他们都说不晓得。天全黑下来后，想打听的对象也没有了，他只好退到大门口死等。过了半夜，仍然没有消息，只好又给女儿打手机，哪想到，自己的手机早已没电了。工老师见女儿电话打不通，老公的电话又不通，紧张得干脆打的专程赶到女儿的学校，到门口就看见徐先生孤零零地立在那里，四处张望。看到工老师的车停在他跟前，他以为女儿回来，既喜又惊，当工老师出现他面前时，他却表现出一种异常的失望。工老师当面训斥他一番。他说明手机自动关机的原因。可能因为受了夜风，牙齿打着战，像炒豌豆一样响亮。工老师见着他的狼狈相，好气又好笑："你真的成傻瓜了你，为何不到办公楼打听一下？手机没电，不能向保安借用一下充电器？你再这样下去……"工老师拉他到校区值班室一问，原来，女儿的班级校外活动去了，三天后才回来。

正因如此，她铁了心，女儿姗姗一定不能嫁给这样一根筋死心眼的男人。

姗姗成了公务员后，先后处过四个对象。第一个是来自乡村的男孩，在县供销社工作，人长得蛮帅气，是令姑娘们心动的那种，只是学历低一些，只有大专文化，而且是工人身份。因为这一点，他在公务员的姗姗面前自觉低她一等，所以，与姗姗相处以来，小心翼翼战战兢兢，尤其是在姗姗的父母面前，大气不敢出，大话不敢说，生怕哪处说了不合适的话让姗姗家人瞧不起、被分手，所以，如履薄冰一般尾随姗姗。姗姗说东他不敢言西。工老师看了，不停地摇头。她想，这男孩多么像徐先生啊！徐先生当年就是这样，对自己言听计从，规规矩矩。难道女儿要重复她的婚姻之路？那真是悲哀啊！她同时还想到，女儿虽然学历比自己高，是公务员，可是，社交能力、人情世故等方面远不如自己成熟老练。她自己虽然只是一名老师，但有充分的学生资源，她办得到的事，女儿不一定能办得到。这样想着，她替女儿的前途命运担心了。在她看来，人的一生，过日子是首要的，过日子如果像她直来直去的徐先生那样，能过出质量来吗？她听人家说过，官场比学校要复杂得多，你争我斗、尔虞我诈的，姗姗像她爹，也是个本分的人，要是找的老公也像徐先生一样，姗姗往后的日子恐怕要受人欺负。由此，她已经联想到若干年后女儿过的忧郁、苦闷、烦躁的日子。一想到这些，她就睡不着、吃不好，更没有心情做任何事情了。于是，她暗示女儿别和这个姓卓的男孩来往了。起先姗姗不答应。她认为和小卓在一块很温馨很友好很开心，今天能开心就好，哪管得着往后的事？工老师便动用各种办法离间他们俩的关系。在姗姗的安排下，两个年轻人的爱情从地上转到地下。表面上，他们好像分了手，不再联系，其实，他们一有机会，便相约到野外去幽会。但是，没多久，他们的秘密就被工老师发觉了。工老师开始暗中跟踪。才跟踪三次，工老师便在县城半山上的一个公园里发现了他们。工老师早有准备，一见到小卓，劈头盖脸一句话就是："门不当户不对，不能在一起，有脑的人应该懂得自己几斤几两，不要高攀人家，行吗？"小卓被羞辱得无地自容，脸青一阵白一阵，还好是在夜间的树林下，工老师看不到他的脸面，周围的人更不知道他是谁，不然，他真的不知该如何面对他人。他想溜之大吉。工老师仍不放过他，又补充一句："有能耐的话，先把自己变成公务员了再来找我的女儿吧！"

未等小卓离开，她先把姗姗给拉走了，并厉声训斥道："你要像个公务员的样子，如果是谈恋爱，为何不光明正大在自己的家，何必要干偷偷摸摸的事？告诉你，下次再敢这样，我就不是这般待你了。"

就这样，姗姗和小卓只好忍痛割爱，彻底分了手。

说彻底分手，其实，他们俩心中一直没把对方放下。因为小卓一直恋着条件比自己好也真心爱他的姗姗；而姗姗呢，一静下来，特别是她的父母给她提亲时，她首先想到的便是小卓，而一想小卓，她就苦不堪言，只能暗中落泪。工老师最担心的正是姗姗心存侥幸，伺机死灰复燃，每天像检查学生的作业一样检查姗姗的手机。姗姗接听手机时，声音越小，她听得越是认真，盯得越紧。工老师同时知道，解决女儿对象难题的唯一出路，就是赶紧找一个满意的人选，才能让女儿早早地在心中放下曾经的对象。因此，她四下发动亲朋好友，还有同事等，多渠道多门路地替姗姗物色对象。效果还真明显，短短两个月，愿意和姗姗见面的男孩竟然有17人。可是，大部分是姗姗所不愿意见面的。这原因，主要是姗姗从心底里还没有完全将小卓放下。有的男孩是工老师夫妻俩特别满意的，在未征求女儿意见的前提下，让他们直接上家里来相亲的，目的是以这样的方式去解除姗姗的心锁。对姗姗而言，有的男孩一看就缺眼缘，根本别提对方的任何条件。可以这样说，工老师介绍来的和直接上她家来的这些对象，在姗姗心中，与小卓一比，她都没有任何感觉，提不起与对方接触的精神状态。只有两个与姗姗年纪相仿的男孩，在工老师夫妻俩的一再请求之下，分别勉强见面并相处接触了一小段日子。

比如，小柯。他是乡镇农技站的干部，常年在乡镇一线，而且很专业，尤其是他的畜牧兽医专业，在三乡五里是一流水平的。无论鸡鸭狗兔，还是牛马羊猪，患上各种各样的病，只有找到他，没有不能治愈的症状。小柯的名声在乡下是很响的。他工作所在地的姑娘很爱慕他的才气，不少胆大的女孩子主动托媒找小柯，想结秦晋之好。可是，小柯认为自己好不容易成了事业干部，端上铁饭碗，哪能再找一个乡下姑娘？再就是担心，他仅有的一份工资养不活老婆。所以，他始终没有答应。机关里也有几个或行政或事业编制的未婚女子，可能是因为小柯身上有一种兽物的异味，不但不想跟他接触，而且远远地一见到他就想吐唾沫。好了，偏偏就是这样一个身上有异味的兽医干部，经过工老师的极力吹嘘后，与姗姗接触上了。有意思的是，姗姗也愿意和他继续接触，保持来往。因为是工老师直接引荐带回家里来的，所以，他们俩每次约会都是在姗姗家里。

也许正是因为每场的约会都是在女方家中，小柯总是小心翼翼的。他很珍惜姗姗。因为姗姗是城里人，又有一套很大且装修高档的房子，父母亲又都是正式干部，他想，这门亲事成了，他的人生就成功了一大半。他的动机和小卓几乎一个样。正因为这样，他在姗姗家人面前，谨小慎微，说话不敢大声，连喝水都不敢多喝几口。再就是他长期在乡村的兽医阵线上，常与不会人话的动物打交道，有些木讷，与姗姗交流时还好，一到大人跟前，他不仅脸红心跳，连说话发音都变了腔调，还出现前言不搭后语的情况，甚至答非所问。前几次，工老师理解他，认为这是诚实孩子的本色，是初次踏入陌生人家门紧张的缘故，可是，多次之后，她便发现不对了。她想，这家伙怎么和小卓一路货色？连话都说得不清楚不完整，往后如何在这个复杂又难缠的世道上生存？接着，她注意到了，小柯身上有一种动物的味道，尽管他手脚洗得很干净，好像还喷上了香水，但是，骨子里依然渗透着难以遮掩的气味。有这种气味的男人如何和我女儿睡到一张床上？就算女儿接受了这个味道，但是，社会上，尤其是在她的亲戚圈子里如何接受这么一个现实：姗姗的老公是个兽医？当然最关键的，小柯也是个太本分的人了。如此这般，和小卓一样，如何能起到保护女儿的作用？这一回，工老师有经验了，不想要得趁早，一旦姗姗感情投入进去，再让她回头，恐怕比赶小卓那次要难。所以，她当机立断，与她的徐先生商量过后，即把这消息传递给了姗姗。正如工老师所设想的，姗姗并未投入感情，她妈妈说小柯不行，她不置可否。

择婿

277

倒是小柯不知底细，一如既往，艰难地等到周末，兴冲冲地从乡镇赶到姗姗家门口时，却吃了闭门羹。敲门声响起来，工老师便知道一定是小柯来了，开了门，直接告诉他，姗姗走亲戚去了，要周一才回来。小柯听了心凉大半截。他手上还提着专程带来的一腿羊肉，示意要将这东西送进去。工老师虽然喜欢吃羊肉，但是，一想到他的呆板的表情，还有她心中所定下的调子，决定不收他送来的东西，便说："不用客气，你拿回去给家人吃。"小柯也真是爽直的孩子，一听工老师这话，便没有二话，转身便离开了。第二周，又是周末，小柯如期而至，同样的，工老师依然只开出一条门缝，探出头依然是那句话："姗姗去亲戚家了，下周才回。"就这样连续四周后，小柯便明白怎么一回事了。他不明白的只是，自己究竟错在哪一处，或者哪一处没被她家人看上？如果他们能够把原因告诉他一声，他也心甘情愿。

再就是小马。

小马是徐先生的同事介绍来的。他是乡镇交管站的事业干部。大学毕业后，考了三次公务员没有结果，第四年才很不情愿地报考了这个事业单位，结果一考即中，被分配到了比较偏僻的一个乡镇交管站。小马不服气自己考不上公务员。因为平常成绩远在他之下的同学一个个都进入公务员队伍，他踌躇满志，发誓非要考进不可。因此，他一边上班一边埋头钻研攻关。什么应酬的场面他都不参加，更不用说随便去和人家姑娘相亲。他身边的女同事对他很有好感，有的还主动献媚，他权且当作开玩笑一笑了之。又考了三年后，他成了快30岁年纪的大青年了。因此，他家人急了。他父母动用各种关系各个渠道，替他搜罗对象，他一个也没好感，更不同意见面。奇怪的是，当人家推荐到姗姗时，他有了见面的意思。原来，他想见姗姗是有目的的。因为姗姗是公务员，他想和她相处时，能不能从她那里受到某些启迪。说白了，一句话，他要向姗姗学习取经，从她那里学一些如何应考公务员的办法。工老师一听说小马有这个抱负非常满意。她想，当下很多年轻人只要有个职业就满足并且开始享受生活了，哪有上进心？正是有这层好感，她极力鼓吹女儿和这样的男孩见面。见面就见面，反正婚姻的事得听母亲的，在工老师的精心安排下，姗姗和小马见面了。出乎姗姗意料的是，和小马竟然有触电感觉。一见到他，好感便油然而生。姗姗赏识小马在于小马有思想，有远见卓识，有独特见解，谈吐文雅，有儒者风度，而且学识广泛，许多东西是姗姗所不了解的。他们俩第一次约会地点是在一个广场的花园里。屁股还没坐热，小马便建议到周围走一走逛一逛，姗姗立马响应。小马说起中国古代的四次改革失败的原因时，娓娓叙来，简直像讲故事的评话先生。令姗姗心动的是，小马还能引出话题，让她参与其中，使她也能说上几段自己熟悉的典故或者寓言什么的。末了，小马开宗明义又十分虚心地向她讨教应考公务员的秘诀。姗姗也坦言，公务员考试实际上没有秘籍可谈，只有基础扎实，知识面宽广，作题时从容镇定，反应敏捷，熟练掌握一些题型及其技巧，其余的，全凭运气了。小马一听，觉得也是。这样看来，并非自己功夫不够，可能是紧张，临场发挥不好，心情急躁导致反应迟钝造成的。再就是如姗姗所言，运气欠缺，所下功夫与所出题目相悖所致的。如何才能有个好运气呢？他们俩只能嘻嘻哈哈地作笑一阵，谁都答不上来。到第二次时，他们俩好像是关系很友好的同学似的。于是，姗姗便邀请他上她家里去。小马也不拘谨，只是到了她家后，两人便关起小房间的门，没完没了地探讨考试的事。连工老师或者徐先生给送茶水或者水果什么的进屋里来，小马也爱理不理的，一句招呼和一句道谢的话都没有。这令工老师很不爽。什么时候来什么时候走，也不跟两位大人说一声，工老师和徐先生好像不是姗姗的父母，而是她家的保姆一样的。一次，夜间10点多，小马准备回去，工老师有准备地迎上前去，问他："留下来吃一碗点心再走可好？"小马对工老师只是摆了摆手表示不要，就这样换鞋走人。工老师实在看不下去了。她对姗姗说："你瞧，还没真正成为女婿，竟然摆足了驸马的款，一旦成亲，他的眼睛只看天上的东西了！这哪里了得？这不能做我的女婿！"姗姗生气了，她说："他哪里想做你的女婿？你自作多情吧。他只是想和我一块探讨如何把书读好，把成绩考好的。"听了这话，工老师更是气得要吐血。原来是这般居心！及早让他死心吧，不想做我的女婿，还想向我女儿学考试功夫，做梦去！说完这些，她还把徐先生骂了一顿："你尽把这些想占我们便宜的人介绍给姗姗。下回，你别操心了。"这天起，工老师继续采用对付小柯的办法拒绝小马。一方面盯紧姗姗，不让她接听小马电话；一方面小马蹿上门时，开着半个门，自己拦在门口，还是那句话："姗姗走亲戚去了，要一周时间。"等小马失望转身时，她总重重地将大门"砰"的一声关上。这方面，小马比小柯理智也聪明，去了两回，看到同一个动作，听到同一句话时，他决定不走第三回了。其实，在和姗姗的接触中，他觉得姗姗这女孩子蛮可爱，要是自己有一天成了公务员，首先考虑娶她做老婆；如果考不上，绝不高攀她。毕竟在大家的心目中，公务员要比事业人员高上一等。当然，他的想法，姗姗不知道，工老师更不会晓得。

这个不行，那个不行，加上姗姗也懒得与这个见面那个见面，不知不觉又过了一年时间，连姗姗自己也想不到，过了大年，她就是30虚岁。30岁，在江东县城已是一个贬了值的黄花姑娘！这时候，连姗姗也对自己的婚事迷茫而且着急起来了。她知道，和她同一座大楼一块上班的大龄姑娘已经有9个，其中有5个33岁了，而且被人家基本上确定属于嫁不出去的老女孩了。即使嫁出去，条件也可能要大打折扣，不是嫁二婚的，就是嫁给残疾的男人。一听闻这些，姗姗心中便火烧火燎。但是，这事再急总不能像古代女子那样搞插草卖身，因此她只能干着急。不久，她想通了，这一回，如果有个条件相当的，绝不再讲究这个那个，更不能计较什么，只要合得来，人好性情好，就可以了。

姗姗当然没有想到，她妈妈工老师的心理和她一个样！

功夫不负有心人。在工老师朋友的推荐下，终于又物色到

择婿

了一个。

在工老师眼里，这个名叫王友棋的各方面的条件都比之前的几个优越。首先，王友棋也是城关人，工作也在城关，而且在广电局，尽管不是公务员，但也是事业编制，还是一个股长。第二，父母也有工作，父亲虽然是工人身份，但这个不重要，母亲是和工老师一样当教员。他们也是独生子，城里有旧的一处房产，还有一套新村房子。据说，这一套新村房正是替王友棋结婚置办的。第三，是工老师最满意的，他一脸阳光，总是笑逐颜开，一副乐呵呵的喜气样儿，懂规矩有礼貌，对人和蔼可亲，又有谦卑状。第一次见到工老师和徐先生，王友棋就热情洋溢地向他们打招呼："叔叔阿姨好！"让工老师听了像喝下一杯甘甜美酒，乐滋滋地在心底醉了半晌。更让工老师喜悦的是，王友棋每一次上他们家来，总不空手，不是带水果，就是捎海鲜。在工老师感觉里，这孩子聪明，懂人情世故，将来必有出息，而且口才也好。他对自己带来的东西都要做个简单介绍。比如，王友棋说他带来的螃蟹叫青蟹，是螃蟹族中少有的一种，是他交代亲戚从海边专程送来的。这季节，螃蟹结实有红膏，很滋阴的。他介绍的鱿鱼更是生动。他说鱿鱼起码有13种，有来自浅海的，有深海的。为何有的人吃章鱼会产生皮肤过敏反应呢？这不是章鱼本身问题，而是有的人身上长有一种天生与章鱼有抵触的原生质。鱿鱼的吃法也是多种多样。哪种烹调最好吃又最有营养呢？他说，炖青红酒最棒！但是，味道最好的是哪一种呢？是名叫小管的鱿鱼。鱿鱼最好的季节在初夏。烹煮时,千万别将它肚子里的黑烟洗掉,味道就在黑烟里,营养也在黑烟之中。有人不懂,以为黑烟脏,真是太可惜了!
王友棋不仅能说会道,还能下厨房做菜。十分难煮的薯粉条,他能煮得活色生香。这令不少人叹为观止。因为他家在城关,单位又在城关,自从与姗姗介绍认识后,几乎每天晚上都主动上姗姗家来。周末的两天,更是把工老师的家当他自己的家了。还没有满两周,工老师和姗姗两人的心全被王友棋俘虏了。王友棋为何与前几任男孩不同?有人分析过了,因为他是城里人,又在城里工作,自有一种优越感。所以,他自信,有勇气,也有胆识。当然,工老师并不知道,王友棋为何与姗姗一见面就喜欢上呢?原来,他和前几个男孩一样,很羡慕姗姗是个铁饭碗的公务员。他算过了,姗姗是独生女,能够娶到她,等于同时获得了工老师家里的这一套房产。再加上自己家的一处新房一处旧房,一辈子不愁吃穿了。于是,他赶紧放下原来他同时相处相识了多个而且多年的女朋友,专心致志攻克姗姗来了。

王友棋也不晓得,工老师早看上他了。

工老师对姗姗说:"王友棋这男孩,人活络,懂交际,很灵活。不是一般的灵活,而是很讨人喜欢的灵活!这种人会应酬,社会上吃得开。有他做我的女婿,我放心了。女儿一辈子有依靠了。"

一次,她还对姗姗说:"你大胆和他相处吧。你年纪不小了,一定要紧紧抓住他不放,速战速决,如果没有什么反常,争取年底讨个好日子,把喜事给办了,免得夜长梦多。"

姗姗确实也喜欢王友棋。每次随王友棋到外面兜风散步,他总是极其关照她,真正是无微不至。她想吃什么,还没张口,王友棋都替她买到了。出手又大方阔绰,给她又是买围巾,又是买大衣。才第六回,他就给姗姗送了一部最新款式的手机,价值达3000多元。到公园偏僻的地方散步时,他生怕姗姗出意外,和她挨得更近,贴得更紧,还主动地牵起了手,真正是形影不离。一阵风吹来,把她的围巾吹上半空。王友棋见状,他的手比风还要快地伸出去,抓住已飞舞到半空的围巾。这动作太令姗姗感动了。她真的很激动。她想,她母亲说得对,王友棋是个灵活的人。跟这样的男生过日子没什么放心不下的了。于是,她从感动到激动,又从激动到兴奋,顿时有一种莫名的喜悦和快感袭遍她的全身。整个人如醉了酒的人一样,浑身乏力,想在哪里找个依靠。王友棋就是王友棋,异常精准地把握到她此时此刻所需所求,与接围巾的惊人速度一样,一把将姗姗揽入他的怀中。瞬时,姗姗醉得要死,顺势躺倒在他的臂弯里,眯上了双眼。王友棋从容地吻了吻姗姗如红霞一般灿烂的脸。此刻,姗姗佩服了紧紧抱着她的王友棋。这是从前几个男孩所没有过的动作。

她想,王友棋真是个灵活的男子!

谁都知道,这时候,王友棋想做什么,姗姗都会答应。

当夜,就在工老师家里,在姗姗的卧室里,王友棋没费多少工夫,便睡到她的床上去了。

尝到了禁果的姗姗,对王友棋的依赖越来越深。半天没见到他就受不了,连上班时间都要跟他通一次电话,哪怕说上两三句也好。晚上,她是一定要见到王友棋的。王友棋如果说忙,她会问得特清楚,再迟再晚都要见个面。奇怪的是,自从那夜之后,他们俩一碰面,就要搂抱,就要接吻,就要交欢。姗姗不但不反对,而且还希望他能玩得长一些,最好能通宵达旦睡在一块,玩个痛快淋漓。一个月后,王友棋发现,姗姗虽然是个公务员,可她和别的女子一样,也喜欢着别的女子喜欢的东西。也会玩缠绵悱恻,好像比别的女子更黏人。他想,公务员不过如此。

再一个月后,不知王友棋是体力上的原因,还是别的什么,反正不想天天和姗姗处在一起。姗姗问他怎么啦,他说:"我要读书,我也争取考公务员去。"姗姗听他这话,很高兴,表示支持,说:"读书,就过来一起读吧。"王友棋说:"不行。一见面我们就想上床,哪有心情和精力读书呢?"姗姗说:"不会的,我陪你读书就是了。"王友棋说:"你不想想,你能做得到,我呢,一看见你就受不了。所以,我想……"

这样,王友棋从三天见一次面,改为五天见个面。没多久,又从五天改为一周。接着,又从一周改为十天。最后到了半个月,甚至一个月才想和她相会。

首先是工老师发现了不对。她问姗姗怎么回事,姗姗如实说了情况。工老师说:"如果真是这样,没必要拖这么长时间才见面。之前的小马,为了考公务员,还想黏在你身边学点东西。我看,王友棋可能有别的想法。"

工老师提醒姗姗,得多个心眼。这个心眼,工老师不好意思明说，其真正用意就是要姗姗明哲保身，在未婚前，别让他碰了她的底线。可是，她哪里知道，姗姗的底线早被王友棋攻破了。

不留意还好，用心查一下才晓得，王友棋原来是花花公子似的人物，以找对象谈恋爱为名，结识各种各样的姑娘。未上床前，他会不惜一切代价，花言巧语，甜言蜜语，千言万语，一定要让涉世未深的女子动心。一旦上床之后，温度就渐渐降下来，直至隐身退场。据说，在姗姗之前，他至少和五个姑娘有染。

有人悄悄告诉工老师，王友棋哪里是躲在家里或单位备考？他听说县有线电视台又调来一个明星级的播音员后，把爱情攻势全部转到那边去了。他偶尔还上姗姗家，完全出于应付。正像他同时还和之前的几个女友保持来往一样，走走看看而已。

姗姗听到这消息，是在中午吃饭的餐桌上。当场，她如遭五雷轰顶一样，晕厥过去。

这时，很少说话的徐先生沉着脸，对工老师很大声地说了句：灵活，灵活，现在，你灵活去吧！

吴安钦，鲁迅文学院福建省首届中青年作家班学员。著有长篇小说《第三种情感》，中篇小说集《流云逝水》《衣锦还乡》，中短篇小说集《天使》，短篇小说集《凤屿岛的秘密》，散文集《下屿岛渔歌》《祖母岛》《海连江之歌》，电视连续剧《风吹定海湾》等。有多部作品获奖。现为福建省作协全委会委员、福州市作协副主席。

图书在版编目(CIP)数据

静听落花/"峰岚·精品库"编委会编. —福州:海峡文艺出版社,2022.7
(峰岚·精品库)
ISBN 978-7-5550-3021-8

Ⅰ.①静… Ⅱ.①峰… Ⅲ.①中国文学－当代文学－作品综合集 Ⅳ.①I217.1

中国版本图书馆 CIP 数据核字(2022)第 097013 号

静听落花

"峰岚·精品库"编委会 编

出 版 人　林　滨
责任编辑　朱墨山　林　颖
出版发行　海峡文艺出版社
经　　销　福建新华发行(集团)有限责任公司
社　　址　福州市东水路 76 号 14 层
发 行 部　0591—87536797
印　　刷　福州印团网印刷有限公司
厂　　址　福州市仓山区十字亭路 4 号金山街道燎原村厂房 4 号楼
开　　本　720 毫米×1010 毫米　1/16
字　　数　190 千字
印　　张　18.25
版　　次　2022 年 7 月第 1 版
印　　次　2022 年 7 月第 1 次印刷
书　　号　ISBN 978-7-5550-3021-8
定　　价　79.00 元

如发现印装质量问题,请寄承印厂调换